윤범식 산문집
위대한 분마

국립중앙도서관 출판시도서목록(CIP)

위대한 분마 : 윤범식 산문집 / 지은이 : 윤범식. -- 서울 : 한누리미디어, 2013
    p. ;   cm

ISBN 978-89-7969-456-7 03810 : ₩15000

한국 현대 수필[韓國現代隨筆]

814.7-KDC5
895.745-DDC21   CIP2013012172

윤범식 산문집

위대한 분마

한누리미디어

인생 100년 시대가 다가왔습니다.

퇴임 후 3,40년을 어떻게 살아갈 것인가를 걱정하게 합니다.

우선은 호구지책이 문제이겠고

다음은 여가를 어떻게 선용하여

보람 있는 여생을 보내느냐를 생각하게 됩니다.

모두는 저마다의 소질과 취향에 따라

여러 분야에서 다양한 취미생활을 각자 영위하겠지요.

나는 학창시절 때 배운 길을 벗어나 공직활동에만 전념하다

퇴직 후에 미련이 남아

재주 없는 솜씨의 글을 모아 엮어 보았습니다.

다소 시의에 맞지 않아 많이 미숙합니다.

더 공부하려 합니다.

2013년 8월 2일

윤 범 식

첫 옥동자를 축하하며

누구에게나 '첫' 자와 관련된 일이라면 더더욱 뜻이 있고 기억될 만한 일이며 또 축하받을 만한 일이다.

이번에 수필가 윤범식 님이 첫 산문집 《위대한 분마》를 출간하게 되었으니 실로 축하해야 할 일이 아닐 수 없다.

이제 지나고 보니 우리 만남의 인연도 어느새 10여 년이 되었구나 싶다. 저자는 사실 대학에서 문학을 전공했다. 그러나 곧 공직에 들어가 오랫동안 몸담아 오면서 고급 공무원으로서 퇴직하는 과정까지는 일단 문학과는 일정 거리를 두었다.

퇴직 후 다시 문학의 길로 들어섰는데 나와의 인연도 이때 생겼다. 그리고 문단 데뷔의 손도 잡아주었으니 다시금 감회도 새롭다. 우리는 나이도 비슷해 문학을 떠나서 인간적 교제도 해 오고 있다. 늘 변함이 없고 믿음직스런 분이란 걸 느끼고 있다.

이런 연유로 간혹 만나는 일이 있으면 첫 옥동자를 언제 보여줄 거냐고 선의의 채근도 해 본 터라 더더욱 반갑지 않을 수 없다.

보내온 출판 편집용 원고를 읽어 보았다. 80여 편의 글이 키순으로 배열되어 있다 싶은데, 한 마디로 인생의 오랜 연륜에서 온 다양한 경험과 이에 상응하는 농익은 생각과 사념이 마치 제목이 말하듯 '샘물'처럼 흐르고 있다.

이에 몇 마디 소감을 남겨보면, 그의 수필은 정적이라기보다 이지적인 면이 짙다. 뭐니해도 오랜 공직생활에서 체득된 애국적 생각이나 발상들이 깊은 인상을 준다. 가령 6·25와 연관 있는 글인 〈잊을 것을 잊어야지〉를 읽다 보면 우리로 하여금 스스로 부끄러움을 느끼게 해 주고 있다. 그리고 세월과 함께 변해 온 사회상도 그려주고 있는데 〈전국노래자랑이 즐겁다〉가 그 한 예다. 화면에 비춰진 예를 통해 지난 시대와는 달리 도시와 시골의 생활상이 거의 평준화 되어 있음을 읽어내고 있다.

그런가 하면 해외 출장 중 여러 나라에서 보고 느낀 글도 제법 있는데 가능하면 식상하지 않도록 다른 사람들이 미처 보지 못한 점을 부각시켜 보려는 노력도 엿보이고 있다.

또 개인적인 사수필도 더러 있다. 그중 가족수필이 한결 돋보이고 있는데 지루하지 않도록 유머란 양념도 뿌려주고 있어 맛도 난다.

끝으로 이 작품집이 정말 많은 사람에게서 사랑을 받았으면 하고 또 우리 다 같이 문학을 정신적 지주나 동반자로 여기며 끝까지 서로 건강을 누리며 살아갔으면 한다. 또 욕심을 부려 언젠가 곧 제2의 옥동자도 기대해 보며 다시 한 번 축하의 박수를 보낸다.

평론가, 한국문인협회 고문 이 유 식

윤범식 선생의 산문집에 붙여

지산 윤범식 선생은 내 대학 1년 선배다. 그런데 한 번도 선배연해 본 적이 없다. 웬만하면 눈을 아래로 깔고 볼 수도 있을 텐데 그러지를 않는다. 사람이 순하다. 그냥 순할 정도가 아니라 아주 순하디순하다. 모난 데가 없다. 고소한 맛도 매운 맛도 없는 사람이다. 고추장도 참기름도 치지 않은 비빔밥 같은 사람이다. 꼭 절 음식 같은 사람이다. 아기자기한 맛은 없어도 언제나 만나면 듬직하고 믿고 기댈 수 있는 사람이다. 얼마나 지순한 사람이겠는가!

옛 사람들은 글은 곧 사람이라고 말했다. 그래서 그런가! 그의 글을 보면 꼭 그를 보는 것 같다. 글이 아주 순하다. 그의 글이 꼭 그의 인품처럼 고추장도 참기름도 치지 않은 비빔밥이다. 고소한 맛도 매운 맛도 없다. 아무런 기교가 없다는 말이다. 오직 순진성만이 돋보인다. 얼마나 순진한가는 그의 머리말 한 줄만 읽어 보아도 알 만하다.

"많이 미숙합니다. 더 공부하려 합니다."

지산은 이런 사람이다. 겸손하기가 이를 데 없다.

글 한 편을 쓰는 데에도 수도 없는 자료섭렵이 뒤따른다. 사면에 대한 소감이면 족할 글도 그냥 아무렇게나 쓰는 법이 없다. 반드시 역대 정권에서 얼마나 많은 사면의 남발이 있었는지 그 숫자를 조사하고 나서야 집필에 들어가는 것을 본다. 자살에 대한 수필에도 반드시 자살자가 얼마나 발생하는지를 조사하고, 비만에 대한 문제를 제기할 때에도 그 비만도를 측정하면서 글을 쓴다. 그만큼 그는 성실하다는 얘기다.

은행나무 한 그루를 보면서 그는 자신의 족보를 떠올린다. 강화도 기행을 통해서는 강화학파를 소개한다. 모두가 그의 본관인 파평坡平과 연관이 없지 않다.

그의 수필을 보고서야 나는 지산 선생이 파평 윤씨임을 알았다. 조선 사적으로 보면 명문중의 명문이다. 특히 나는 지산의 직계조상일는지 아닌지는 모르겠으나 명제明齊 윤증尹拯 선생을 존경한다. 벼슬길에 한 번도 나아간 적이 없이 말단 관직에서 대사헌을 거쳐 우의정의 직에까지 오른 사람은 아마도 그가 유일한 인물이 아닌가 싶다. 임금이 벼슬을 주면서 불러도 나아간 적이 없는 사람! 얼마나 학문과 덕행에 우뚝 솟았으면 그런 정도였을까? 자신의 뜻과는 관계없이 우암 송시열의 대척점에서 저절로 소론少論의 영수가 된 사람! 지산 선생도 바로 그런 사람이 아닌가 싶다.

지산은 체신공무원직을 평생 떠난 적이 없다. 남들 모두 체신직에서 떠나 수지 맞는다는 세무직이나 관세직으로 갈려고 연줄을 찾아 헤매일 적에 그는 한 자리를 굳건히 지켰다. 그리고 결국은 말단 공무원으로 들어가서 국장에까지 올랐다. 남들 보기에는 국장자리가 대수롭지 않은 것 같지만 그 자리는 간단한 자리가 아니다. 일반직 공무원으로 승진할 수 있는 최고위직이다. 그 직에 오르기까지 그가 남긴 업적은 수도 없이 많다. 한국 우정郵政의 산증인이다. 우표와 함께 한 그의 인생이 그의 산문집에 고스란히 녹아 있다. 일독을 권하는 이유다.

수필가, 전 국회의원, 초대 환경부 장관 **김 중 위** 識

차례

1 이제부터 해 보는 거야

2 속 깊은 샘물 퍼내며

차례

3 살가웠던 옛 친구

4 옷깃만 스친 인연

차례

5 하늘이 내린 아들

'전국 노래자랑'이 즐겁다

나는 노래를 잘 부를 줄 모른다.

선천적이기도 하지만 음악 공부를 거의 안 해서일 거다.

6·25전쟁 중 학교에 다니면서 교내에 음악선생님이 없어 제대로 음악공부를 해 본 기억이 별로 나지 않는다. 때문에 노래의 박자 구분을 잘 못한다.

그래 음치에다 박치拍癡인지라 성인이 되어 직장생활을 할 때 이따금 회식자리에서 돌아가며 유행가를 불렀는데 나는 노래 대신 벌주罰酒를 받아 마시곤 했다. 노래방이 생기면서 노래방에 가면 기계에서 나오는 반주에 도움을 받아 화면에 나오는 자막을 따라 읽는다.

그래서 노래를 부르기보다는 듣는 쪽이 더 많다.

TV에서 '전국 노래자랑'은 널리 알려진 대중프로다.

일요일 낮 12시 뉴스가 끝나며 이어지는 장수 프로그램이다.

2012년 현재 30년이 훌쩍 넘어 버린 1,591번째로 첫 방송은 경북 김

천시에서부터 시작했다.

나는 일요일 집에 있는 날이면 빼놓지 않고 이 프로를 즐겨본다.

이 프로는 늘 듣는 기성 프로가수들의 식상한 노래가 아니고 잘은 못 불러도 언제나 새로운 아마추어들의 노래가 재미나기 때문이다. 나는 이 '전국 노래자랑'을 보면서 여러 가지 생각을 하게 하고 색다른 느낌을 받는다. 때때로 참 잘 부른다 했던 사람이 최고상을 받는 경우 내 평가가 맞았다는 생각에 스스로 만족하기도 한다.

전국 지방자치단체인 시市·군郡을 순회하면서 32년이나 지나오는 동안 도농都農의 차이가 차츰 차츰 자연스럽게 없어지는 것을 발견한다. 그전에는 농·어촌 사람들의 의상이나 헤어스타일, 얼굴빛에서도 대도시 사람들과 구별되는 점을 볼 수 있었으나 지금은 전혀 차이를 못 느낀다.

노래 부르는 실력에서도 향상되기는 매한가지다. 이는 전국 도처에 깔린 노래방의 기여와 집집마다 보급된 TV가 결정적 요인일 것이다. 대중교통 수단도 좋아지고 빨라져 도·농간의 거리를 단축시켜 생활 수준이 높아지고 문화혜택도 고루 나누고 있다는 사실이 입증된다.

또한 시·군 단위 주민들이 딱히 모일 기회가 이러한 전국 노래자랑 같은 때가 아니면 자발적으로 한 자리를 같이 할 일이 드물다.

군사정권시절 민주화를 외치며 데모하는 젊은이들의 시선을 다른 쪽으로 돌리려는 목적으로 프로야구단을 결성하게 하여 프로야구 경기가 시작된 후 많은 야구팬을 모았으나 관중의 연령대나 경기장소가 지역적으로 한정되어 있고, 프로축구단 역시 대도시 위주이고 관람인도 역시 젊은 층을 면치 못하고 있다. 그러나 '전국 노래자랑'은 전국 각 시군을 순회하며 개최하는 데다 관중은 노소 구분 없이 말 그대로 대중적이다.

전 세계 여러 나라들 가운데 우리나라처럼 교회가 많고 기독교 신자가 인구비례하여 많은 이유는 조선조 말까지 이어온 폐쇄된 남존여비 사회의 틀 속에서 갑자기 새롭게 전래된 기독교의 전도는 집안에 갇혀 살아온 아낙네들이 집밖 세상을 알게 되고 같이 모여 노래(찬송가)를 부르며 하나 되는 마음을 키웠기 때문에 기독교가 서양 종교이면서도 우리나라에 번창한 이유가 되지 아니 했겠는가 하는 생각이 든다.

한때 우리 사회에 신앙촌으로 소문이 대단했던 박태선 장로교는 그들 교회당 안에서 찬송가를 부르며 박자에 맞추어 손뼉을 치게 했다. 동체감同體感이 배가되도록, 마치 운동경기를 응원하며 북치고 장구 치듯 그랬었다.

그리 보면 '전국 노래자랑' 은 전국 방방곡곡을 누비며 우리 국민들이 일체감을 갖게 하는 좋은 프로그램임이 틀림없다.

이 '전국 노래자랑' 은 미국 중국 북한에까지 가 많은 교포들의 향수를 달래주고 대한민국의 뿌리를 잊지 않게 하였다.

매 6개월마다 기말 결선대회를 해 기말 장원을 뽑고 연말 결선대회에서는 그 해의 대상大賞을 선발한다. 대상 수상자는 신인가수로 자격이 부여된다.

최근 프로로 뛰고 있는 김혜연, 박상철, 전진우 가수도 전국 노래자랑 출신이다. 가수 장윤정도 초등학교 때 참가했다 탈락됐던 전국 노래자랑 출신이다.

특히 2008년 초등학교 5학년이던 송소희 양이 예산군편에서 최우수상을 받고 연말 결선에 나와 당당히 대상을 받아 11살 최연소자로 대상 기록을 남겼다.

　지난 2011년 결선대회에서는 다문화 가정의 새댁 박비엔나 필리핀 여성이 영예의 대상을 받았다. 이와 같이 가수의 꿈을 가진 젊은이들의 꿈을 실현시켜 주고, 보는 이들에게 행복감을 심어주는 ‘전국 노래자랑’ 프로에 90이 다 되도록 사회자로서 진행하는 국민 MC, 일요일의 사나이, 영원한 오빠 송해의 구수한 입담도 한몫을 빼 놓을 수 없다. 전국의 시청자들은 매주 고장마다에 수려한 풍경, 문화유적, 관광지 구경과 특산물을 함께 맛본다.

'국군 아저씨에게' 보낸 편지

가을은 낭만의 계절이다. 낙엽 떨어지는 소리에 센티멘틀해지고 저녁노을에 취해 사랑을 고백하는 계절이다. 청명한 가을 하늘을 보면 어디론가 훌쩍 여행이라도 떠나고 싶고 가을비 촉촉이 내릴 땐 단풍잎 밟으며 오솔길을 마냥 걷고 싶어진다. 젊은이는 고독을 노래하고 장년층은 추억을 더듬는 계절, 아련한 그리움과 가슴 벅찬 꿈이 교차하는 시간이 가을이다.

"눈이 부시게 푸르른 날은 그리운 사람을 그리워하자. 여기 저기 가을꽃 자리, 초록이 지쳐 단풍드는데…" 하는 미당 서정주 시인의 〈푸르른 날〉 시 한 구절이 떠오르는 계절, 누군가에게 한없이 긴 편지를 써 보내고도 싶은 계절이기도 하다. 편지라는 단어에 지나간 젊었던 시절을 새삼 생각나게 한다.

편지를 쓰고 싶다니? 편지가 젊은이의 마음에 얼마쯤이나 가깝게 다가올까? 그랬다. 불과 100년 전만 해도 먼 곳과의 소식은 먹물 찍은 붓으로 정성껏 편지를 써 주고 받았다. 급한 소식은 사람을 사서 전했다.

지금은 IT 산업이 발전해 수만리를 오가지 않고 전화로 한다. 저마다 가진 휴대폰이 편지를 써야 할 필요를 느끼지 못하게 한다. 요즘 자라나고 있는 아이들은 편지가 뭐냐고 물을 지경이다. 때문에 새싹들의 마음 속 정서는 차츰 메말라 간다. 우리만이 아닌 듯싶다. 전 세계 학계에 인문학人文學이 자멸위기의 현실에까지 와 있는 모양이다. 인문학이 없는 타 학문이 존재할 수 있을까?

이것이 다 과학문명의 발달과 경제발전에 따른 배금사상이 빚은 비극이다.

그러나 우리는 먼 옛날의 삶 속에서 편지의 정서를 느끼고 숱한 애환들을 안다. 로미오와 줄리엣처럼 사람을 살리고 죽게 하는 애잔한 사건들이나 동서고금 할 것 없이 수많은 러브레터 속에서 심금을 울린 헤아릴 수 없는 사연들이 있었을 것이 짐작된다.

몇 년 전 안동에서 토목공사 중 우연히 발견된 남자 미라와 함께 매장됐던 망인 부인이 쓴 것으로 추정되는 편지 한 통에서 그 당시 사회상이 여필종부의 상황이 아니었음의 사실이 알려지기도 했다. 그러고 보면 나는 편지를 쓰는 마지막 세대의 역사를 남기며 살아온 셈이다.

1960년대 나라 안에서는 새마을운동이 한창 초록색 깃발을 휘날리던 시절 밖에서는 우리 국군 맹호부대 장병들이 월남 전쟁에서 목숨을 걸고 피의 전투가 치열하게 전개되고 있을 때다. 나는 직장에서 할 수 있었던 일이 고작 월남에 파병된 국군장병들에게 위문편지 보내기 운동이었다.

국방부에서 월남파병 부대의 비밀 조직 배치표를 어렵게 구해, 이를 여러 개로 분리해 산하 각 체신청과 전국 우체국, 전화국에 나누어 보내면서 8만여 전 직원들이 '국군 아저씨에게' 라는 제목으로 직원 한 사람당 한 통 이상씩의 위문편지를 직접 써서 보내고 가족과 친지들에게도 위문편지를 써 보내도록 하는 운동을 함께 펼치도록 했다.

체신부 본부 직원들도 솔선수범하여 편지를 쓰도록 독려했다. 나는 몇 가지의 위문편지 예문안例文案을 작성해 각 부서에 돌렸다.

그 중 한 가지는 10통을 타자해, 발신인 주소를 나와 같은 사무실에 근무하는 여직원인 타자수 미스 리 이름으로 보냈다. 타자수이기 때문에 수기手記하지 아니 하고 타이핑했다는 것도 덧붙여 적었다.

남자 이름으로 보내는 것보다는 여자 이름으로 보내는 것이 보다 위문의 효과가 클 것으로 생각해서다.

예측대로 남자 이름으로 보낸 것에는 회신이 적었고 여자 이름으로 보낸 편지에는 거의 다 답신이 왔다. 이렇게 여러 번 오고간 편지 속에는 전쟁터의 불꽃보다 더 뜨거운 연정을 담아 보내오기도 했다. 그중 내가 보낸 타자수 미스 리에게도 몇 사람의 진한 장밋빛 붉은 애정이 담겨져 오고 날이 더해가면서 불꽃을 튀겼다.

편지 답장 쓰기가 힘들 정도로 바빴다. 이렇게 쓴 위문편지, 아니 가짜 연애편지는 만리장성을 쌓고 지구도 몇 바퀴 돌았다. 그중 가장 열성적이던 김 병장의 소식이 한참 동안 뜸했다. 김 병장이 전사나 하지 아니 하였는지 몹시 걱정이 되고 궁금했었다.

그러던 어느 날 그가 귀국하여 제대하자마자 그 길로 청사로 찾아와서 면회신청을 해 왔다. 수위실에서 연락 전화를 받은 우리 부서 실제의 미스 리는 당황해 하며 급히 내게 와 어찌 하면 좋겠느냐며 발을 동동 굴렀다. 한 번 만나보라 하였더니 미스 리는 그동안 오고 간 찐한 편지 내용을 너무나 다 잘 알고 있던 터라 그럴 수 없다고 주저했다.

이실직고하자니 너무 잔인하고 실망이 클 것 같아 하는 수 없이 퇴직하여 지방으로 갔다는 구차한 변명으로 돌려보내라고 수위실에 부탁했는데 지방으로까지 찾아가겠다고 하며 무거운 발걸음을 옮기더라는 말을 전해 듣고 얼마나 죄스러웠는지……. 그래도 전사하지 아니 하고 무사히 살아 돌아온 것이 고마웠고, 첫사랑의 기억은 그대로 간직하는 것이 오래도록 아름다운 추억으로 남는다는 말로 자위하며 마음 속으로 용서를 빌었다.

그런 일이 있은 지 수년이 지난 후에 나는 승진을 하여 지방 어느 도시 기관장으로 갔을 때다. 지난 날 맡은 일에 지나치게 열중했던 버릇이 되살아나, 관할 시·군내 초·중·고 학생을 대상으로 '편지쓰기운동'을 또 벌렸다. 목적이야 글쓰기 생활화와 정서함양이고, 또 다른 내심은 우편세입郵便歲入 증대에 있었다. 제목도 역시 '국군 아저씨에게'로 정했다. 다만 수취인을 ○○우체국장 앞으로 보내도록 했다. 그곳 교육청장의 협조와 면단위 우체국장들의 독려, 그리고 후하게 내건 부상 덕분이었는지 예상 외로 각급 학교에서 경쟁적으로 많은 편지를 보내와 마감기간까지 수천 통이 접수되었다.

직원 수십 명을 뽑아 수백 통씩의 편지를 나누어 주고 집에 가서 잘 쓴 편지를 골라오도록 1차 심사를 하게 하고, 골라온 것들을 간부 직원들에게 나누어 2차 심사를 시키고 2차 심사를 통과한 수십 통은, 관내 중·고교 국어 선생님 몇 분을 추천 받아 최종 심사를 의뢰해 우수작들을 결정했다.

우수작은 소속 학교로 상장과 부상을 보내 교장선생님이 조회시간에 직접 시상토록 위촉했고, 가작佳作은 당초보다 숫자를 크게 늘려 부상으로 우표수집 앨범 한 권씩을 사서 보내 주었다. 특별히 전교생의 90%가 넘는 학생들이 응모토록 애쓴 부항중학교에는 별도로 큼직한 기념품을 사서 교장선생님에게 감사표시를 했다.

편지쓰기운동을 다 끝내고 나니 남아 있는 편지를 그냥 태워 버리자니 아까운 생각이 들어 예쁜 편지봉투를 사다가 겉봉에 '국군 아저씨에게' 라고 쓰도록 하고 이들 편지 내용물을 담아 전국 40여 군사우체국장 앞으로 수백 통씩 묶어 보내면서 취지 설명과 동시 소속부대 장병들에게 나누어 주도록 의뢰했다.

며칠 후 한 직원이 급히 "국장님 국장님 우편 발착실로 좀 와 보세요" 하는 전갈에 가서 보니 얼마 전에 우리가 군사우체국으로 보낸 위문편지들이 각 군인들에게 전달되어 이에 대한 답신이 쏟아져 돌아오고 있는 것이 아닌가. 그런데 역시 수취인은 거의가 ○○여고, XX여고 등 온통 여학교 학생 앞으로 오는 것들이었다.

매일 매일 오가는 편지들을 보면서 재미를 느꼈는데 4,5개월이 지나더니 차츰 줄어들다가 근 1년이 지나서는, 일부러 골라내기 전에는 눈에 잘 띄지 않았다.

아주 적은 보람 같은 것을 느끼면서 혹여 그때 오고 간 편지들의 사연으로 해서 누군가 평생을 동반자로 함께하고 있지는 않을까? 하는 생각에 젖어본다.

김리金李식당 집 아들

프랑스 파리에 가면 오페라하우스 근처 좁은 골목에 '김리식당'이라고 한글로 간판을 써 붙인 작은 음식점 하나가 있다.

내가 파리에 처음 가던 해에 물어물어 찾은 한국 음식점이다. 그 당시 파리 시내에 있었던 10여 개의 한국 식당 가운데 하니다. 처음 들렀을 때의 인연으로 몇 차례 파리에 갈 적마다 일부러 그 식당을 찾곤 했는데 그렇다고 그 식당의 분위기가 썩 좋았다거나 음식 맛이 뛰어났던 것은 아니다.

내가 처음 갔을 때 간판 이름이 재미나서 주인 여자에게 '김리식당'이라고 작명한 연유를 물었더니 남편 성姓은 김씨이고 자기 성은 이가라서 합쳐 '김리金李식당'이라 지었다고 했다. 그러니 그들 부부는 남녀 평등사상을 꽤나 철저히 실천하고 있는 사람들 같았다.

파리에는 처음이라 시내 관광을 하고 싶은데 유학생 중 아르바이트로 시티투어 가이드해 줄 사람을 소개해 달라고 하였더니 요즘 각 대학들이 시험기간이라서 좀 어려울 것 같은데 여하간 한 사람을 보내줄 터이니 머무는 호텔 이름을 알려달라고 했다. 같은 한국 사람이라서 외국에 와서도 친절을 베푸는구나 생각하며 고맙게 여겼다.

다음날 아침 9시까지 안내원을 보내주겠다는 약속을 받고 숙소로 왔다. 약속대로 아침 일찍 한 청년이 찾아와 간단한 자기 소개로 인사를 나눈 후 그가 몰고 온 승용차에 올라 센강 주변을 돌며 작은 돌다리 하나하나에도 예술의 도시답게 조각을 했다는 설명으로부터 시작하여 영화 안소니 퀸이 주연으로 나오는 '노트르담의 꼽추'를 촬영한 성당을 차 안에서 쳐다만 보고 나폴레옹 기념관에 가서는 나폴레옹의 키가 짐작될 만한 짧은 침대를 봤다.

이어 루브르 박물관에서는 관람 중 촬영금지라고 써 붙인 모나리자 상 앞에서 라이트 없이 기념사진 한 장을 찍었다. 볼거리는 수없이 많았으나 우리나라 것이 별로 소개되고 있지 않아 서운한 생각을 지우지 못하고 나섰다.

커다란 전기 고압선 철탑 같아 별 것 있겠나 생각하고 긴 줄에 끼어 엘리베이터로 프랑스의 랜드 마크 에펠탑에 올라 사방의 파리시가지를 한눈에 둘러보며, 본 것들을 머릿속에 담았다. 숨 가쁘게 몽마르트르 언덕에 올라 장차 반 고흐, 빈센트, 레오나르드 다빈치 같은 대 화가를 꿈꾸며 관광객의 초상화를 그려주고 있는 연수생들의 그림 솜씨를 구경하며, 서울 남산에 오르는 큰 길 언덕가에 걸려 있는 무명화가들의 그림을 떠올려 봤다.

급히 시 외곽, 루이14세가 세웠다는 호화스럽기로 유명한 베르사이유 궁전을 구경하며 절대 권력의 힘이 대단히 컸다는 사실을 확인하고 부지런히 파리 시내로 돌아오니 땅거미가 짙었다.

움직이는 차중에서 가이드에게 유학생이냐고 물었다.

"아뇨 김리식당 집 아들입니다."

요즘 대학들이 시험기간이라던데 그럼 어제 어머니와의 약속 때문에 오늘만 나왔느냐고 물었다. 그랬더니,

"아닙니다. 저는 대학을 벌써 졸업했어요."

그럼 무엇을 전공했느냐고 또 물었다.

"치과대학을 나왔는데 부모님이 병원 차려주신다고 개업하라고 맨날 그러세요. 그런데 저는 싫거든요. 개업하면 돈이야 좀 벌겠죠. 그럼 뭐해요. 번 돈은 와이프가 다 쓰고, 즐기고, 저는 평생 남의 썩은 이빨만 쳐다보고 살다가 내 인생 다 끝나는 것 아녜요?"

그럼 애시당초 치과대학은 왜 갔느냐고 걱정스럽게 되물었더니,

"어릴 때는 제가 철이 나기 전이어서 내 의사가 아니고 부모님이 시키는 대로 따랐을 뿐이죠. 저는 이렇게 돌아다니는 것이 참 좋아요. 모국에서 오신 손님들과 이야기 나누며 정보도 듣고 구경하며 역사 공부도 하고 맛있는 음식도 맨날 즐겨 먹을 수 있고요. 이 얼마나 좋습니까. 행복이 뭐 따로 있나요?"

청년은 버릇이 좀 없어 보여도 말하는 것은 제법 철학자인 양한 표정이다.

그럼 과연 행복이란 무엇일까? 사람들은 행복은 이런 것이라고 저마다 자기 중심으로 생각하고 말한다. 괴기영화를 보며 스릴을 체험한 뒤 잘 버텨냈다고 하는 희열감에서 행복감을 느꼈다고도 하고, 스카이다이버들이 푸른 하늘을 뚫고 공중 낙하를 하며 짜릿한 성취감에서 행복

을 느꼈다고도 말한다.

눈이 잘 안 보인다고 안경 쓰는 것을 슬프게 생각하는 사람이 있는가
하면 안경을 쓰니까 눈이 잘 보여 기쁘다고 생각하는 사람이 있듯 행복
은 자기의 작은 기쁨 속에서 자기 스스로가 찾는 생각 속에 있는 것 같
다. 또 행복이란 자기가 하고 싶은 일을 하는 것, 자기 삶 속에 존재하
는 것이 아니겠는가?

지금도 그 청년이 행복하다고 하는 삶을 살고 있는지가 궁금해진다.
이제 중년의 나이쯤 되었을 터인데.

가로수

가로수에는 도시인의 꿈이 있다.

하루를 시작하는 도시 사람들은 자연과 첫 만남을 가로수와 함께 한다.

어떤 나무든 녹색의 잎사귀와 눈을 맞추는 것으로도 마음의 평온을 가져온다. 가로수는 사람들이 쉽게 접하는 녹지로, 경관을 개선하고 대기오염과 소음공해를 줄이며 한여름에는 도시 온도를 낮춘다.

나라마다, 도시마다 제각기 가로수의 특징이 있다. 프랑스의 마로니에, 독일의 보리수, 미국의 목련, 이태리의 포플러가 그 대표적인 예다. 우리나라에는 수양버들, 플라타너스, 은행나무, 느티나무, 벚나무를 비롯해 60여 종의 가로수 길과 숲이 있다.

나는 청주의 관문을 장식하는 아름다운 가로수 터널이 기억되고 전주와 군산 사이의 벚꽃 길을 잊지 못한다. 상주와 영동에 이르는 감나무 가로수를 본 것이 생각난다.

가장 인상 깊게 남는 것은 일본에 여행 갔다가 어느 시골 절간 입구에서 처음 본 메타세쿼이아 나무다. 나무 이름이나 생김새가 새로웠기 때문이다.

그런데 그 나무는 우리나라에도 담양에 가면 '메타세쿼이아' 가로수 길이 있다는 것을 늦게 알았다.

서울 시내에는 28만 그루의 가로수가 있다고 하는데 그중 41.4%가 은행나무라고 한다. 우리 동네 큰길가에 심은 가로수도 은행나무다. 열매가 떨어지는 시기에는 향기롭지 못한 가을 냄새가 난다.

다른 나무에 비해 묘목의 원가가 싸고 병충해에 잘 견딘다 해서 은행나무를 계속 가로수로 심어 나아갈 방침이라 하니, 그렇다면 지금이라도 수컷 나무만 골라 심어 서울 시내의 가을 냄새를 바꾸자고 하면 여성인권단체에서 반대시위라도 벌리지 않을까 우려된다.

우리나라에서 가로수를 심은 것은 조선시대에 거리를 쉽게 알리기 위해 길가 5리마다 나무를 심었다고 전해 오나 명문으로는 고종 32년(1895) 내무아문內務衙門에서 처음으로 가로수를 심었다는 기록이 남아 있다.

가로수로 적절한 수종樹種은 어떠한 것이라야 할까?

심어서 주위 경관에 조화를 이룰 수 있어야 하고, 활착이 잘 되고 특별한 양분을 공급하지 않아도 자생할 수 있어야 하며, 병충해에 저항성이 강하고 지역적 역사적 특성이 고려되어야 한다.

보행자나 운전자에게 신선한 감을 주고 전신주나 교통 표지판들의 시계視界에 큰 지장을 주지 않는 수형樹形, 수고樹高가 참작되어야 하겠다.

　그래서 기온을 고려하여 남유럽에서는 오렌지 야자수 올리브 나무를, 중유럽 국가들은 서양 침엽수 포플러를, 북유럽에서는 자작나무와 버즘나무를 주로 심는다.

　우리나라에는 벚나무 은행나무 버즘나무 느티나무 순으로 가로수가 심어져 있다.

　우리나라에 두 번째로 많은 은행나무 가로수가 먼 훗날 어떠한 모습일지 상상해 보아야 될 것 같다. 우리나라 지방 곳곳에 오래되어 알려진 은행나무들이 꽤 있다.

　경기도 양평에 있는 용문사에 1,100년이 넘었을 것이라는 높이 42미터의 은행나무가 유명하고, 수령이 1,000년이 되었다는 은행나무들은 충남 태안 녹간마을과 삼척 변란에 보호수 제7호, 지리산 천태산에 천연기념물 제22호가 있고, 아직 1,000년이 못된 충남 태안 홍주사의 은행나무가 900년, 고성군 대가면 보호수 제12-31이 800년, 강화도 전등사의 보호수가 각기 600년과 500년이 되었다고 한다. 그 외에도 수백 년 된 은행나무는 전국 각지 도처에 무수히 많다.

　그 오래된 것들 가운데 서울 명륜동 성균관에 있는 두 그루의 은행나무가 나에게 특별한 흥미를 주는 것은 나와 무관하지 않다는 기록이 있어서다.

　《파평윤씨요람坡平尹氏要覽》에 보면 나의 19세世 조상祖上이신 평와공平窩公이 조선 중종中宗 14년(1519년)에 고려의 국자감國子監을 이어받은 국립대학격인 성균관成均館의 대사성大司成으로서, 근심말부根深末夫의 교훈으로 은행나무를 심으셨는데 490년이 지난 오늘날까지 거목으로 자라고 있다.(《退溪文集 26卷》參照)

본래 은행나무는 오래 살며 거목으로 성장하는 수종으로서 단견短見으로는 우선 가로수로 적합하다고 생각할지 모르겠으나 먼 장래를 내다볼 때 후손들에게 큰 누가 될 것이다.

지방 몇 곳에서만 자라고 있어 어릴 적 보았던 추억의 나무나 전설적인 나무가 되어야지, 서울 시내에 현재 심어진 11만 6천 그루의 은행나무가 거목이 되어 서울 하늘을 가리게 될 날을 상상해 보면 끔찍하다. 유령의 도시로 변모될 것이다.

2012년부터 지금 살고 있는 집 주소를 ○○거리, ○○길, 무슨 나무 가로수길, 이렇게 변경한다고 한다. 그러면 머지않아 은행나무길도 생겨날 것이다.

마로니에거리, 샹젤리제거리 이렇게 한 곳에 거리 주소가 되어야 널리 알려지고 낭만적이고 추억의 거리가 되지 은행나무거리 1-1…, 2-2…, 은행나무거리 99-99, 이렇게 은행나무거리가 앞으로 많이 생겨나는 것은 바람직하지 못하다.

세종로 네거리에서 숭례문 사이 1.2㎞를 국가 상징거리로 조성하고 있다. 이 거리에 어떤 수종의 가로수가 심어질 것인지가 자못 궁금하다.

좀 이른 감은 있지만, 나뭇잎에 바이오 형광물질을 주입해 스스로 빛을 내게 만들어 가로수가 거리를 밝히고 대기 중의 이산화탄소까지 제거할 길이 열렸다.

대만 국립대학 과학자들이 연구 실험한 결과가 얼마 전에 발표되어 알려졌다.

우리도 이러한 분야에 관심을 게을리할 때가 아닌 것 같다.

　스산하기만 했던 서울의 거리에 머지않아 겨울눈이 녹고 쇠잔했던 태양이 소생하는 무렵이면 먼지 낀 플라타너스 가로수에도 속잎이 피어난다.

　겨우내 매연으로 그을린 빌딩의 회색 벽도 얼마 있으면 푸른 가로수의 이파리로 가리어질 것이다.

감동의 하모니

요즘 합창에 대한 관심이 뜨겁다.

박칼린 교수가 지휘하는 KBS 2TV '남자의 자격' 이라는 프로에 이색적인 합창단이 전국합창경연대회에 출사표를 내고 아주 짧은 기간, 악조건 속에서 연습하여 장려상을 받아 감동의 화제를 불러일으키며 막을 내렸다.

TV를 시청하다 눈물을 흘리다니…. 9월 19일 방영된 아주 특별한 합창단의 노래가 끝나자마자였다. 합창단원들과 지휘자 사이에 해내고 말았다는 교감이 벅찬 감격으로 표출되어 서로 끌어안고 엉엉 울어대는 눈물어린 감동의 장면이 시청자들에게 공명으로 전달되었기 때문이다. .

경남 거제도에서는 매년 거제전국합창경연대회가 열린다.

올해가 일곱 번째다. 전국에서 최상위급 합창단들이 참가한다.

여기에 급조된 이색 합창단 한 팀이 참가해 눈길을 끌며 인기를 얻어

장안에 화제가 되었다. 이 합창단을 만들기 위해 지난 7월 11일 오디션을 가졌다. 합창과는 전혀 어울리지 않는 외인부대 같은 33명이 뽑혔다.

그 가운데에는 나이가 50줄의 코미디언 이경규라든가 이종격투기 선수 서두원, 박은영 아나운서 등을 비롯하여 성악을 전공했다는 배다해와 선우를 빼고는 음악과는 전혀 상관없는 직업인들이며 개중에는 악보도 볼 줄 모르는 단원들로 구성됐다. 물론 오디션을 혼자 본 박칼린 교수가 지휘를 맡았다. 이들 33명은 일주일에 하루씩 여덟 번을 만나 지독한 연습에 들어갔다.

뜨거운 여름, 연습 날에는 밤 11시까지 이어졌다. 각본 연출 종이도 없이 자유스러운 분위기 속에서 음악에 대한 열정과 진지한 자세, 감동적인 철학 그리고 카메라를 의식하지 않고 꾸밈없고 소박하지만 당당한 태도 속의 진한 카리스마가 너무 커버려 맞지 않는 옷을 입은 것처럼 뒤뚱거리는 합창단 33명을 하나로 묶었다.

애정 어린 시선, 최선을 다하려는 몸가짐, 지휘자 박칼린만의 특유한 어투와 함께, 때로는 강렬하면서도 때로는 온화한 카리스마를 드러내며 '남자의 자격' 합창단을 압도하는 면모를 보며 눈길을 끌었다.

KBS 2TV 해피 선데이 프로에 남자의 자격 합창단 연습장면을 몇 주간 방영했다는데 나는 우연히 9월 12일 밤 마지막 리허설 시간을 보게 되었고 웬지 모르게 최종 발표날인 9월 19일이 몹시 기다려졌다.

운명의 날이 왔다. 두 곡을 불렀다. 먼저 '넬라 판타지'를 부를 땐 관객은 숨을 죽였고 노래가 끝났을 땐 가슴은 감동으로 가득했다. 객석도 감동의 물결이었다.

"환상 속에서 나는 올바른 세상이 보입니다. 누구나 평화롭고 정직하게 살 수 있는 곳, 언제나 영혼이 자유롭기를 꿈꿉니다. 저기 떠다니는 구름처럼, 환상 속에서 나는 밝은 세상이 보입니다."

두 번째 곡 애니메이션 메들리 노래가 끝났을 때 객석은 환호로 가득했고 합창단 눈에서는 눈물이 흐르기 시작했다. 그리고 대기실로 들어와 합창단 모두는 하나가 되어 그야말로 펑펑 울었다. 시작할 때부터 울기 시작한 선우는 노래를 끝내고는 대성통곡을 했다. 모두의 마음이 하나가 됐듯 눈물도 함께였다. 남자 가운데 가장 큰소리를 내며 울어대는 격투기 선수 서두원의 눈물은 끝내 박칼린 교수를 울렸고 이를 지켜보던 나와 가족들도 모두 같이 눈물을 흘렸다.

많은 화제를 낳은 이 프로는 시청자의 눈길을 사로잡았을 뿐만 아니라 가슴까지 잡았다.

박칼린 신드롬을 일으켰다. 박칼린의 매력에 찬사와 박수를 보냈다. 억지 감동이 아닌 진짜 감동을 안겨준 신선한 충격은 이미 예능을 넘어섰다. 불과 여덟 번의 연습이 내놓은 이 놀라운 결과는 33명 팀원들의 헌신적인 노력과 박칼린의 소신이 이끌어준 큰 몫이었다.

박칼린 효과는 전국적으로 파급되어 기존 합창단은 더욱 활성화되어 가고 수많은 새로운 합창단이 창단되고 있다는 뉴스가 최근 보도됐다.

박칼린은 누구인가? 어떤 사람인지가 궁금했다. 나이는 1967년생 한국인 아버지와 리투아니아계 미국적 어머니 사이에서 태어나 주로 LA와 부산을 오가며 성장했다. 어릴 때는 무용을, 고등학교 때는 연극을, 서울대 대학원에서는 국악 작곡과 첼로를 전공했다. 한때는 뮤지컬 극단의 음악감독을 맡았고, 현재는 모 대학에서 뮤지컬 교수로 재직 중이다. 뮤지컬 공연도 한다. 그리고 애완견 삽사리와 같이 살고 있는 싱글이다.

지난(2011년) 10월 19일에 열린 제47회 아시아태평양방송연맹(ABU) 일본 도쿄대회에서 '남자의 자격' 은 다큐멘터리 부문 엔터테인먼트상을 수상했다. 아주 특별한 지휘능력을 높이 평가 받은 것일 게다.

덕분인지 다음 2012년 총회는 한국이 주관하도록 결정됐다고 한다. 합창은 서로 존중하고 공동목표를 위한 화합정신이 요구되며 남의 목소리를 통해서 자신의 소리를 내어야 하모니를 이룰 수 있다고 한다.

문득 떠오르는 것은 우리나라 국회의원들로 구성하는 대합창단을 창단하고 박칼린 교수로 하여금 지휘를 맡기면 여·야가 화합하는 모습을 볼 수 있지 않을까 하는 생각을 해 본다.

더욱 아쉬운 것은 박칼린 교수 같은 사람이 음악을 전공하지 아니 하고 정치학을 공부했다라면 훌륭한 여자 내동령감이 충분하다는 강한 인상을 떠올리게 하는 것은 그에게서 풍기는 프랑스의 드골 대통령이나 맥아더 장군의 모습이 연상되기 때문만은 아니다.

다음 번 대통령 선거에서는 우리나라 최초 여성 대통령이 탄생할지도 모르겠다는 기대가 있어서인지도 모르겠다.

강화도 역사문화 탐방

요즘 수도권 학교들에서는 체험학습 현장으로 강화도를 많이 찾는다. 그곳에 가면 발길 닿는 곳마다 역사의 발자취가 묻어나기 때문이다.

나도 초등학교 시절 내 고향 김포와 인접한 강화도 전등사로 원족遠足을 갔었다.

그때는 다리가 없어 나룻배를 타고 건너 다녔지만 지금은 다리가 둘이나 놓여지고 가는 길도 여러 개로 늘어난 데다 서울에서 그리 멀지 않고 교통편도 좋아져 당일치기 관광으로는 안성맞춤이다.

그러나 강화도에 얽힌 한 많고 수탄愁歎한 역사를 공부하려면 하루 이틀 다녀와서는 깊은 상식이나 추억거리를 담아오기에는 볼거리가 너무 많다.

나도 최근까지 여러 차례 강화도에 갔다 왔지만 늘 당일로 돌아와 아쉬움이 남는다.

대충 옛것들 순으로 더듬어 보면, 청동기시대 탁자식 고인돌이 가장 오래된 유물로 보존되고 강화도 남쪽 마니산 끝자락 정상의 첨성단에서는 민족의 시조인 단군왕검의 개천축제를 지낸다.

매해 열리는 전국체육대회의 성화를 그곳에서 채화한다.

강화도 서남쪽에 또 다른 섬 석모도에는 신라 선덕여왕 4년(635)에 세운 보문사의 석불 마애관음상이 큰 볼거리다.

저녁 예불시간이 되면 스님이 연주하는 웅장한 법고 소리에 한 번 취해 볼만하다. 또 선덕여왕 8년(639)에 창건한 정수사가 있다.

그러나 사람들이 많이 찾는 곳은 고구려 소수림왕 11년에 지은 전등사다. 이곳에는 지정문화재 17점이 보관되어 더 유명하다. 유네스코에 문화유산으로 등록된 팔만대장경 목판을 만들어 보관했던 호국사찰 선원사지는 곰삭은 세월의 더께를 느낄 수 있는 장소이다.

고려 고종 19년(1232) 대몽항전對蒙抗戰을 위해 도읍지 개성에서 이곳 강화도로 천도해 원종 11년(1270)까지 39년간 궁궐로 삼았던 홍릉이 있고, 당시 몽고와 싸울 때 외성으로 강화해협을 지키던 요지 갑곶돈대를 찾아볼 수 있다.

또한 그 시대 유물로 강화10경의 하나인 연미정燕尾停을 빼놓을 수 없다. 한강과 임진강이 합쳐지며 제비꼬리 같다 하여 연미정이라 이름 지은 이곳은 한때 학생을 모아 교육을 시키던 곳이고 자연경관이 아름다워 학문을 익히며 풍류를 즐기던 곳이기도 하다.

이곳은 조선 인조와 숙종 때에 보축補築했고 정묘호란과 병자호란 시에도 인조 임금이 피난 왔던 임시수도이기도 한 곳이다. 그리고 고종 3년 병인양요 때 프랑스 극동함대가 병력 600명을 이끌고 와 점령했던 곳이다. 고종 8년 신미양요 때의 격전지인 초지진은 일본 군함 운양호 침공 때도 싸움이 치열했던 지역이다.

이들 말고도 강화10경 중 하나인 철종이 어릴 적 살던 생가 용흥궁, 조선 후기 대학자와 문신들의 묘가 있다. 그래서 강화도 전체를 '지붕 없는 박물관'이라고 부른다. 역사의 섬 이곳에 학문적 유산을 남긴 '강화학파'가 있다.

강화학파는 조선 후기 정제두鄭齊斗를 시조로 하여 강화도 지역을 중심으로 전개된 독특한 학문적 경향을 가진 학파이다.

흔히 강화학파의 학문적 경향은 양명학陽明學으로 이해되나 그들의 학문적 경향은 중국의 양명학과 다를 뿐 아니라 단순한 양명학에 그치지 않는다.

정제두의 경우 당시 지배 교학敎學이던 주자학朱子學에 대한 반발로 양명학을 수용했으나 그대로 받아들이기보다는 외향적으로 주자학과 양명학을 절충하는 형태를 취했다.

1709년(숙종 35년) 정제두는 자신과 가까이 지내던 소론들이 정치적으로 어려움에 처해지자 강화도로 물러나 은거해 오면서 친인척과 이광사, 이광려, 신대우, 심육, 윤순 등의 소론학자들이 모여 학문을 익히거나 혈연관계를 맺어 200년 동안 한 맥을 이어 나갔다.

강화도 북쪽의 또 다른 섬 교동도에 사적史跡으로 교동향교가 있는데 1286년 안향安珦이 원나라에서 공자상孔子像을 들여와 이곳에 봉안하여 우리나라에 주자학을 성행하게 하는 데 공헌하였다. 또 여기에서 연산군이 말년을 지낸 흔적을 찾아볼 수 있다.

고려시대부터 근대에 이르기까지 숱한 국난을 겪어온 강화도 사람

들은 스스로를 지키려는 응집력이 형성되고 자존심을 지켜나가는지도
모르겠다.

그래 8·15 광복 직후 미국이 주는 구호물자 받기를 거부했고, 행정
구역이 인천광역시에 편입될 때에도 군민투표郡民投票로 강화군의 군郡
자를 지키려는 결의를 보인 것이 아닌가 싶다.

이처럼 천년의 수난을 겪어오면서 남겨진 유적들을 보기 위해 전국
에서 수많은 여행자들의 발길이 연중 계속 이어지고 있다.

개의 해와 철수

흔히 서울 남산 위에서 돌을 던지면 김씨나 이씨가 맞는다고 하는 농담의 말은 우리나라에는 김씨나 이씨 성을 가진 사람들이 많다는 이야기이고 또 미美 의회議會에서 돌을 던지면 십중 팔구 로비스트들이 맞을 것이라는 말은 삼만오천 명이 넘는 로비스트들이 미 의회 주변에서 연일 맴돌고 있다는 말이다.

이와 비유가 적절한 표현이 될지 모르겠으나 8·15 광복 이후 한참 동안은 집에서 기르는 개들의 이름을 의례 수컷은 덕구, 암컷은 메리라고들 불렀다. 또한 외국에서 처음 들어온 스핏치 개를 한동안 누구네 집에서고 해피라고들 불러 해피가 개의 종류인 줄 알았다.

옛날 국민학교 국어 교과서에는 철수와 영희가 우리나라 남녀 아이들 이름의 대명사로 나왔고 이들을 따라다니는 강아지 이름은 바둑이였다. 요즘은 개의 이름을 각양각색으로 지어 부른다.

어찌 되었든 지금 내 둘째 딸네 집 강아지 이름을 철수라고 지어 부르는 데에는 누가 설명을 해 주지 않았어도 상당한 이유가 있음을 나는 짐작한다.

초등학교에 다니고 있는 딸만 둘을 두고 더 가지려 하였어도 사내아이를 출산하리라는 보장이 없어 단산하고 말았기 때문에 속으로는 늘 아들 하나만 더 있었으면 하는 바람이 마음 한구석에 자리잡고 있는 데에서 발상된 것일 거다. 그러니 철수가 숫놈인 것은 두 말할 나위 없다.

딸의 친구 집에서 기르던 개가 낳은 강아지 여섯 마리 중에서 제일 똘똘한 놈을 남들이 가져가기 전에 먼저 가서 골라왔다고 하는데 개의 종류는 시추(shihzu)란다. 조금은 귀엽게 생겼으나 그다지 머리가 뛰어난 우량종은 아닌 듯하다. 다 자라도 어린아이 베개만하다고, 그랬어도 여하간 아파트에서 개를 기르지 말라고 그랬건만 아랑곳없이 어린 놈을 싸 안고 와 신주단지 모시듯 온 식구들이 예쁜 장난감이나 가보家寶처럼 애지중지 키우고 있다.

개 사료 한 가지만 먹이는 것이 불쌍해서인지 하루 세끼 밥 때면 고기도 종종 몇 점씩 먹이는지 살이 토실토실 하다못해 비만하기까지에 이르렀다. 몇 달이 지나니 짖어대기 시작해 이웃 사람들의 따가운 눈총을 피하려고 동물병원에 가서 성대 수술을 받았다.

하루 건너 목욕을 시키고 만만치 않은 사료비와 한 달에 한 번씩 미장원에 가 털을 깎이고 발톱 청소를 하는데 이만오천원이 들고 대소변 바디와 각종 예방주사에 방광 결석이라고 해서 X-ray 촬영에 입원 수술비 기십만 원 등 웬만한 아이 하나 양육하는 것보다 수고와 돈이 여간 많이 들어가는 것이 아닌 모양이다. 게다가 일 년이 다 되어가니 숫놈의 본성이 발작해 사람에게 두 앞발을 올려놓고 뒤를 흔들어 대니 남

보기에 민망해서 급히 병원에 데려가 거세 수술을 받았다. 그러니 그게 사람이 할 노릇인가 모르겠다.

그래도 좋다고 철수란 놈은 제가 사람인 것으로 아는지 제 주인이 하는 대로 소파에 가서 같이 앉아 있기도 하고 주인이 외출할 때에는 먼저 따라나설 태세를 취한다.

잠잘 때에도 이부자리를 깔면 사람보다 먼저 올라가 요에 등을 대고 네 발을 하늘로 쳐든 채 누운 모양새는 애들 말로 정말 웃긴다. 이쯤 되면 도둑을 지키는 개가 아니라 주인의 사랑을 지키는 개가 되었다. 정말 개팔자치고는 참으로 상팔자인 셈이다. 같은 한 식구 중에서도 저를 더 좋아하는 만큼 차등을 두고 따르는 것을 보면 영물임이 틀림없는 것 같다.

사람들은 저마다 자기 만족을 위해 동물들을 키우고 있는데 개는 구석기시대부터 가축으로 기른 흔적이 남아 있고 가장 오래된 화석으로는 BC 9000년 쯤으로 추정되는 것이 미국의 아이다호에서 발견됐다고 한다.

인간들은 기호에 따라 고양이나 말 같은 것을 애완동물로 기르고 토끼나 쥐, 그리고 원숭이나 악어라든지 잉꼬나 매 같은 새들, 또는 물고기, 파충류, 양서류 같은 것들도 기르고 있다.

개의 종류는 세터, 퍼그, 파피용, 치와와, 테리아, 포메라니안 등 100여 종이 넘는다고 하는데 그중 크게 사냥개, 애완견, 사역견으로 나누는데 이들의 평균 수명은 12년 내지 20년을 산다. 우리나라 토종개로는 진돗개, 풍산개, 삽살개가 있다는 것은 다들 잘 알고 있지만 우리나라 토종개 중에 꼬리가 없는 경주의 댕견이나 경북 영주의 불개와 제주 개 몇 십 마리 정도가 우리나라 토종개로 명맥을 유지하고 있는 줄을 아는 사람은 그리 많지 않다. 어쨌든 현재 우리나라에서 기르고 있는 애완견의 숫자가 천만 마리가 넘는다고 하니 가히 놀랄 만한 숫자다.

그러니 개를 좋아하는 사람이 상상 외로 많다는 것을 알 수 있다.

그런데 이상하게도 개꿈이니 개 같은 소리니 개 같은 놈이니 하는 말들을 쓰는 것은 언제부터 왜 생겨났는지 알 길이 없다. 문제는 기르다가 병들거나 기를 형편이 안 되면 내어다 버려 죽게 하거나 떠돌이 개를 만드는 데 있다. 유기견들은 여기 저기 쓰레기를 뒤지며 찾아다니다가 요행히 살아남아, 마음 따뜻한 아줌마 눈에 띄어 보호소에 들어가 같은 처지에 있던 많은 친구들을 만나 집단생활을 하는 것을 TV에서 방영해 몇 차례 본 적이 있다.

나도 어릴 때 우리 집에서 개를 여러 번 키워본 경험이 있는데 진돗개, 세퍼트, 푸들 그리고 이름 모를 잡종이었다.

그들 중 진돗개는 10여 년 이상 길렀기 때문에 정도 많이 들었지만 영리하다고 하기보다는 사람의 의중을 미리 훤히 다 알고 있는 도사 같았던 느낌을 주던 개였고, 한 2년간 기르던 세퍼트는 쥐약을 먹은 쥐를 먹고 비참한 모습을 보이다 갔고, 푸들은 두 번이나 새끼를 낳았으면서도 젖을 빨리지 못해 두 번 다 실패하여 잘 아는 동물병원에 주어 버렸다. 잡종들은 역시 잡종이라서인지 큰 특징을 남기지 못했다.

그런데 이들 모두가 한 가지 공통점이 있었던 것은 하나같이 순해빠졌다고나 할지, 그래서 이웃 사람들이, 개는 기르는 주인의 성격을 닮는다 하더니 이 집 개는 주인 닮아서 다 순해 터지기만 하다고 하는 말을 들은 기억이 남아 있다.

개에 관한 일화는 이루 다 헤아릴 수 없이 많다.

주인이 죽을 것을 영리한 개가 살렸다는 말은 흔한 이야기이고, 주인이 죽은 줄도 모르고 여느 때처럼 마중 나가 기다리고 기다리다 굶어 죽은 개의 동상을 그 개가 기다리던 자리인 기차역 앞에 세워 놓은 경우도 있고, 진도에서 대전에 사는 사람에게 판 개가 몇 달 만에 뼈만 앙상하게 남은 것이 주인 찾아 집으로 되돌아왔다는 신문 기사를 보고 마음이 찡했던 기억도 있고, 임진왜란 때 인왕산에서 잡은 호랑이를 일본으로 보내면서 먹이로 진돗개를 넣어주었는데 도착해 보니 개는 살아있고 호랑이가 죽어있더라는 일화도 있다.

또한 일제강점기 중에는 우리나라 토종개의 씨를 말리려 관의 명령으로 100만 마리의 토종개를 잡아 껍질만 일본으로 가져간 사실을 아는 사람은 별로 없다.

철수를 기르고 있는 딸네집 식구들은 지금이야 좋아하고 아들이나 매한가지로 정들여 키우고 있지만 십여 년 후 수명이 다 되는 그 날이 먼저 오면 가슴이 뻥 뚫어지는 듯한 아림을 어찌 감당하려는지 걱정부터 앞서지만 황우석 교수가 세계 최초로 복제 개를 체세포로 이식해 탄생시켰다는 스나피처럼 자신이 어떻게 태어났는지 아무 것도 모르고 잘 커가고 있듯이 나라 안팎이 조용하고 부끄럽지 아니한 희망적인 개의 해가 되었으면 얼마나 좋을까.

겨울의 문턱에서

또 한 해의 겨울이 다가오고 있다.

인생 70고개를 넘기면 세월이 유수같이 간다더니 가을을 건너뛴 듯 하루가 다르게 벌써 '추워 춰' 소리가 절로 난다.

12월은 가을과 겨울이 힘겨루기를 한다. 마지막 남은 가을의 따사로운 높새바람으로 버티려 해 보지만 송골송골 피었던 들국화도 새벽이슬에 꽃잎을 접으며 겨울을 재촉한다.

만산의 푸르름도 갈색 단풍으로 물들어 겨울 채비를 갖춘다.

가을과 겨울의 경계에서 짙은 녹색의 잡초들도 생명을 연장하려는 듯 젊었던 계절을 떠나보냄의 아쉬움이 역력히 묻어난다.

가을을 붙잡아 둘 수는 없다.

초겨울은 차고 이지적이면서도 그 속에는 분화구噴火口 같은 정열을 감추고 있다.

마음 속에 살고 있던 행복한 생각도 쉽게 잊지 못할 서러움도 이제는 먼 고향 길 속으로 사라져 가고 슬픈 바람은 머지않아 귀를 에어내는 칼바람을 예고한다.

파란 하늘에 수놓은 듯 솜사탕같이 몽실몽실 떠다니는 하얀 구름도 높이 날려 보내고 눈이 부시도록 푸른 하늘은 죽음처럼 공포스런 추위의 겨울이 다가옴을 느끼게 한다.

태양은 마지막 산을 향해 기어올라 이미 따스한 빛을 잃어간다. 해 저물자 날이 추워진다. 홀로 앉아있으면 차츰 늙어감이 서럽다.

겨울은 회상의 계절인가 보다. 그것은 지나간 화려했던 계절을 바라보며 한恨 많은 연륜을 삭아내듯 회억回憶한다. 지는 해를 아쉬워함인가. 가는 시간을 두려워함일까. 한 생의 긴 장정長程에 동행하며 살아오다 헤어진 모든 사람들과의 지워 버리고 싶은 부끄러운 기억들은 남김없이 태워 버리자.

해는 사라졌지만 여운은 아직 남아 있다. 한 인생이 떠난 뒤에 남은 흔적과도 같은 것이 가슴 깊이 머문다. 자연이 주는 황혼은 새로운 봄이 오면 끝없이 먼동을 틔울 것이란 영원한 믿음 때문에 내일을 살고 있다.

문득 윤동주의 시 한 수가 생각난다.

죽는 날까지 하늘을 우러러
한 점 부끄럼이 없기를
잎새에 이는 바람에도
나는 괴로워했다.
별을 노래하는 마음으로

모든 죽어가는 것들을 사랑해야지

그리고 나한테 주어진 길을

걸어가야겠다.

오늘 밤에도 별이 바람에 스치운다.

가을에 피는 국화를 아무도 늦깎이 꽃으로 부르지 않는다.
나는 오늘도 남은 인생의 첫날로 살아갈 것이다.

경축일慶祝日 사면赦免을 보며

내가 늘 이용하는 지하철 3호선 일원역 4,5번 출입구 앞 건너편에 버스 정류장이 하나 있다. 이 버스 정류장에는 시내로 들어가는 십여 개 노선의 버스들이 하루 종일 꼬리를 물고 정차했다 떠나곤 한다. 큰길이라고 해봤자 겨우 왕복 6차선에 불과하고 그리 번잡하지도 않아 버스중앙노선까지를 설치할 곳은 못된다.

그래서인지 이 4,5번 출입구 쪽에서 맞은편 버스 정류장으로 버스를 타러 가거나 버스에서 내려 건너오는 사람들은 약 4,5십 미터 위와 아래쪽에 신호등이 있는 건널목을 이용하려 하지 않고 곧장 직선으로 차도車道를 무단 횡단한다. 애들, 아줌마, 나이든 사람들 모두가 매한가지다.

어제와 오늘, 내일 이후에도 똑같이 변함은 없을 듯싶다.

얼마 전 그곳에서 교통사고가 있었는지 차바퀴가 멈췄던 곳에 흰색 페인트로 격자 표시를 해 놓은 것이 눈에 띄기도 했다. 집에 와 인터넷으로 상습적인 무단횡단을 예방하는 대책이 없겠는지를 강구해 보도록 관계기관에 알린 적도 있다.

마땅한 묘안이 없었는지 감감무소식이더니 얼마 전 양방향에 '무단횡단 이제는 그만'이라는 푯말을 내걸었으나 그런 정도 경고문 정도로는 대수롭지 않게 생각하는 듯 여전하다.

'바늘 도둑이 소도둑 된다'는 옛 속담을 생각나게 한다.

신문보도를 보면 금년 8·15 광복절에도 예외 없이 대사면이 있었다. 무려 152만 명의 범법자犯法者들이 특별 사면赦免됐다. 사면의 명분은 생계형 서민이라고 발표했다.

생계형 사면 대상자들의 범죄가 어떠한 것들인지 그 내용을 좀 살펴보았더니 교통법규 위반이 제일 많았는데 속도위반, 차선위반, 신호위반, 음주운전으로 면허정지 또는 취소된 자들이, 운전하며 먹고 살 수 있도록 사면해 준 것이다.

또 다른 범법 내용들도 각양각색이다. 멀쩡한 스텐 다리 난간, 맨홀의 쇠뚜껑, 학교의 철제교문, 큰길에 멀쩡한 전선이나 통신선인 구리선을 뜯고 잘라 팔거나 사들인 죄다.

비료로 콩나물을 길러 팔거나 두부에 석회를 넣어 만들어 팔다 걸린 죄, 수년간 정성들여 키우고 있는 인삼밭을 쓸어간 죄, 여름내 땀 흘려 농사지어 널어 말린 고추와 나락을 걷어간 죄, 유통기간이 지난 식품의 날짜를 지우고 기간을 늘려 팔다 잡힌 죄, 이러한 범죄자들이 서민의 생계형 범죄류犯罪類에 속한다.

이 정도의 죄는 큰 범죄에 비하면 차도車道를 무단횡단하는 것 쯤으로 여기는가 보다.

국경일, 석가탄신일, 크리스마스 같은 날 범법자들이 김영삼 정부에서 704만 명, 김대중 정부에서 1,038만 명, 노무현 정부에서 438만 명, 이번 이명박 정부 들어와서도 벌써 190만 명으로 불과 17년 동안 2,650만 명을 풀어 주었다. 우리나라 전 인구의 절반이 넘는 숫자다.

지구상에 이러한 나라가 또 있을까? 이러한 사면조치를 보면서 과연 우리나라가 법치국가인지를 다시 생각해 보게 된다. 사면이 무엇인가. 전제군주시대, 왕명이 곧 법이었던 시절의 사면령赦免令에 근원根源한 유물이 아닌가. 민주주의 국가인 현대에 와서도 사면법이라는 걸 앞세워 대통령의 통치행위로 사면·복권이 이루어지고 있다. 과연 지금과 같이 이루어지고 있는 사면·복권이 대통령의 통치행위에 속하는지를 한 번 재고해 봐야 할 일이다.

법과 규정은 실천 가능해야 하고 법적용은 평등하게 적용되어야 한다고 생각한다. 현재와 같이 이루어지고 있는 사면행위는 법을 스스로 찢는 행위요 국민에게 준법정신을 흐리게 할 것 같다.

집권정부가 국민의 표를 의식해 좀도둑에게 일종의 시혜를 베풀어 의타성만을 키워주는 행위로 생각된다. 서민범죄가 풀려나면 다시 잔챙이 서민을 등쳐먹는 악순환이 거듭된다. 서민은 우리 사회 법의식, 법치사회를 만드는 기본계층이다. 이들이 범법자가 되면 법을 무시하는 국회의원을 뽑고 나라는 수치스러워지고 오염된 서민은 늘어만 갈 것이다.

국가가 해야 할 일은 사면·복권이 아니라 서민과 약자들이 공정한 자유질서 하에 경쟁할 수 있는 기회를 보장하고 힘을 길러주는 데 있지 않겠는가? 그들에게 법치를 가르쳐 그와 그 자손들이 정직한 시민이

승리하는 자유 민주주의 시장경제를 만들어, 국가경쟁력을 높여 나가게 하는 것이 국가의 책무가 아니겠는지 생각하게 된다. 사소한 법은 지키지 않아도 된다는 극히 반反 법치주의 의식이 팽배한 나라의 모습을 우리들은 보고 있다.

야생 비둘기가 어디에 둥지를 틀고 알을 낳아 새끼를 키우고 있는지 보기 어렵고 새끼 비둘기가 우리 눈에 잘 띄지 아니 하듯 우리 사회 안에는 사소한 범법은 죄로 느끼지 못하는 불감증에 빠져 병들어 가고 있는 것은 아닌지, 한국을 다녀간 외국인들이 우리나라를 "경제적으로는 잘 사는 국가라 할지 몰라도 존경스럽지는 못한 국민"이라고 평가한다는 기사를 읽은 적 있다.

가짜 김을 만들고 겉모양만으로는 구별하기 어려운 계란까지 만들어 수출하는 중국, 중국 식품이면 모두 불량식품으로 우리에게 인식되고 있는 것처럼 수년 전 일본에서 한때 한국 사람들은 '민나 도로보(모두 도둑놈)'라는 말이 유행했었다. 우리 모두가 되짚어 생각해 보아야 할 일이다.

최근 TV 심야토론에서 국회의원을 수입하자는 말까지 나왔다. 그 이유는 국민이 더 잘 안다.

국회의원에 당선만 되고 나면 유권자의 대리자가 아닌 유권자의 대표로 군림하여 국민이 바라는 일은 뒷전이고 당리당략에만 매달려 1년이 넘도록 정상적인 의정활동은 하지 않고 국민의 세금만 축내고 있으니 한심해서 하는 말이다.

요즘 국민 대다수가 국가와 정치인들에게 바라는 생각들을 대략 요약해 보면 이렇다.

"민노총 · 전교조 · 좌경 폭력 시민단체를 없애고, 뇌물을 받는 정치인과 공직자는 영구 퇴장시키고, 국회의원 선거구를 소선거구제에서 대선거구제로 고치고 국회의원 수를 반으로 줄이며 면책특권을 없애라. 대통령을 4년 중임제로 하고 보안법과 경찰력을 강화하라. 국고를 갈취하는 귀족 공기업을 속히 민영화하라. 일방적으로 퍼주는 대북정책은 하지 마라. 다多 출산出産 보육 환경여건 조성과 공교육의 질적 향상을 도모하라."

이러한 것들이 해결되는 날이 진정한 국민 모두의 국경일이 아니겠는가.

곰 세 마리

삶의 질이 높아지면서 비만肥滿 인구가 늘어만 간다. 잘못된 식생활 때문이라고 한다.

50년 전에는 전 세계에 1억이던 비만인구가 현재는 16억 명으로 늘었다고 한다. 미국 사람 4분의 1이 병적 비만이라고 하는데 우리나라도 예외는 아니다.

국민건강보험공단 검진대상자의 32.8%가 비만이라고 발표했다.

유럽비만협회는 비만을 '유행병'으로 규정하기에 이르렀다. 나라마다 비만예방과 치료에 막대한 예산을 쓰고 있다.

미국은 금년에 어린이 비만퇴치 캠페인에만 4억 달러를 투입했고 덴마크는 청량음료에 비만세를 부과하기 시작했다.

문제는 비만으로 인한 성인병으로 73%가 사망한다는 WHO의 보고가 있었다.

이러한 세상인데 북한 동포들은 먹지를 못해 영양실조라니 오죽하면 "세 번째의 곰이 나타났다.

당신이 뚱뚱해질수록 우리는 야위어간다"라는 전단이 최근 북한 땅에 뿌려졌다고 한다.

지도자 한 사람이 한 나라의 운명을 좌우하다니!

공짜병은 중독성인가

따사한 봄바람과 더불어 선거철이 또 다가오나 보다. 이번에는 복지문제가 현실적 이슈가 될 듯하다. 무상의료, 무상급식, 무상교육, 반값 대학등록금 같은 것들이다.

복지란 원래 공짜라는 착시錯視 현상을 일으키는 함정이 있어 대다수 국민들은 정치인의 복지공약에는 대부분 실현될 수 없는 빈 공약空約이 될 줄 알면서도 이행하지 못할 복지정책을 내건 정치인에게 표를 또 찍어주는 습성이 우리 국민들 마음 속에 깊이 젖어 있는 것은 바로 공짜병의 중독성 때문일 거다. 우리보다 앞선 영국 스웨덴 독일 프랑스 스페인 그리스 일본 같은 나라들이 수십 년간 시행착오와 복지재원 마련에 시달려오며 국가재정이 파탄상태에 이른 나라도 있는데 우리 정치는 뒤늦게 이제 와 선진국들이 실패한 복지정책의 전철을 밟으려 한다.

이에 더하여 복지정책을 내세워 국민을 편 가르기에 내몰고 있다.

이러한 사실을 올바르게 분별할 줄 아는 국민이 많으면 많아질수록 선진국이 되는 시기는 앞당겨질 수 있을 것이다.

군 공민학교 교관 시절의 추억

지금도 공민학교公民學校가 있는지 모르겠다.

아마 공민학교가 무엇 하는 곳이냐고 묻는 사람도 있을 것이다.

요즘 사람들이야 들어보지도 못한 말일 것 같지만 8·15 광복직후 옛날 조선조시대 서당 비슷하게 가르치던 곳을 그렇게 불렀다.

그런데 내가 군에 입대하여 논산훈련소에서 2개월간의 훈련이 끝나자마자 전방으로 배속되었는데 춘천에 있는 제3보충대라는 곳을 거쳐 '이기자' 라고 빨간색 글씨의 부대마크가 있는 육군 제27사단 정훈부대 소속 군 공민학교에 배속을 받았다. 나는 이 공민학교에서 제대할 때까지 내내 교관 노릇을 했는데 나도 그때 군에 공민학교가 있는 줄을 처음 알았다.

학생은 사단 예하 각 부대에서 차출되어 오지만 출생지는 8도강산 사람들이 고루 모인다. 이들은 완전 문맹자는 아니고 전부 초등학교 중퇴자들이다. 공민학교에 입교하게 되면 3개월간 초등학교 전 과정이

속성으로 진행된다.

교재가 그렇게 짜여져 있고 교관은 사전 교안까지 작성해 제출하고 검사까지 받는다. 실제로 고향 집 가족에게 안부편지 한 통 제대로 쓰지 못하거나 구구단도 제대로 외우는 사람이 그리 많지 않았다.

이들이 학교를 못가고 배우지 못한 사유를 들어보니 사정은 비슷했다. 거의 가정형편이 몹시 가난했고 또 밥은 먹고 살아도 집이 두메산골이라 학교가 너무 멀어 걸어다닐 수가 없었던 경우가 많았다. 드문 경우지만 어떤 때는 자기 소속 부대에서 하도 말썽을 피워 골치가 아파 일시 격리시키려 잠시 공민학교에 가 교육을 받도록 보내온 자도 있었는데 개중에는 집이 서울이지만 가정환경상 구두 닦기, 소매치기를 했거나 용산역전에서 양아치 노릇을 하다가 감방생활도 몇 차례 경험하고 별이 몇 개나 붙은 놈도 있었다. 지금과는 달리 그 때는 전과자도 군에 가야만 했던 오래 전 이야기다.

한 반班(그때는 구대라고 불렀다)에 약 40명의 학생들은 여러 면에서 수준차이가 났다. 낫 놓고 'ㄱ'자는 몰라도 마음씨가 고와 법 없이도 살 만한 사람이 있는가 하면, 하룻밤만 자고 나면 여기 저기에서 돈이나 시계 같은 물건이 감쪽같이 사라지는 등 예기치 못한 사건 사고가 수시로 발생했다.

또 밤이면 내무반에서 같이 잠을 자는데 이虱라는 속옷에 기생하는 벌레가 옮겨와서 DDT를 아무리 뿌려도 소용이 없었다. 목욕을 자주 하지 못하고 옷도 깨끗이 빨아 입지 못해 그랬을 것이다. 그래서 주말이면 나는 내 구대 학생들은 강제로 빨래를 시켰다.

군대용어로 개판을 치면 단체 기합을 주는데 다른 구대 교관들은 워

커구둣발로 종다리를 걷어차거나(그때는 쪼인트를 깐다고 말했다) 야
전침대 마구리 나무로 엉덩이를 때리거나 따귀를 때려 고막이 터지는
일도 종종 있었다. 평생 단 한 번도 치고 받고 하는 짓을 해 보지 못한
나는 기합 줄 일이 생기면 운동장에 집합을 시켜놓고 무엇을 잘못했는
지를 분명히 알리고 구보를 시키는데 내가 먼저 맨 앞에 서서 같이 뛰
었다. 잘못의 정도에 따라 운동장 도는 횟수는 달라진다. 언제고 같이
뛰니까 누구 하나 불평을 하거나 불만을 갖지 못했다.

하루 8시간 교육을, 교관 둘이서 한 사람이 4시간씩 수업을 담당하는
데 내 파트너가 가르치는 것이 못마땅해서 나 혼자 8시간을 전부 다 맡
아서 1인 2역을 했다. 그렇게 몇 개월간을 하다 보니 오후 3,4시가 되면
몸살이 났을 때처럼 온몸이 오싹오싹해지고, 내일은 4시간만 해야지
하다가도 하루 자고나면 젊은 때인지라 견딜 만하여 또 다시 내쳐 8시
간을 계속했다. 나름대로는 사명감을 갖고 지극정성으로 혼신을 쏟았
다. 이들이 군 복무를 끝내고 각자 고향에 돌아가 가장이 되었을 때 사
람구실 제대로 하며 살아갈 수 있도록 최선을 다했다. 내가 무슨 안창
호, 김구 선생같이 애국자라도 된 양 몸을 아끼지 아니 하고 정말 열심
히 했다.

그 보람 하나는 3개월이면 즉시 나타나고 있었기 때문이기도 했다.

수료식 전날이면 다른 구대 교관들은 자기 사물私物들이 손을 탈까봐
내무반에서 교무실 같은 데로 옮기기에 바쁘다. 수료생들이 크고 작은
소지품을 남겨놓지 않고 가져갔기 때문이었다. 악질 소리를 듣던 교관
은 아예 미리 다른 곳으로 피신하기도 하였다. 수료식이 끝나자마자 속
된 말로 맞장을 뜨자거나 몰매를 당할까 보아서다.

　그러나 오직 내 물건만은 제 자리에 그냥 두어도 털끝 하나 손을 대지 않았다. 오히려 졸병 봉급이 얼마 된다고 저희들끼리 몇 푼씩 모아 아주 작은 선물이라도 손에다 쥐어주면서 헤어지기 섭섭하여 눈물까지 흘리는 것을 보고 나는 큰 보람으로 느끼면서 그 다음도 또 그 다음도 교단에서 목이 쉬도록 하루 8시간씩 외쳤다.

　아마도 지금쯤은 그들도 나처럼 늙은이가 되어 어느 농촌에서 잘들 살아가고 있겠지. 개중에는 구구단을 다 외울 때까지 나에게 대나무 자로 손바닥을 맞던 기억을 떠올리고 있지나 않을까도 싶다.

　난리가 나면 자기네 집으로 피난 오라고 하던 괴산의 빼빼 김 병장, 휴가 중 우연히 만나 남대문 시장 뒷골목에서 순대국을 같이 먹었던 박 상병, 기똥차게 노래를 잘 불러 막걸리 사 먹이며 노래를 부르게 했던 이 하사, 감방 안 신고식부터 그 안에서 발생하는 일들을 실감나게 떠벌리던 서 상병, 갑자기 탈장을 내보이며 놀라게 했던 이름도 잘 생각이 안 나는 그 친구, 강제로 빨래를 시켰더니 옷을 입은 채 냇물에 들어가 새로 배급 받은 구둣솔로 몸에 비누칠을 해 전신을 비누 거품을 내며 빨래를 하여 모두를 웃겼던 친구, 이런 저런 일들이 파노라마처럼 생각이 난다. 얼굴들이나 알아볼 수 있을지 혹시 "그 사람이 보고 싶다"라는 TV 프로에 한 번 나갈 수만 있다면 그들 중 어느 누구를 만날 수도 있으련만 내 처지에 그것도 용이한 일이 아니니 그저 옛 생각만으로 회상해 볼 따름이다.

위기의 순간에 떠오른 아내

19 83년 7월.

여러 날 전부터 장맛비가 계속 구질구질하게 전국적으로 쏟아지던 날 밤. 김포공항에서 내가 탄 미국행 보잉 747 여객기는 어둠 속을 뚫고 힘차게 활주로를 박차고 육중한 덩치를 가볍게 공중으로 솟구쳤다. 오를 때 반쯤 눕혀졌던 의자가 제자리로 수평을 유지하는 것을 보니 이제는 곧장 목적지를 향해 날아가기만 하면 미국에 도착하겠지 하는 생각만 하고 있었다.

그런데 비행기가 별로 가볍게 날아가는 느낌이 아니었다.

자주 삐그덕 소리를 내는 것이 구름층을 뚫고 가느라 기류가 고르지 못해 그러려니 생각했다. 잠시 후 비행기는 이따금 요동을 쳤다. 기내방송에서는 안전벨트를 다시 채우라고 했다. 안전벨트를 채우지 아니하면 위험할 수가 있다고 강조했다.

방송이 끝나자마자 비행기는 뜨트득 찌드득하며 평생 들어보지 못한 소리를 내며 좌우 상하로 흔들렸다. 비행기가 동체로 비틀려 몇 조각으로 찢겨 산산조각이나 나지 아니 하는가 할 정도였다. 은근히 겁이 나기 시작했다. 불안했다.

이렇게 약 40분쯤을 날아갔을 때였다. 기내 방송이 다시 나왔다.

"지금 이 비행기는 동해를 지나 일본해협 상공을 막 지나고 있으나 기체 일부의 고장으로 부득이 김포공항으로 회항을 하겠습니다. 안전 벨트를 매시고 기내 이동을 삼가해 주시기 바랍니다."

그리고는 승객에게 양해만을 구한 후 탑승자의 안전 여부에 대해서는 아무런 언급도 하지 않았다. 기내는 갑자기 숙연해졌다.

손님들을 안심시켜야 할 스튜어디스마저 기내 복도를 분주히 뛰어다니는 모습을 보니 그들도 비행기 어디가 고장이 났는지를 모르고 있는 것 같았다. 궁금했던 손님들이 물어봐도 잘 모르겠단다.

비행기는 여전히 삐그덕 소리를 내며 흔들렸다. 이제는 마치 비행기가 곧장 동해바다 속으로 다이빙이나 하지 않나 하고 공포감마저 들었다. 아마도 오늘이 내 생의 마지막 날이 되는 성 싶었다.

얼핏 누구에게 유서를 써야 할 것 같은 생각을 해 보았으나 유서로 남길 말이 전연 없었다. 저금통장 하나 없었고 남에게 주고받을 돈도 없었으니까.

그 순간, 문득 아내가 측은하게 여겨지며 미안한 생각이 들었다.

평생 박봉의 공무원 보수로 근근히 살아오면서 고생했다는 위로의 말 한 마디를 못해서도 아니고 단 한 번도 해외구경을 못 시켜 줬대서가 아니었다. 앞으로 아내가 자식 녀석들과 함께 살아가야 할 일을, 떠넘긴 죄책감 같은 생각에서였다. 이런 생각들이 불과 1, 2분 동안 스쳐

지나갔는데 마치 한두 시간이나 지나간 것 같은 죽음의 공포감은 한없이 길고 초조했다.

다음은 또 스스로 진정도 시켜 보았다. 누구나 다 때가 오면 가는 것을, 50년 가까이 살았으니 억울할 것도 없지 않나 하고 생각을 바꾸고 나니 마음이 평온해졌다. 아마 독실한 기독교 신자였다면 속으로 무수히 하나님을 찾았을 것이다.

생과 사의 갈림길을 경험해 보지 못한 사람들은 그 누구도 내가 느꼈던 단 5분간의 그 긴 시간을 맛보기는 좀처럼 어려울 것이다.

지루했던 40분의 시간이 흘러간 후 무사히 김포공항으로 돌아와 앉았다. 컴퓨터가 고장이 나서 수동으로 조종해야 했고 착륙 도중 폭발 사고를 대비해 미국까지 가는데 소요될 500드럼의 고급 휘발유를 회항 도중, 양 앞날개에 붙은 분사기로 다 품어냈다고 했다. 한 시간이나 넘게 고장 수리가 끝나 비행기는 다시 이륙했다.

평온해진 마음으로 돌아와 어찌해서 위기의 순간에 아내의 생각이 맨 먼저 떠올랐을까를 생각해 보았다. 아마도 평상시 여러 가지로 아내에게 잘해 주지 못한 탓일 거라고 생각했다. 다음 기회에는 꼭 아내와 동반해야지 하고 굳은 결심도 했다. 그러나 두어 개의 화장품 선물로 대신하는 것으로 끝나고 말았다.

그 후 십년이나 더 훨씬 넘겨 내 나이 환갑이 되어서야 아들 딸 덕분에 겨우 패키지 투어로 부부동반하여 7박 8일 간 미국의 서부 LA로 가 디즈니랜드, 라스베가스와 그랜드캐년 그리고 샌프란시스코로 가 금문교를 구경해 보는 해외여행을 처음 함께 할 수 있었다.

나는 늦게야 철이 들었는가 보다. 결혼한 지 40년이 지나서야 아내의 자리가 중하고 컸다는 것을 알았으니 말이다. 그리고 보면 역설적으로 말해 나는 엄청나게 많은 복을 받아 온 셈이다. 아내는 평생을 나와 같이 살아오면서 큰 불평 없이 자기 자리를 지켜주었고 또 단 한 번도 아프다고 자리에 누워있는 것을 본 일이 없다. 흔한 감기 몇 번 걸려 열이 났으면서도 따뜻한 아침 밥 지어 먹여 출근시키는 일을 걸러 본 적이 없다.

평생 쥐꼬리만한 공무원 봉급을 가지고 알뜰히 살림 꾸려 네 자식을 먹이고 입히고 대학까지 다 마치고, 이어서 시집 장가 다 보내느라 뒤치닥거리도 다 했고, 늙으신 시부모 돌아가실 때까지 수 년간 병 수발을 드는 고생마저 감내했다.

뒤늦게 반성을 해 본다. 어떤 일을 도와야 가사노동 분담이 되는 일인지를 찾고 있다. 아내에게 고맙다는 생각을 하면서 이제부터라도 무엇이 되든 돕고 잘해 보려고 생각해 본다. 이제 우리 둘의 인생은 얼마 남지 않은 것 같아서 더욱 그러하다.

그래도 나는 상계동이 좋다

여러 해를 알고 지내던 사람들을 우연히 만나게 되면 안부 삼아 묻는 말이 십중팔구 "지금 어디 살고 있어" 하고 묻는다.

그때마다 나는 서슴없이 "상계동" 하고 대답하면 기다렸다는 듯 "왜 어찌 그렇게 됐어" 하고 매우 안 됐다는 표정을 짓는다.

그 말이나 표정의 진의는 뻔하다. 강남에서 잘 살고 있는 줄 알았는데… 언제 무슨 사업에 투자했다가 망해 할 수 없이 달동네라도 찾아간 줄로 생각하기 때문일 것이다. 그도 그럴 만한 이유는 있다.

나와 수십 년 동안 교분을 맺어 온 사람들은 지방 갑부인 의사의 아들로 태어나 남들이 부러워 할 정도로 부유한 생활을 누려 왔고 큰 재산이라도 물려받아 일찍부터 강남에서 잘 살고 있는 것으로 진작부터 알고 있었기에 직장에서는 한때나마 강남 부자라는 칭호를 듣기도 한 적이 있었으니 말이다.

그랬던 내가 분당쯤이면 몰라도 서울에서도 제일 변두리여서 한때는 서울보통시라 하며 가장 못사는 사람들이 산다고 불리어진 그 달동네에서 살고 있다니 의구심이 날 만도 하다.

정말로 아주 옛날 달동네 시절 친구 집에 딱 한 번 왔었던 적이 있었는데 나도 그때 어떻게 이러한 데서 사람이 살 수 있을까 하는 생각을 해 본 적은 있다.

그러나 새로이 동양 최대의 아파트 단지가 조성되고, 63만의 거주지에 국회의원만 뽑는 데도 갑, 을, 병 세 사람이나 당선시키는 새로운 거대 주택단지가 형성된 곳인 줄을 전혀 모른다면 나의 처지를 의심할 법하긴 하다. 그런데 근자에 와서 강남 집값의 이상 현상이 발생하여 집값으로 따지면 강남의 집값은 상계동에 비하면 사, 오배나 차이가 나버렸다. 그러다보니 그 무슨 차이인지는 몰라도 사람들마저도 차이가 나서 차별을 받는 느낌마저 든다. 아마도 이를 두고 상대적 박탈감이라고 말하는지 모르겠다.

아주 옛날 내가 강남으로 이사해서 살 때에는 아파트라고는 AID와 반포아파트 이외에는 다른 아파트라고는 단 한 동도 없었고, 택지만 조성해 놓고 집이라고는 거의 없이 기껏 새로 띄엄띄엄 한두 집 짓기 시작하고 있었다. 개발이 잘 안 되어 심지어 취득세를 2년간 면제 연장해 주던 시절이었다.

그 후 이웃에 새집이 하나둘 생겨나더니 이사 오는 사람들은 집장사들이거나 신흥 예비 준재벌들이 모여들기 시작했다. 생활하는 수준들이 각양각색이었다.

집사람들끼리는 이따금 오고가고 하는 모양인데, 공무원 월급쟁이 생활이야 뻔한 것인데 이웃집에 다녀올 때마다 아내의 표정은 그리 밝지가 않았다.

거실 천정에 새로 수입해서 매단 샹들리에 하나 값이 그 당시 돈으로 천 오백만원이라나. 그것뿐이었겠는가. 생활수준의 차이는 철부지 아이들에게까지 은근히 사기저하의 영향을 주는 듯싶었다.

꼭 이러한 이유만 갖고 상계동으로 이사를 온 것은 아니지만 어느새 88서울올림픽이 열리던 해에 이사를 했으니, 근 15년이 다 되어간다.

새로 분양된 아파트에 동시 입주한 사람들은 거의가 월급 생활자들이어서 살아가는 수준이 대개 비등하다. 그래서인지 이웃 간 다투는 큰 소리나 자동차 한 대 소리도 들리지 않는 조용한 시골 동네 같았다.

그 때만 해도 자가용이 있는 집은 한 집도 없었으니까. 지금이야 세든 사람들도 자가용부터 장만하는 세월이 되어 있지만.

도시구획정비구역으로서 이제는 계획된 아파트 단지로 정돈이 잘된 시가지로 변했고 가까이에 수락산, 불암산과 도봉산으로 둘러싸여 공기도 맑고, 롯데, 한신, 신세계, 건영 등 백화점이 들어와 있고 창동, 하이, 아울렛 등 대·중·소 마트들이 요소요소에 들어와 있어 소비생활에 전혀 불편을 느끼지 아니 하는 곳으로 변해 있다.

시내로 출·퇴근하는 사람들도 지하철 4, 7호선을 주로 이용하고 또 1, 6호선으로 가까운 역에서 환승도 가능하니 교통편으로 보아도 그 하나 부족함이나 아쉬움이 없다. 무엇보다도 이웃끼리 여러 해 동안 오래 살다가 보니 정이 들어 부인들은 시골동네 아낙들 마실 다니듯 하고 특식 아닌 반찬도 서로 나누어 먹고 살고 있으니 위화감은 고사하고 다른 데로 이사 가려고 해도 이제는 떨어지는 것이 아쉬워서라도 헤어지지 못할 정도가 되어 있다.

그러니 아무리 집값이 오르지 않는다고 그 알량한 재산 불리기에 눈이 어두워 이사를 갈 수 있겠는가?

사는 데에는 아무런 불편도 지장도 없으니 유행가 가사처럼 잘난 사람 잘난 대로 살고 못난 사람 못난 대로 산다고나 할까, 아무튼 어느 누가 아직도 달동네로 치부하건 말건 그래도 나는 상계동이 그냥 좋다.

2부

속 깊은 샘물 퍼내며

나도 한 마디 하고 싶다

대통령은 스타다.

배우가 픽션 스타라면 대통령은 각본 없는 넌픽션 스타다.

대통령은 한 나라의 최고 지도자로서 막강한 권력을 행사하며 그의 지도력에 따라 나라의 운명까지를 좌우한다. 때문에 인간세人間世 최고 의 출세가 대통령의 자리다. 이러한 권좌에 있던 전직 대통령이 스스로 목숨을 끊었다. 국민은 잠시 허망함을 느꼈다.

우리 모두는 죽음의 경험이 없다. 단지 죽음에 대한 본능적인 두려움 을 갖는다. 그럼에도 자살은 끊임없이 이어진다. 병사와 사고사에 이어 세 번째가 자살이다. 경제협력개발기구(OECD) 가입국가 중 1위, 년 간 1만2천 명, 하루 평균 32.8명이 자살하는 국가가 우리나라다.

자살은 죽음이다. 노무현 대통령은 왜 자살의 길을 택했을까?

사건의 전말은 영구 미제로 남겨 두었지만 대통령 재임시 부정 사실 이 발각되면 지위고하를 불문하고 그 누구도 예외 없이 '패가망신' 할

거라는 선언이 한순간에 무너져버린 도덕성에 참기 어려운 일말의 양심이 그의 육신을 낭떠러지로 몰아낸 것일까?

전 국민에게 충격을 안겨 주었다.

전 세계에서 최고 지도자가 자살한 경우는 5천만 명을 희생시킨 히틀러가 패전 즉시 자살한 이후 두 번째의 인물로 역사에 기록될 것이다. 순직殉職이나 전사戰死가 아니다. 떳떳하지 못한 돈을 주고받은 사실에 대해 조사받던 중 삶과 죽음의 갈림길에서 고뇌 끝에 죽음을 선택했다.

보통사람이 아닌 최고 지도자의 죽음이라는 점에서 세계를 놀라게 했고 놀라움이 컸던 만큼 나라의 위상을 손상시켰을 뿐만 아니라 큰 야망을 지닌 많은 젊은이들에게 성취의욕을 잃게 하고 희망적인 앞날에 쓰디쓴 좌절감을 안겨주었다.

한편, 미국의 흑인들은 버락 오바마가 대통령으로 당선되자 "노예에서 대통령으로"라는 기치 아래 흥분에 들떠 마치 자기들이 대통령이라도 된 듯 하루하루를 즐겁게 일을 해가고 있다고 한다. 이렇게 지도자의 힘은 전 국민에게 꿈과 희망을 심어준다.

유족들은 조용히 가족장을 치르기 바랐으나 정부가 나서서 국민장을 하도록 설득시켰다. 미국 등 외국 언론에서는 어떻게 국가원수를 지낸 분이 자살을 할 수 있느냐며 국민장으로 하는 것에 대하여도 의아해했다.

죽음, 사망死亡의 다른 이름을 사거(死去, pass way)라 하는데 자살(自殺, suicide)을 서거逝去라 하는 것에 대하여도 동의하지 않는다.

국민장에 45억 이상을 세금으로 쓰는 것에도 못마땅하게 여기는 사람들이 더 많다. 국민장을 치르며 각지에 설치한 분향소에서 발생한 여러 가지 추한 모습들을 TV에서 보며 한심한 나라임을 온 국민들에게 다시 한 번 자인케 해 주었다.

천시天時를 만난 듯 야당 쪽과 재야 사람들은 한목소리로 검찰과 언론이 만들어낸 정치적 타살이라며 대통령은 사과하고 검찰 관련자를 파면시키라고 한다.

이 틈새 속에 여러 대학에 소수의 철없는 교수들이 시국선언을 하는데 그 내용에 알맹이가 없어 국민의 호응을 얻지 못하고 빈축을 사고 있다. 이에 질세라 전교조 교사들도 시국선언에 따라 나서고 있어 많은 학부모들의 안타까움만 더해 주고 있는 데다 약에 감초인 양 종교단체의 단골 시위꾼들도 가세해 꼴불견 노릇을 하고 있다.

잃어버린 10년 정권에 참여했던 정객들의 행보는 아직도 햇볕정책에 미련이 남았는지 북北의 핵 실험이 현 정부가 6·15 공동성명을 이행하지 않고 냉대한 결과라고 선동을 하니 이러한 적반하장을 누가 믿겠는가.

심지어 현 정부를 민주주의 국가가 아닌 독재국가라고 하니 불법집회에서 시민의 안전보호에 나선 경찰을 죽창으로 찔러대는 나라, 서울 한복판 덕수궁에 '리명박 살인마 박살내자' 라는 현수막을 내거는 나라가 독재 국가란 말인가. 노무현 대통령의 인기가 추락하던 임기 말, 거리를 두고 지내던 야당 인사들도 애도분위기에 편승해 '곁불 쬐기' 정치에 나섰다.

광풍狂風을 불러 오려는 세력들이 경찰병력을 무력화無力化하고 서울 시내 전역을 다시 촛불로 뒤엎어 버리고 '제2의 촛불로 학살정권 끝장

내자' 고 하니 마치 8 · 15 광복 직후 좌와 우가 갈려 '신탁통치다 반탁이다' 하며 살벌했던 건국 초기 시국을 연상케 한다. 하루속히 나라의 중심을 바로 세워야 할 때인 것 같다.

민주주의가 완전히 정착하려면 한 세대가 지나가거나 평화적 정권교체가 적어도 두 번은 이뤄져야 한다는 연구가 있지만 아무리 국회의 의석수가 과반수를 넘는 여당이라도 무정란無精卵의 불임정치不姙政治가 더 이상 이어진다면 시한부 인생이나 다름이 없다. 주이야박晝李夜朴은 공멸을 예고한다. 무엇보다 이런 때일수록 국민이 냉철한 이성으로 올바른 판단을 하고 멀리 국가의 장래를 염려하여야 될 것 같다.

좌우의 이념 정치가 아닌 새로운 '참' 정권 창출에 국민의 뜻을 모아야겠다. 귀와 마음을 열고 타협과 양보를 할 줄 아는, 또한 원칙을 칼같이 지키는 그런 시대가 열리기를 국민은 희망한다. 우리를 그곳으로 끌고 갈 지도자를 원한다. 오늘의 상황에 실망하고 이 정도밖에 안 되는 국가의 국민인가에 절박한 심정을 헤아릴 줄 아는 지도자를 원한다.

반대를 위한 반대, 답답하고 짜증나고, 증오하고 분노하며, 욕설과 선동이 난무하고, 농성과 파업투쟁이 없는 안정된 생활에만 매진할 수 있는 화목한 사회에서 국민은 마음 놓고 걱정 없이 편안하게 살고 싶어한다.

나의 공직생활 반세기(2)

나라의 동량이 되어달라는 특별교육을 받은 우리 국토건설추진 요원들은 새로운 나라를 건설하겠다는 사명감을 갖고 전국 시군읍면의 사업장에서 저마다 열심히 임무를 수행했다. 교육 중 틈틈이 배우며 불렀던 국토건설대 노래를 아침 일찍 작업장으로 나가며 콧노래처럼 중얼거렸다.

"거칠은 이 강산이 우릴 부른다.

힘에 찬 젊은 팔을 어디에 쓰랴

괭이를 들러 메고 삽과 호미로

새 나라 새 강산에 일하러 가자

우리는 조국의 기둥이 된다.

아— 새 터전 이룩하는 국토 건설대"

마치 훗날 새마을 노래와 같이 불렀다.

나는 화천수력발전소에서 흘러내려오는 푸른 물이 화천 읍내를 끼고 굽이굽이 돌고 돌아 춘천방향으로 길 따라 형성된 화천군 하남면下南面 소재지에 하숙집을 정했다. 새로 저수지貯水池를 만들기 위해 방축防築을 쌓는 작업장은 하숙집에서 북쪽으로 근 5㎞가 넘는 산골짜기로서 산과 산의 중턱을 가로막아 둑을 쌓아 저수지를 만들어 우기雨期에 물을 저장해 놓았다가 그 아래 수백 정보의 천수답天水畓을 문전옥답門前玉畓으로 만들려는 것이다. 나는 장차 그런 날을 상상하며 전문측량사와 깃대를 잡고 전후좌우로 인부들과 같이 땀을 흘렸다.

매일 작업장을 산길 따라 오가며 이름 모를 야생초들이 새싹을 내밀고 돋아나 하루하루 파랗게 자라나는 모습에서 마치 나의 장래 희망을 설계해 주는 듯한 야릇한 느낌을 받았다.

어느 날은 길가 저편 아무도 눈길을 주지 않는 곳에 봉오리를 막 틔운 두릅나무 싹을 뜯어다 하숙집 아가씨에게 주었더니 그 날 밥상에는 적당히 익힌 두릅나물이 빨간 초고추장과 곁들여 올랐다. 근년에 비닐하우스에서 삽목揷木하여 재배한 것과는 달리 그 맛과 향이 일품이었다. 화천군 땅은 6·25 전쟁이 끝나기 전까지는 38선 이북이어서 공산독재 치하에 있었던 곳이다. 휴전 직전 화천수력발전소를 남과 북이 서로 빼앗기지 아니 하려고 치열한 전투로 양측의 희생이 많았던 지역이다.

하숙집 사람들과 이장 그리고 면사무소 직원 이외에는 별로 동네사람들이 말을 나누거나 가까이 하려 하지 않았다. 그랬어도 이장에게 저녁 식사 후 시간에 사람들을 모아달라고 요청하면 예상보다 많은 사람들이 모인 까닭을 곰곰이 생각해 보니 불과 10여 년 전까지만 해도 북한체제에 있었던 이들은 쉽게 자기들의 속마음을 털어놓기 꺼려 하면서도 당 지시로 자주 모였던 그전 습성이 그대로 남아 있는 듯했다. 그들은 우리 요원들이 북한체제 시절 중앙당의 요원쯤으로 여기고, 자칫 우리에게 잘못 보이면 불이익이나 숙청당하지나 아니 할까 하는 모습을 보였다.

저수지 사업은 측량이 끝나고 방축의 둑을 쌓기 위한 기초공사가 시작되고 조림사업은 해동이 된 4월 초부터 나무를 심기 시작했는데 수종樹種은 주로 낙엽송이 북향北向한 산 그늘진 비탈에 많이 식목되었다.

모든 사업이 계획대로 순조롭게 진행되고 있어 머지않아 5월 말이 되면 어느 부처에 발령되어 근무하게 될 것에 기대를 갖고 공무원 시작의 촉탁 근무가 끝나갈 무렵 꿈에도 예상하지 못했던 5 · 16 군사 쿠데타 소식을 접했다. 우리들은 아차 이제 공무원으로 임용 받기는 다 틀렸구나 하고 거의 절망적인 생각을 하고 화천군에 배치된 우리 요원 10명은 회동하고 의견을 나누며 모두 장차 거취행동을 함께하기로 결속했다.

라디오를 켜놓고 시시로 발표하는 뉴스를 들으며 긴급조치 포고령에 귀를 기울였다. 드디어 긴급조치 포고령 제12호가 발령되었다.

"긴급조치 포고령 제12호. 전국의 국토건설 추진요원들은 동요하지 말고 현지에서 주어진 임무를 계속 추진하라. 여러분의 신분은 당초 약속대로 보장할 것이다"라고 방송이 나왔다. 우리는 흥분했고 안도했다. 그리고 각기 제자리로 돌아가 주어진 일들을 어느 정도 마무리하고 상경하기 직전 1961년 5월 31일자로 각 부처로 발령된 통지서가 도착했다. 당초 3개월의 현지 수습 촉탁기간이 끝나면 4급(주사) 내지 3급

(사무관)으로 발령한다는 시험 당시의 약속과는 달리 혁명정부에서는 모두를 당시 5급(서기)으로 발령한 것이다. 이에 실망한 전국의 국토건설 추진요원 2천 명 중 근 50%인 1천여 명이 사직서를 제출하고 떠나버렸다. 떠난 사람들 가운데는 훗날 법조인, 국회의원과 장관도 여러 명 나왔다.

딱히 갈 곳이 없던 나는 발령된 대로 체신부遞信部에서 근무하기로 마음먹었다.

체신부는 조선조 말 개화기에 비록 갑신정변으로 3일천하로 일단 끝났으나 당시 1884년에 세운 우정총국郵征總局은 우리나라 근대행정의 효시嚆矢이었던 중앙정부 부서다. 지금도 그때의 우정총국 건물이 안국동에 자리하고 안국동 사거리에서 종로1가 사이의 길 이름도 현재 우정로郵征路 길로 명명돼 부르고 있다.

내가 발령받은 체신부의 장관은 당시 육군본부 통신감 배덕진 씨가 군복을 입은 채 장관 직무를 수행하고 있었다. 물론 수요 국장과 총무과장도 군복을 입은 현역 영관급 군인들이었다.

나의 공직생활 반세기(3)

19 60년대 세종로 사거리는 중앙청中央廳이 있어 관청가官廳街로 불렸다. 관청가라고 해 봐야 중앙청에서 시청을 향해 우측으로는 허술한 건물들이 뜸뜸 이어진 앞 길가를 지나다 보면 어느 때인가는 나이든 플라타너스 가로수에 미군 몇 명이 나무에 올라 열심히 열매를 따 푸대에 주워 담았다.

아마 저의 나라로 가져다 파종하려나 보다 여겼다.

좌측으로는 빨간 벽돌집 경기도청 건물에 이어 문공부 건물이 미 대사관과 쌍둥이 건물처럼 지금까지 변함없이 그 자리를 지키고 서 있다.

다음 건물이 영화 요새에서나 나옴직한 대규모 폭격에도 견딜 만한 군사 아지트 같은 볼품없는 4층 건물 다음이 창고 비슷한 상공부 자리 끝으로 고종황제 즉위 40주년 기념 비각에서 종로 쪽으로 서울 사람은 모르는 이가 없을 정도로 유명했던 귀거래다방이 있었다.

2000여 명의 국토건설 요원들이 5·16혁명으로 정권이 바뀌면서, 주사 내지 사무관으로 발령해 준다던 당초 계획과는 달리 모두 서기로 발령했기에 반수가 사직했고, 나와 함께 체신부로 발령된 143명도 58명만 남고 이직해 버렸다. 58명 중에도 13명만이 서울 소재 관서로 발령되고 나머지는 전국 지방으로 뿔뿔이 흩어져 각기 임지로 떠나갔다.

다행히 나는 13명 중에 끼어 서울에 남게 되었다. 그것도 삼중앙三中央에, 당시에는 중앙 부처보다는 일선기관을 알아주고 선호하던 때였다. 지금도 군수, 경찰서장, 세무서장같이 소(牛)의 꼬리보다는 닭의 벼슬되기를 희망했다. 권력과 금력이 뒤따라서였을 것이다.

체신부도 역시 서울시내 서울중앙우체국中央郵遞局, 서울중앙전화국中央電話局, 서울중앙전신국中央電信局을 삼중앙三中央이라고 해서 이 삼중앙국에 근무하는 것에 긍지를 갖고 자랑으로 여겼다.

이 삼중앙관서장을 거쳐야만 상위직上位職인 이사관으로 승진할 수 있었다.

군사문화가 점차 중앙관서로 권력이 이전 집중되기까지 3,4년 동안은 일선기관이 우세를 유지하고 있었다.

나는 이 삼중앙 중에서 서울중앙전신국으로 발령을 받았다.

서울중앙전신국은 지금 방송통신위원회와 광화문전화국이 있는 KT 한국통신韓國通信이 있는 건물이다. 옛날 이 건물은 미군의 폭격이 있더라도 파괴되지 아니 할 정도로 1층 기초가 군사아지트같이 지어졌던 건물로 국가적으로 아주 중요한 건물이었다. 일제시대 미군과의 전쟁에 대비한 국가 통신망인 유·무선 통신시설이 있었고 국내외로 통신이 송수신되던 중요한 역할을 담당한 기관이었다. 후일담이지만 현 건물로 개축을 맡았던 건설회사가 기존건물을 철거하는 비용 때문에 적자를 보았다는 말까지 전해졌다.

서울중앙전신국의 부서는 서무과, 제1통신과, 제2통신과, 제1기술과, 제2기술과, 수배과, 청량리송수신소 외에 외청으로 관상대(현, 기상청)가 있었다.

직원은 무려 4백여 명이었는데 주로 과반수가 유·무선 통신사였다. 통신사 중에는 여직원도 상당수 있었다. 모르스부호로 '쓰스또스 쓰스또스' 한다고 하던 시절이니 지금 생각하면 원시시대나 다름없는 시절이다. 직원들의 구성은 주로 일제 때부터 있었던 체신이원양성소遞信吏員養成所와 체신고등학교, 2년제 체신대학 행정과, 유·무선 통신과와 기술과 졸업생들이 주로 많았다.

그 외에 고위직이나, 자유당, 심계원(감사원) 같은 권력기관에서 추천받아 온 사람들이었다. 이는 당시 공무원을 채용하는 공개경쟁시험이 없던 시절이었기에 가능했다. 4백여 명의 직원 중 정규대학 졸업자는 나와 같이 입사한 3명을 포함해 모두 4명뿐이었다. 기존 직원들은 매우 배타적이었는데 특히 체신학교 출신들은 암암리에 텃세를 부렸고 숫자상으로도 상대가 될 수 없을 정도로 많아 공직생활 내내 그들로부터 많은 견제와 차별대우를 면하기 어려웠다.

5·16 군사정부에서의 처음 공직생활은 매우 경직되어 있었고, 반은 군軍생활을 하는 것과 비슷한 긴장된 직장분위기였다. 재건복이라는 간소복을 입고 근무하고 명찰을 달고 다녔다.

군軍 미필자는 군에 입대를 시켰고 군복무 연령이 초과된 사람은 국토개발대라는 이름으로 태백광산촌 같은 곳으로 보내 군 복무기간을 대신하게 했다. 훗날 이들 국토개발대를 마치 나와 같은 국토건설대로 착각해 우리 국토건설대보고 군 기피자였느냐고 묻는 사람들도 있었다.

나는 서무과에서 무보직 1개월간의 수습기간이 끝난 후 회계부서에서 일부 계약업무와 물품 수납 담당을 맡았다. 신입사원이라 업자들과 거래에 있어 적어도 부정부패와는 거리가 멀겠다 싶어 그리 보직을 준 듯했다. 보직이 바뀐 전임자들은 불만스러운 표정이 역력했다.

국내局內 물품 구매 공급업무는 별로 힘들지 않았으나 물품을 수급하는 크고 작은 다섯 개의 창고에 쌓인 물품들은 대개가 미군으로부터 원조 받은 유·무선 텔레타이프 부품들이라 명칭들이 모두 처음 들어보는 영어로 기재되어 있어 이를 익히고 구별하고 전국 유·무선 취급 우체국과, 무선통신국에 수급하는 데에는 몹시 일하기가 벅찼다.

업무를 보기 시작한 지 3개월쯤 되었을까 심계원에서 감사통보가 나왔다.

나는 물품장부와 현품을 대조히는 데에만 몇 날 밤을 새웠다.

잘못 지적되면 가차 없이 옷을 벗어야 하는 시절이었기 때문이었다.

감사원은 다섯 명이 나와서 일주일을 감사했다. 나를 담당했던 감사원은 현역 대위였는데 나이는 나보다 그리 많아 보이지 않았다.

현역이어서인지 피감사원인 나를 마치 군에서 사병 다루듯 했다.

때론 형사가 피의자 취조하듯 했다. 어느 날 나는 감사원에게 왜 나를 피의자 취급을 하느냐고 따졌다. 그랬더니 감사원은 물품장부 모두를 가져오라 하고 그중 몇 개를 뽑아 따라오라고 하더니 창고로 가 발췌조사를 했다.

한치의 오차도 없는 것을 확인해 보고 나서 더는 조사를 중단하고 나에게 공무원생활 몇 년이 되었느냐고 묻기에 3개월 되었다고 하니 빙긋이 웃더니 다시는 내 업무는 감사하지 않았다.

당시 봉급은 쌀 한 가마 반을 살 수 있는 수준이었다. 그래 월급을 봉사하는 의미의 봉급이라고 한다고 그랬다.

다방의 레이지 월급만도 못했다. 봉급 외 매달 밀가루 한 포씩을 배급으로 주었다. 그래 그 때 내 느낌은 공무원을 하려면 부모 유산이나 많아야 할 수 있는 직업이 공무원이구나 생각했다.

공무원 시작 6개월이 되었을 쯤 학교의 방학 기간을 이용해 전국 공무원을 일제히 정신교육을 시키기 시작했다. 새로운 혁명정신을 불어넣어주고 함량미달 부적격 공무원들을 퇴출시킨다는 정부방침에서다.

교육에서 낙제하면 무조건 퇴출당한다는 소문이 미리 돌았다.

그래 저마다 먼저 일차로 교육가기를 기피했다. 나는 대학 졸업에 신입사원이라 일차 피교육자로 차출됐다.

교육 장소는 한양대학교였는데 교내 전 교실을 사용했고 교육기간은 2주간이고 1차 피교육생은 서울시내 각 부처에서 고루 차출된 2천명이었다. 매일 아침 시험을 보았다. 주말에는 종합평가를 했다.

교재는 새로 편찬했는데 주로 행정학을 중심으로 새로운 나라 건설을 위한 정신교육교재였다. 나는 매일 새벽 2시까지 공부했다. 혹여 낮은 점수를 받아가지고 가면 체면이 말이 아닐 뿐만 아니라 2차, 3차로 교육을 갈 대상자들과의 비교 평가가 될 것이기 때문이다.

강당에서의 수료식 날 14명의 우등생이 호명되고 단상으로 올라가 수상을 했는데 사전 예고 없이 우등생으로 호명되어 단상으로 오를 때는 날아가는 기분을 느꼈다. 교육을 수료하고 귀국歸局 첫 출근을 했더니 벌써 소문이 자자하게 나 누구냐고 내 사무실로 얼굴을 보러 오는 직원들도 여러 명이나 있었다. 아침 국장실 간부회의에 불려가 국위局威를 선양했다고 모두에게 칭찬을 받고 사후 보상 약속도 받았다.

어느 날 사무실 밖 복도에서 여직원들이 큰소리로 왁자지껄 다툼을 벌이고 있었다. 나와 직접 관련한 일이다. 내용인즉 여직원들이 서로 나와 자기가 더 가까운 사이라고 다투다, 내가 자기를 더 좋아한다고 싸우고 있는 것이었다. 기가 찰 노릇이다. 평소 나는 어느 누구와도 오해를 살 만한 추호의 일도 없었다. 단지 평상시 사무를 보면서 공적으로 남녀 구별 없이 내 타고난 천성대로 대한 것뿐, 어느 누구를 마음에 두고 차별한 적이 없었는데 마치 상대는 내가 자기에게만 더 친절하게 대해준 것으로 오해했던 모양이다.

모나지 않게 생긴 25세 젊은 나이, 대학교 졸업에, 의사 아들로 가정형편이 좋은 데다 둘째 아들, 직장에서는 예의 바르고 상사들로부터 신망 받아 장래가 촉망되는 신랑감. 처녀 직원들 사이에서는 경쟁의 대상이 충분했을 것이라는 것을 순진했던 나는 오랜 뒤에서야 깨달았다. 훗날 스스로 집에까지 찾아와 나를 좋아한다고 고백했던 모 여직원은 2년 후 내가 결혼하는 날 이틀을 결근하고 주야 48시간을 울었다는 이야기를 듣고 참으로 마음이 안쓰러웠다. 이러한 업보도 다 있다니…….

※ 본고는 현재 모 잡지에 연재중이다.

내 기억 속의 6 · 25

내가 중학교에 막 입학한 해다.

6 · 25한국전쟁이 발발한 것이다. 그때 내가 살고 있던 곳은 서울시 용산구 용문동 용문시장 근방이었다. 전쟁이 났어도 수도를 사수할 것이라는 정부의 라디오 방송만을 믿고서 집에 가만히 앉아 있었다.

한강다리가 끊기는 폭음소리를 듣고서야 아차 늦었구나!? 하는 것을 깨달았다. 그래 서울 사람들은 아무도 피난을 못가고 이틀 만에 고스란히 수도 서울은 인민군 점령하에 들어갔다. 멀리서 이따금 대포소리가 여기 저기에서 쿵쾅 쿵쾅 들려왔고 어느새 한강을 사이에 두고 국군과 인민군이 서로 교전하는 따따딱 따따딱 기관총 소리가 아주 가까이에서 들렸다. 그래도 집 앞까지 포탄이 떨어지지는 않아 그냥 무서웠을 뿐 겁에 질리지는 않았다.

어느덧 동네 이 골목 저 골목 곳곳에서 붉은 완장을 두른 청년들이 돌아다니며 저녁에 집집마다 한 사람씩 동사무소로 나오라고 소리를 외치고 다녔다. 우리 집에서는 열네 살인 내가 대표로 참석했다. 모이라는 시간이 되니 먼저 간이簡易 단상에 어떤 사람이 올라와 열변을 토하더니 다음에는 노래를 가르치는데 장백산 굽이굽이 어쩌고 저쩌고 하는 노래와 붉은 깃발을 덮어다오 하는 군가를 신나게 선창하며 따라 부르도록 하고 이어 인민군(그들은 의용군이라 불렀다) 자원입대를 권유했는데 선동자들이 여기 저기 사방에서 "나요 나" 하면서 단상 근처로 몰려나왔다. 매일 저녁마다 그러더니 차츰 실적이 저조해지자 이제는 아예 집집마다 뒤지고 다녔다. 젊은 청년들은 숨었고 다른 사람들은 양식을 구하느라 농촌으로 동분서주 헤매고 다녔다.

그렇게 나날을 보내고 있던 와중에 어느 날 갑자기 맑은 하늘에서 날벼락이 떨어졌다. 용산역에 쌓아놓은 인민군 군수물자와 전쟁 전 남한 돈을 찍어내던 한국서적인쇄주식회사를 파괴하기 위해 폭격을 해댔다. 온통 용산지역 전체가 불바다가 된 성 싶었다. 문자 그대로 순식간에 길거리는 아비규환이 되고 말았디. 미처 조치를 취하시 못한 채 누고 간 돈 찍는 인쇄기계를 이용해서 인민군 측에서 계속 남한 지폐를 찍어 뿌리고 있었기 때문에 이를 파괴하기 위해서였다.

미국 최신 비행기 B29가 높이 떠서 새우젓 독 만한 폭탄을 떨어트리는데 정조준을 못했는지 목표지점을 많이 벗어나 인근 민가에 마구잡이로 퍼부어 대니 삽시간에 용산구 서북쪽은 온통 아수라장으로 변해 놀란 사람들은 집을 뛰쳐나와 겁에 질려 어찌할 바를 모르고 우왕좌왕하면서 어디엔가로 뛰어가는 군중을 따라 뛰었다. 우리 집에서 머지않은 곳에 한국서적인쇄주식회사가 있었기 때문에 우리 가족들도 오폭을 피하기 위해 집을 나와 앞서 뛰어가는 많은 사람들과 섞여 함께 뛰기 시작했다. 뛰다 보니 벌써 길가에는 죽은 시체들이 눈에 띄었다. 멀리서 날아온 파편에 맞은 듯싶었다.

몇 백 미터도 못 갔는데 비행기 소리가 점점 가깝게 들려왔다. 어느새 폭탄이 머리 위에서 곧바로 떨어지는 째— 하는 소리에는 오금이 저려서 위를 처다보려고 머리를 들 수조차 없었다. 그래도 나는 왜정 때 초등학교 다니면서 공습훈련을 받은 적이 있어 손잡고 같이 뛰던 바로 밑 동생하고 길 옆집 담벼락 아래로 까투리 새끼가 도망치다 급하면 풀 속에 머리만 파묻듯 두 손으로 양귀를 막고 엎드렸다. 쾅하는 굉음소리와 동시 폭탄에서 머리 위로 이상한 물체가 쏟아지는 듯한 것을 느끼면서 잠시 정신을 잃었다.

잠시 후 정신이 들어 덮인 물체들을 헤집고 나오니 사방이 캄캄해 동서남북이 어딘지 전혀 분간을 할 수 없었다. 사람이라곤 하나도 눈에 보이지 않았다.

물론 동생도 생각날 리 없었다. 그냥 어디로인가 가야만 된다는 생각에서 정신없이 몇 발작 가다 보니 또 비행기 소리가 다시 가깝게 들려오기 시작했다. 비행기가 한 바퀴 돌아 다시 오는 모양이었다. 그 자리에 또 엎드렸다. 재차 머리 위로 와스스 하면서 먼저와는 다른 물체가 쏟아졌다. 이번에는 정신을 잃지는 아니 했다. 잠시 후 비행기 소리가 멀어져 갔다. 허우적거리며 일어나 방향감각을 잃은 채 어디로인가 달리고 있다가 문득 집 생각이 났다.

한참 후 방향감각을 찾아 집으로 오니 벌써 아버지 어머니는 집 앞에 와서 가족들의 안위가 걱정스러워 서성거리고 계시었다. 하나 둘 식구들이 모여들었다. 나는 머리에 부상을 당해 피가 얼굴로 흐르고 있는

데도 아픈 줄도 모르고 있었다. 가족 중 누구인가가 피를 닦아주면서 확인해 줄 때에서야 비로소 내가 머리에 상처가 나 피가 흐르는 것을 알았고 그 상처의 흠집은 지금도 남아 있다. 그런데 그 때 나와 손잡고 가던 바로 내 동생이 보이지를 않았다.

아차 담 밑에 같이 엎드렸던 것이 상기됐다. 아버지와 형과 같이 그리로 급히 갔다. 집들은 흔적도 없이 사라져 버렸다. 어림잡아 처음에 엎드렸던 곳을 헤치기 시작하자 동생의 발이 보였다. 여럿이 달려들어 주위를 파헤치며 발을 잡아 당겼다. 죽지는 아니 했으나 꼼짝을 못했다. 척추가 부러졌던 것이다. 그때서야 바로 맞은편 10미터쯤에 작은 연못 같은 것이 파여져 있는 것을 발견했다. 조금 전 폭탄이 떨어져 파인 곳이었다. 아뿔싸 우리 형제가 거기에 엎드려 있었더라면 즉사했을 것이리라는 것을 직감했다. 엎드렸던 곳이 폭탄이 떨어진 곳과는 45° V자 각도로 폭파되는 틈새에 있었기 때문에 죽음의 참사를 면한 것이다. 참으로 운도 좋았고 순간적으로 엎드린 기지도 모두 친우신조였다. 집으로 다시 오는 길거리에는 시체들이 즐비했는데 이상하게도 어린 애들이 더 많았다. 폭탄의 위력이 등에 업은 아기가 엄마 등에서 내동댕이쳐져도 모를 정도로 혼이 나갔던 것이다.

혼비백산했던 우리 가족들은 그날로 집을 떠나 피난을 갔다. 의당 남쪽으로 가야 하나 한강 다리가 끊어져 갈 수도 없었거니와 아래 쪽 어디에서인가는 지금 한창 국군과 인민군이 교전을 하고 있을 것이 뻔한데 일부러 사지死地를 찾아 쫓아갈 필요는 없었으며 북쪽이기는 하나 다행히 친척이 파주군 월롱면 능골이라는 곳에 살고 있어 그곳으로 가기로 하고 떠났다.

능골이라는 마을은 몇 가옥 안 되고 야산너머에 가려 있어 큰 자동차 길에서는 전혀 보이지 않아 피난처 치고는 당시로서는 아주 안성맞춤인 곳이었다. 우리는 약 2개월간 그곳에서 서울이 일차 수복될 때까지 숨어 살았다. 피난 온 지 며칠 후 산에 땔감을 하러 가다가 비행기 소리가 들려오더니 비행기가 나를 보고 쫓아오는 것 같아 갑자기 온몸에 쥐가 나는 듯한 느낌을 주어 집으로 급하게 달려왔다. 몇 차례 그런 일이 반복됐다. 얼마 전 서울에서 폭격 맞았을 때 하도 놀라 겁먹은 것이 피해망상증으로 나타난 것이었다.

어느 날부터 쌕쌕이라고 부르던 제트 전투기가 나타나기만 하면 산너머 문산쪽에서 기관포 소리가 크게 들려왔다. 산으로 살금살금 올라가 내려다보니 문산 기차역에 머물고 있는 인민군 군수물자를 실은 화물열차를 향해 4대의 쌕쌕이가 한 편대를 이루어 번갈아 빙빙 돌면서 한대 한대씩 날개를 돌리며 물찬 제비모양 곤두박질을 했다가 솟아오르면 탕탕탕 소리와 동시 화물열차에서는 무엇인가 터져 쾅쾅 불꽃이 튀었다. 몇 차례 돌고 나면 끝이 났다.

그 광경을 보고 있노라면 스릴과 무한한 쾌감 같은 것을 만끽했다. 그래서 비행기 소리만 들리면 급히 산으로 올라갔다. 영락없이 또 다른 화물열차가 와 있다가 무참히 기총소사 세례를 받는다. 어느 때는 땅에서도 전투기를 향해 따발총을 따따따 소리를 내며 올려 쏘아보지만 명중 될 리 없다. 나는 얼마동안 영화보다 더 신나는 공짜 구경을 실컷 하며 한없는 희열을 맛보았다. 그 신나는 구경 덕분에 신기하게도 피해망상증은 씻은 듯이 싹 가셨다.

어느 날 멀리서 B29 소리가 들려왔다. 이번엔 임진강 철교를 표적으로 커다란 폭탄을 줄줄이 떨어뜨렸다. 빗나간 폭탄은 커다란 폭포수 같은 물줄기를 하늘 높이 솟아오르게 하곤 했다. 장관이었다. 그날은 실패였다. 며칠 동안 반복하더니 어느 날 한쪽이 끊겼다. 밤이면 많은 사람을 동원해 밤사이 모래 가마니를 쌓아 가假 교각을 급히 만들고 철길을 깔았다. 그리고는 밤을 이용해서 군수물자를 실어 날랐다. 그러더니 한동안 비행기 소리가 뜸했다. 멀리서 함포소리만 요란스레 쿵쿵 들리더니 얼마 후 동네 오솔길로 부상당한 인민군 패잔병이 하나둘씩 북으로 힘없이 돌아가는 모습이 눈에 띄었다. 낙동강까지 갔던 인민군은 인천에서 허리가 잘려 뿔뿔이 흩어져 각기 철수하고 있는 것이었다.

참으로 전쟁이란 비극이다. 그것도 동족상잔이라니 누가 왜 무엇을 위해 하나뿐인 고귀한 그 많은 목숨을 억울하게 잃게 했는가? 강대국들 틈새 속에서 희생당해야만 하는 우리 민족이 한없이 불쌍하고 어리석게만 느껴졌다.

갑자기 백범 김구 선생 생각이 났다. 이승만과 김일성이 손을 잡고 김구 선생의 말을 들었다면 나라가 두 조각이 나지도 아니 했을 것이고 처참한 전쟁도 일어나지 아니 했을 것이 아닌가? 참으로 원망스럽고 분통할 노릇이다.

나의 이런 생각이 정말 분별없는 순진한 생각인지 아닌지 다른 사람에게도 의견을 물어보고 싶었다.

내가 잡은 새 때까치

요즘은 산에 가도 때까치 지저귀는 소리를 듣지 못한다.

내가 어린 시절 중부지방은 시골 어디에를 가나 흔히 보던 새인데 빛깔이 그리 화려하지 않은 회색의 이 새는 크기가 참새보다 조금 크다. 아마 근래에는 농사짓는데 농약을 너무 많이 쳐서 생태계가 변해 그런지 메뚜기 같은 곤충이나 벌레가 거의 멸종되다시피 줄어 이들을 잡아먹고 사는 새들도 그 개체수가 현격히 줄어든 것은 자연 현상이라 할 것이다.

때까치에 대해서 내가 남달리 관심을 갖고 있는 것은 초등학교 4학년 여름방학 때쯤으로 기억되는 어느 이른 아침 집 근처 길섶에서 털이 이제 막 까슬까슬하게 나기 시작한 새끼 때까치 한 마리를 발견했는데 아마 형제들과 잠시 집을 나왔다가 길을 잃어버린 것 같았다.

모든 동물들의 어린 것은 대개 귀엽지만 털이 나기 시작한 새라 별로 예쁘지 않은 그놈을 잡아다 집 마루 한 구석에 볏짚으로 엉성한 둥지를 만들어 넣어놓고 메뚜기, 벌레 같은 것들을 열나게 잡아다 입에 넣어주려 하면 쨱쨱하며 입을 크게 벌리고 잘도 받아먹었다.

어느새 새끼의 쨱쨱하는 소리를 들었는지 어미가 양철지붕 위에 나타나 걱정스러운 듯 크게 땍땍하며 울더니 먹이를 입에 물고 와서는 새끼에게 주려 해 보지만 사람이 겁이 나서 내려오지는 못하고 연실 요리저리 옮겨 다니며 기회만 엿보다가 날아가곤 했다. 그렇게 한 삼일을 반복하더니 아예 포기를 하였는지 사라지고 말았다.

어미 잃은 새끼는 내가 매일 잡아다 주는 먹이를 주는 대로 잘 받아먹으면서 하루가 다르게 자랐고 손바닥에 올려놓고 날려 보려 하면 푸드득 푸드득거리며 날갯짓을 하는 것이 머지않아 곧 날아가 버릴 것만 같았다.

어느새 덩치가 어미만큼이나 커져 이제 높이 날리면 지붕 위에까지 올라갔다 내려오곤 하더니 어느 때는 어디인가를 멀리 날아갔다가 돌아와서는 먹이만 받아먹고 또 날아가고 그렇게 반복하기를 여러 차례, 어느 날은 하루 종일 눈에 뜨이지 않아 이상하다 했는데 이따금 지붕 위에 나타났다가도 없어지고 나타나서도 먹이를 받아먹으려 내려오지를 않아 이제는 제 스스로 먹이를 잡아먹어 배가 고프지 않아서 그런가 보다 싶었다. 보이지 않아 이제 영영 떠나갔는가 했는데 다시 소리 없이 나타나 내려올 듯 망설이며 내려오지를 못해 먹이를 잡고 팔을 뻗어 내려오도록 손짓을 해 가며 애를 써보아도 그새 야성野性이 생겨서인지 사람에게 접근을 하려 들지 않았다.

그러기를 여러 날 소식이 끊겨 어디에서 먹이를 잡아먹고 살아가려니 했는데 한 일주일쯤 되었을까 집 뒤란 밭에서 죽어 있는 것을 발견하고 얼마나 애처롭고 불쌍한지 마음이 아팠다.

굶어 죽은 것이 틀림없었다. 어미에게 벌레 잡는 방법을 배우지 못해 제 스스로 벌레를 잡을 줄 몰라 벌레를 잡아먹지 못하고 굶어 죽었다.

내가 죽인 것이나 다름없었다. 진작 어미에게 돌려주었어야 하는데 그 놈이 죽은 다음에야 깨닫고 나니 몹시 후회스러웠다.

어린 시절 그때 새끼 때까치에서 받은 충격과 깨달음은 내가 어른이 되어 내 아이를 키우면서 아이들에게도, 직장생활을 하면서 부하 직원들에게도, 스스로 자기 힘으로 살아나가고, 해결하는 능력을 키워주는 데 관심을 크게 기울였다.

아프리카 어느 난민수용소의 뼈가 앙상한 어린 아이들을 TV 화면에서 볼 때마다 부모 잘못 만나 태어나고, 제대로 된 국가 지도자 만나지 못해 스스로 생존 능력조차 터득하지 못하는 가련한 인생의 삶을 보면서, 우리가 북한을 돕는 지원에 있어서도 같은 민족이 굶는다고 식량을 일방적으로 퍼주기보다 스스로 호구지책을 해결할 수 있는 다른 항구적인 방법의 지원책은 없겠는지 하는 생각을 떨칠 수 없게 한다.

노인과 복지

노인이라고 하는 나이의 시작은 몇 살로 하여야 할까? 나이만으로는 사람마다 건강 상태에 차이가 있어 외모로만 보아 꼭 찍어 몇 살부터라고 단정하기는 어렵지만 우리나라에서는 노인의 기준을 65세에 두고 65세가 되면 빈부의 차이 없이 나라에서 분기마다 3만6천 원의 교통비를 주고 지하철을 이용할 경우 경로우대 무료승차권을 받아 승차 횟수나 거리에 상관없이 무료로 이용할 수 있다.

또한 국공립 공원이나 박물관 같은 곳을 무료입장할 수 있다. 뿐만 아니라 무의탁 독거노인들에게는 최소 생계유지비를, 장애인들에게는 등급에 따라 기초생활비를 지급한다. 이쯤만 되어도 우리나라가 빠른 기간에 복지국가가 되고 있음을 실감하게 한다.

나도 수년 전부터 지공(지하철 공짜) 선생의 대우를 누리고 있어 고맙게는 생각하고 있으나 한편으로는 염치가 없는 것 같아 이러한 제도와 기준을 변경하여야 될 것 같은 생각을 늘 하고 있다. 어렵게 살아온 지난 시절 우리나라를 이만치 잘 살도록 경제발전을 이룩하는 데 기여한 주역들에게 나라가 보상차원에서 혜택을 준다고 하는데 국력이 커가면서 자꾸 사회복지 쪽으로 치우치다 보니 극단적인 예로 요즘 국민연금기금이 모자라 하루 8백 억 원의 국고를 쓰고 있다는 놀라운 신문기사를 보고 느낀 것이지만 국고지출을 줄이기 위해서라도 비합리적인 복지정책은 과감한 조정이 바람직하겠다.

일찍이 사회보장제도가 가장 잘 되어 앞서간다고 하는 스칸디나비아 반도 국가들 중 스웨덴은 실업수당만으로도 살아갈 수 있어 노동을 하려 하지 않는 사람이 늘어나 세금으로 감당하기 어렵게 되자 기존 복지정책을 바꾸어 나간다고 들었다. 그러고 보면 지나친 복지는 오히려 국가경쟁력을 크게 떨어트린다는 것을 쉽게 이해할 수 있다.

지하철 무임승차하는 사람이 한해 연 2억 8천만 명으로 전체 이용자의 13.8퍼센트를 차지해 연간 적자의 36.5퍼센트인 2천 6백억 원의 적자를 보태고 있다 하니, 이대로라면 앞으로 노인인구가 늘어갈수록 적자의 폭은 늘어만 갈 터이니 현 65세를 70세로 높이든가 아주 없애는 방안도 검토해 봄 직하다. 어쨌든 시골에 살고 있어 지하철을 이용할 기회조차 얻지 못하고 사는 노인들은 도시 노인들과도 공평하지 못한 것 아니겠는가?

그보다도 지하철을 무임승차하고 매분기 3만6천 원의 교통비를 또박또박 받는 노인이 한해에 열 번이나 넘게 해외여행을 다녀왔다는 사람에게는 월 만이천원이란 돈은 어느 만한 가치의 의미를 지니고 있다고 해야 설명이 가능할지 다함께 다시 생각해 볼 일이다.

2030년이 되면 65세 이상 노인이 전체 인구의 24퍼센트가 될 것이고 그때가 되면 노동인구 한 사람이 10여 명의 노인들을 먹여 살려야 한다는데 그때 가서 누구에게 어찌 이를 감당해 내란 말인가? 기본재산과 평소 생활수준을 엄격히 조사해서 꼭 필요한 사람, 정말로 빈곤하고 질병에 시달리며 어려운 형편에 처해 있는 딱한 노인에게 큰 도움이 되도록 해 주어야 할 것 같다.

남극의 황제펭귄은 알을 낳아 발 위에 알을 올려놓고 품은 채 얼음 위에서 눈보라의 추위에 떨며 40여 일씩이나 굶고 앉아 짝이 와 교대해 줄 때까지 갖은 고생을 다 견뎌낸다고 한다. 1년 중 230일을 오직 새끼에게 정성을 다 기울인다고 한다. 마치 이와도 같이 오늘날 살아가고 있는 우리의 현 세대가 오직 자식들이 행복해지기를 바라며 장래 보장을 위해 올인하는 부모들이 장차 늙어지면 그때 가서 자기 자신은 어떠한 삶의 모습일까를 머릿속에 그려보고 있는지 모르겠다. 내리사랑뿐이라고 하면 다 끝나는 것인가?

2020년이 되면 우리나라 사람의 평균수명은 81.5세가 된다는데 길어진 수명연장 기간 중 수명손실 기간 7.7년은 누가 책임을 지나. 그때 가서 그들에게 나라에서는 어찌 감당하라고 요즘 대선후보주자들마다 대책 없는 장밋빛 사회보장제도만 남발하면서 국민의 환심을 사려고 헛된 공약空約을 늘어놓는데 현명한 국민이 냉철한 판단을 하리라 믿어 본다.

대모산이 뿔났다. 강남구민은 대모산이 어디에 있는지 아는 사람은 다 안다. 큰대大 어미모母, 큰 어머니라는 뜻의 산이다.

언제부터인지 그 유래는 알 수 없으나 '산 모양이 여승女僧이 앉아 있는 모습 같다' 라든가, 또는 대모산에 이어진 구룡산과의 '두 봉우리 모양이 여자의 앞가슴 같다' 고 하여 붙여진 이름이라고도 전해진다.

강남 번화가 삼성동 코엑스에서 사설학원이 많아 유명해진 대치동을 향해 남쪽으로 바라다보면 나지막한 푸른 산이 가까이 다가온다.

누구나 그러하듯 옛날에 살던 곳을 다시 찾을 때는 달라진 모습에서 아련히 지나간 기억들을 더듬게 한다. 그도 그럴 것이 떠난 지 18년 만에 다시 이사 온 곳, 그것도 먼저 살던 자리보다 더 가까이 바로 대모산에 둘러싸인 저층 아파트로 다시 오니 마치 어머니 품안에 안긴 듯 포근한 느낌을 준다.

집을 나서면 바로 산으로 오르는 길이다.

아침저녁 틈나는 대로 아내와 같이 운동 삼아 매일 가는 산이 대모산이다. 산이 가파르지 않은 데다 높이가 300미터도 채 안 되지만 정상으로 오르는 길은 십여 개나 있어 오르는 사람마다 각기 제 좋은 길을 택한다. 평일에도 끊임없는 발걸음이 이어지는 것은 산행시간을 한 시간에서 세 시간 사이를 마음대로 조절할 수 있어서만은 아니다.

바쁜 사람들은 숲속 길을 부지런히 걸으며 삼림욕을 하고 시간 여유가 있는 사람들은 삼삼오오 노닐며 사시사철 변화하는 자연을 감상한다. 공휴일이면 산을 오르내리는 갈림길에서는, 신호등 앞을 멈췄다 가듯 반복하기도 한다. 그리 등산객이 많은 것은 강남에 사는 사람들이 맑은 공기를 마실 수 있는 유일한 쉼터이기 때문이다.

산 초입에는 인위적으로 만든 자연공원 안에 청소년 학습장과 체력단련 시설을 갖췄고 만남의 광장에는 쉼터를 만들고, 갖가지 꽃나무를 심어 계절 따라 형형색색의 꽃들이 저마다 제 색깔을 뽐낸다. 소나무를 비롯해 수십 종의 나무들이 우거져 계절마다 산색의 변화를 주지만 이름 모를 잡초와 들꽃이 철따라 눈을 즐겁게 한다. 산새들이 날고 꿩도 풀숲에서 이따금 만난다. 그 많던 다람쥐는 극성 아줌마들이 도토리와 밤을 다 주워가 먹을 것이 없어 개체 수가 줄었다. 봄철이면 암컷을 부르는 뻐꾹새 소리가 올해에도 내가 사는 집안까지 들려왔다. 그래서 강남 사람들은 이 대모산을 강남에 남은 마지막 허파라고 부른다.

그런데 최근에, 이미 2년 전에 이루어진 임대아파트 건설계획이 발표되자 야단이 벌어졌다. 대모산 앞 큰길가 좌우에 아래와 같은 문구들로 가득 채워진 현수막들이 빈틈없이 나붙었다.

"대모산 파괴에 앞장선 서울시장 오세훈은 물러가라."

"강남구청장과 구의원은 삭발하고 대모산을 육탄으로 보호하라."

"대모산 파괴 묵인하는 국토해양부 해체하고 서울시는 개발계획을 철회하라."

"대모산 파괴에 나몰라라 하는 공성진 국회의원 다음 선거 때 두고 보자."

대충 이러한 내용의 것들이다. 정부가 무주택자를 위해 임대주택 건설계획에 따라 강남구 수서·일원 대모산 자락에 그린벨트를 해제하여 임대주택 수천 세대를 짓는다고 발표해서다.

나라에서 집 없는 사람들에게 살 집을 지어 준다는데 이를 반대하는 것이 아니다. 왜 꼭 이곳의 그린벨트를 해제하면서까지 집을 짓는 이유를 알고 싶고 그 처사가 부당하다는 것이다.

노무현 정부 때 강남 집값을 떨어트리려고 재산세에 더해 이중으로 종부세를 물리고, 마구 임대주택을 짓겠다는 계획이 이번 정부 들어서도 계속 이어지기 때문이다. 전국 여러 곳에 미분양 아파트가 수십 만

채이고 게다가 세계적인 금융파동으로 집값이 하락일로에 있는데 얼마 전 이명박 대통령도 쓸모없는 그린벨트를 해제하여 아파트를 지을 것이라는 담화를 발표했다. 과연 대모산 자락이 쓸모없는 그린벨트 지역인지 누가 어떻게 판단을 했는지를 모르겠다.

이미 대통령이 쓸모없는 그린벨트 지역이라고 발표하도록 뒷받침한 공무원은 한 건, 한탕주의 사고思考를 지녔거나 한때 유행하던 영혼이 없는 공무원이 아닌가 싶다. 그 지역에서 철기시대 유물이 발굴되고 신라 석축산성이 있는가 하면 인근에 세종대왕의 다섯째 아들인 광평대군의 묘역이 있는 곳이다. 대모산 남향에는 조선조 3대 임금 태종의 헌릉과 23대 순조의 인릉이 있는 곳이다.

계획대로 추진된다면 아파트가 지어지면서 두 개의 터널이 뚫어지고 자동찻길 몇 개가 새로 나면서 대모초등학교 4층 건물보다 훨씬 높은 산중턱 절벽을 깎아낸다니 이는 완전히 자연환경 파괴행위다.

이러한 현지 실정을 잘 알고 있는 강남구청장이 다른 재개발지구와 역세권에다 강남구에 배정된 임대주택을 대체 건설하겠다고 대안을 제시하였음에도 지역 이기주의니 뭐니 하며 님비현상으로만 몰아붙이니 딱할 노릇이다.

우리 후손들에게 늘어만 가는 노인들을 먹여 살리고 엄청난 탄소 배출 부담금이나 유산으로 물려줄 작정인지 이대로라면 그린 코리아의 혁명 선언은 헛구호로만 그칠 공산이 틀림없을 것 같다.

서울에 몇 번 온 건축계 노벨인 '프리츠커상'을 받은 로저스 씨도 지난 30일 개최한 서울국제경제자문단 총회 기조연설에서 서울 주변 그린벨트를 풀어 주거지역을 확충하는 정책을 반대한다고까지 말했다.

돈 떼이고 친구 잃고

옛부터 남의 빚 보증서 주는 자식은 낳지도 말라고 했다.

흔히 잘 아는 사이 믿거라 하고 보증서에 도장 하나 찍어 주었다가 패가망신한 사람들이 하나둘이 아니어서 생긴 말인 것 같다.

나의 경우는 좀 다른 사정이지만 결과는 비슷했다.

쥐꼬리 봉급으로 어렵게 살림 꾸려 나가면서도, 자식을 넷이나 둔 죄로 장차 이 아이들을 공부시킬 것에 대비하여 계도 들고 적금도 붓고 적은 목돈을 마련했어도 은행에만 맡겨 두니 별로 불어나는 것 같지 않아, 개인 사업을 하는 친한 친구에게 억지로 맡기듯 투자를 했다.

제빙製氷 공장을 겸한 같은 건물 내에서 냉동 창고업을 하면서 출항하는 어선들에게는 얼음과 큰 고기 낚는 미끼용 정어리 같은 작은 고기를 저장했다가 공급해 주고 잡아온 고기는 잠시 냉동고에 보관해 준다. 때로는 고기가 많이 잡혀 헐값으로 떨어지면 직접 사서 저장했다가 비쌀 때 팔아 많은 이익을 남기기도 했다. 대하大蝦나 꽃게는 산 놈을 톱

밥에 재워 산 채로 일본에 수출을 하기도 하는 것을 내가 직접 가서 본 적도 있다.

그래 친구는 몇 해만 순조롭게 잘 지나가면 투자비용 다 빼고 난 후에는 돈을 갈퀴로 긁어 담기만 하면 될 정도로 매우 전망이 밝았다. 그러나 사람이 살다가 '재수가 없으면 뒤로 넘어져도 코가 깨진다'는 속담이 있듯 농부가 봄에 씨 뿌려 가꾸어 추수만 하면 될 줄 알고 기다리고 있다가 갑자기 기상이변으로 한해 농사를 망치듯 일시에 날벼락을 맞아버렸다.

지금도 충남 서산군 태안면에 가면 서해 바닷가에 안흥이라는 작은 포구가 있다. 여기서 좀 떨어진 곳에 이름난 대천, 만리포 해수욕장들은 전국적으로 알려져 있으나 이 안흥 포구는 모래사장이 없어서인지 그리 널리 알려진 관광 명소는 아니다.

그런 데다가 지금의 안흥 포구는 본래의 제자리가 아니고 몇 킬로 남쪽에서 강제로 옮겨져 와 인위적으로 조성된 곳이다.

사연인즉 그쪽 사람들은 모두 다 알고 있는 사실이라 지금도 국가비밀로 취급되고 있는지는 모르겠으나, 박정희 대통령 시절 우리나라 유일한 단거리 유도탄 시험 발사지구로 정해지면서 원래의 안흥 포구 전부를 다른 곳으로 소개疏開시켜 옮겼다.

바다를 둥글게 에워싼 듯 판잣집 같은 작은 집들 앞에는 크지 않은 수많은 어선들이 조용히 드나들던 가난한 어촌 마을이었다.

그곳 한쪽에 63빌딩만치나 크게 보이던 3층 콘크리트 건물 한 채가 바로 친구가 지은 제빙공장과 냉동창고 건물이었다.

먼 곳에서부터 동력전기선을 독선으로 따오고, 수도와 전화를 모두 단독으로 끌어 오느라 상상 외로 많은 부대투자비가 들어갔다.

작은 집들은 정부가 정한 수백만 원씩들의 보상비를 받고 불만 없이 지금의 자리로 옮겨갔으나 콘크리트 제빙공장은 판잣집값 보상금 수준만으로서는 도저히 이전이 불가능하게 되어 국가를 상대로 투자원가 보상청구 소송을 제기하였으나 주먹으로 바위치기지 패소를 당하자 파선선고로 끝이나 버렸다.

자기돈, 융자금 모두 다 날리고 빈손이 되어버리니 동시에 내가 수년간 모아 투자했던 돈도 희망 없이 물거품이 되고 말았다.

울화병이 걸린 친구는 반신불수가 되어 몇 년간 고생만하다 저세상으로 떠나갔다. 그리 되니 자연 내 자식들의 학자금도 누구에게 호소할 길 없이 일시에 날아가고 정말로 하릴없이 되고만 것이었다.

훗날 내 자식들 대학 등록금 내느라 허리가 휘었다.

그래 나는 돈 떼이고 친구 잃고 중반기 내 인생은 죽을 쒀 버렸다.

둥근 시금치 씨

내가 사는 아파트 단지 바로 옆에 제법 크고 아담한 근린공원에 볼썽사나운 고압선 철탑 두 개가 떡 버티고 서 있어 매일 아침 산책을 하다 보면 빨간 글씨로 '접근 엄금'이라고 쓴 팻말이 철탑에 붙어 있는 것이 먼저 눈에 들어온다. 그 철골조 안에는 온갖 잡초들이 제멋대로 무성하게 볼품없이 자라고 있었다.

주변에 가지런히 다듬어져 있는 정원수들과는 영 어울리지 않아 늘 눈에 거슬렸다. 잡초들을 뽑아 버리고 그 자리에 꽃밭이라도 만들어볼까 하는 생각도 해 보다가 기왕이면 평소 자주 사먹는 푸성귀를 심기로 마음먹었다.

동네에는 종묘상이 없어 종로5가까지 일부러 가기도 그렇고 해서 혹시 하고 이웃 꽃가게에 가 보니 씨앗들이 몇 종 있어 그 가운데 시금치, 아욱, 상추, 쑥갓과 열무, 실파, 강낭콩을 고르고 복합비료도 작은 것 한 포를 샀다. 철물점에 들러 삽도 한 자루 사들고 철탑 안으로 들어가

풀을 뽑고 돌들을 골라낸 후 삽질을 해 제법 밭 모양새를 갖추고 골을 지어 밑거름을 고루 뿌린 후 고운 흙을 위에 약간 덮고 씨들을 뿌려 나아가다가 시금치 씨를 뿌리려고 시금치 잎이 그려진 봉투 속의 씨를 손바닥에 쏟다 보니 시금치 씨가 이상했다.

내가 어렸을 때 시골에서 본 시금치 씨와는 전혀 달랐다. 그 전에 내가 본 것은 메밀 같아 손으로 꽉 쥐면 아플 만치 뾰족뾰족했었다.

그런데 내가 사온 시금치 씨는 색깔이나 크기가 무씨와 똑같이 동글동글해 아마 봉투에 담을 때 무씨를 시금치 씨 봉투에 담은 것이 아닌가 싶어 곧장 봉지를 그대로 싸들고 씨를 산 꽃가게로 다시 찾아가 혹시 시금치 봉투에 무씨를 잘못 담은 것이 아니냐고 물어보았더니 틀림없는 시금치 씨라고 대답했다.

그래도 미덥지 않아 다른 꽃가게를 찾아갔다. 내가 가지고 간 봉투를 보이며 시금치 씨가 맞느냐고 물어보면서 옛날의 시금치 씨의 모양도 설명했다. 한참 뒤 그 꽃가게 주인의 대답이 벌써 오래 전에 농촌신흥청 시험장에서 인공배아로 육종 개량하여 지금은 시금치 씨가 둥글게 되었다는 것이다.

참으로 세상이 많이 변했다는 것을 새삼 실감할 수 있었다.

노래, 신조용어, 음식문화, 헤어스타일, 의상 등등 모든 것들이 십년이 멀다 하고 변화에 변화를 거듭해 나아가고, IT다 인터넷이다 파란장미꽃에 푸른색 카네이션, 그리고 줄기세포에 일반 동물이 아닌 인간복제까지 가능하다는 세상이 되었으니 격세지감을 느꼈다. 시쳇말로참으로 멍청했었다는 것을 깨달았다.

그래도 의구심을 지닌 채 밭으로 다시 돌아와 모든 씨앗들을 다 뿌리고 흙을 얇게 덮고 손바닥으로 살살 두드렸다. 삼사일이 지나면서 새싹들이 돋아나기 시작했는데 동그란 시금치 씨는 틀림없는 시금치 싹을 틔워 순을 뽑아내고 있었다. 빨간 모자를 뒤집어쓰고 머리를 살포시 세상 밖으로 내밀었다. 신기했다. 내가 직접 뿌린 씨앗이어서 그런지 돋아나는 것을 보고 있노라면 생명의 신비를 한결 더 크게 느끼게 했다.

비라도 한 줄기 내린 다음 날이면 파란 잎들은 거름을 잔뜩 빨아올려 진한 초록색으로 변했다. 솎아내고 또 곁순을 따내기도 하니 매일 쑥쑥 자랐다. 열 평도 채 안 되는 손바닥 만한 밭이지만 심은 것들이 푸른 색으로 꽉 찰 때면 큰 부자라도 된 것같이 대견스럽고 마음이 흐뭇해지기까지 했다.

심은 것들 중에는 먹고도 남아 때로는 이웃에 나누어 주기도 했다. 어찌하다 하루라도 밭에 못 가본 날이면 궁금하기 그지없었다.

외출했다가도 집으로 들어오는 길에 먼저 밭에 들러 한 번 쳐다보고라도 와야 직성이 풀렸다. 아마도 농부들이 이래서 농촌을 버리고 떠나지 못하는가 하는 생각이 들었다.

다음 해에도 재미를 붙인 나는 철 맞추어 씨를 뿌리고 있는 어느 날 젊은이가 찾아와 보자 하더니 구청에서 나왔다 하면서 철탑 안에 함부로 들어가면 아니 된다고 했다. 기왕에 뿌린 씨만 거둔 후에는 더 심지 말라고 했다.

이렇게 해서 아쉽게도 내 텃밭을 잃고 말았다. 왜 그렇게 서운했었는지 그 당시에는 세상 살아가는 맛을 잃은 듯했다. 정년을 막 끝내고 할 일 없이 놀고 있을 때이었기에 더욱 그랬을 것이다.

문득 생각나는 것은 직장에 다니던 시절인 1986년 출장갔던 스웨덴의 수도 스톡홀름에 갔을 때 보았던 기억이 떠올랐다.

공항에서 두 칸 굴절버스를 타고 시내 중심가로 들어가는 도중 도시 주변의 아파트마다 바로 그 앞에는 바둑판 모양의 아담한 텃밭을 만들어 이를 동 호수별로 각기 크기를 똑같이 정해 놓고 채소를 가꾸는 모습을 보았다. 마침 휴일이어서 그랬는지 모든 아파트 주민들이 그들 가족들과 함께 나와 자기네 텃밭들에서 오밀조밀 아이들과 함께 일하고 있는 광경을 바라보면서 어느 사람의 머릿속에서 저러한 산뜻한 아이디어가 나왔을까, 바로 저기가 지상낙원의 모습이구나 하고 경탄했던 기억이 지금도 뇌리에 생생하다.

지금 나는 나이가 좀 더 들고 할 일이 없어지면 잃어버린 텃밭을 다시 찾는 심정으로 서울 근교에 작은 텃밭이 있는 집으로 아예 이사를 가서 전원생활을 해 보고 싶은 욕심이 남아 있다. 그날이 언제일지는 몰라도 꼭 이루고 말겠다는 생각은 아마도 우리 선조가 농부였을 것이리라는 귀소본능 같은 것일지도 모르겠다.

황혼黃昏의 산책길

아침 일찍이면 습관처럼 운동을 나가기 십여 년, 십여 년이라 해도 등산이나 테니스 치는 날과, 새벽 낚시를 가게 되면 거르고, 장대비 쏟아지는 날, 이래저래 빼고, 그래도 일 년 중 삼백 일은 족히 운동을 해 왔다.

어찌 되었건 다행한 것은 내가 사는 아파트 단지 안에 제법 큰 공원이 있어, 멀리 가지 않고도 매일 운동을 나갈 수 있다는 것만으로도 여간 다행이 아닐 수 없다.

아파트 지을 때 함께 공원을 조성하면서 옮겨 심은 나무들이 몇 년 동안은 초라하고 보잘것 없더니, 차츰차츰 자라 이제는 제법 짙은 숲을 이루어 볼품이 나면서 이른 아침이면 산소를 품어내는 듯한 신선한 느낌을 준다.

산책길을 따라 한 바퀴 돌다 보면 군데군데 양쪽의 나뭇가지가 서로 맞닿아 하늘마저 가리고 있어, 비가 오면 비를 피할 수 있을 곳이 생겨났다. 그래서 십 년이면 강산도 변한다는 말이 실감나게 한다.

아침운동이라야 주로 조깅을 하였으나, 조깅이 좀 힘에 겨워 요즈음에는 맨손체조와, 빠른 걸음으로 걷기운동을 하는 것이 고작이다.

그나마도, 건너뛴 날이면 온몸이 찌뿌드드한 것이 개운하지 못한 것을 보면, 나도 모르게 아침운동이 나의 체력 유지에 상당한 도움이 되고 있음이 틀림없다.

그래서 많은 사람들이 운동은 늘 주기적으로 꾸준히 지속하여야 한다고들 하나 보다.

공원의 산책길은 한 바퀴를 다 돌아봐야 일 킬로도 채 못 되지만, 꽤 여러 가지 수종들을 심어놓아, 봄철의 신록도 좋지만, 여기 저기 형형각색의 꽃이 만개할 때면, 이웃 아파트 단지 사람들도 어린 아이들을 데리고 나와 사진으로 남겨두기 위해 카메라에 담는 모습들을 자주 본다. 내 손자들도 이곳에서 여러 차례 사진을 박았다.

한겨울 추운 날, 특히 밤사이 하얀 눈이라도, 혼자서 소복이 쌓인 날 새벽, 아무도 밟지 않은 흰 눈 위를, 뽀드득 뽀드득, 한 발짝 두 발짝 걷는 기분은 말로는 표현하기 어렵게 상쾌하고, 더더욱 가로등 불빛 사이로 반사되는 눈가루는 그냥 밟고 지나가기가 아주 아깝다는 느낌을 준다.

'아파트 단지마다 사이사이 작은 공원이라도 조성하도록 의무화 하였으면……'

매일 공원을 돌다 보면, 늘 같은 자리에 사람들이 밤늦게 놀다가 간 흔적을 남긴다. 담배 공초, 소주병, 먹고 버린 빈 과자 봉지 등등이 눈에 뜨일 때마다 옛날 등산객이 불판을 지니고 산에서 음식을 끓여 먹던 시절, 바위 틈틈이 지저분한 것들, 낚시꾼들이 앉아 있던 자리의 쓰레기들이 생각나서 기분의 감소를 가져오나, 반면, 그래서 공원관리 아줌마가 일자리를 갖게 되어 월급 타 먹고 사는 것 아니겠나 하고 생각을 돌린다.

몇 년 전, 이집트에 여행 갔을 때 인간의 힘만으로 쌓았을 것 같지 않은 엄청난 피라미드, 그 돌무덤을 쌓기에 얼마나 많은 노예가 희생되었을까 하였더니, 그래도 그 당시 제왕이 선견지명이 있어 사천 수 백 년 전에 벌써, 오늘날 후손들을 먹여 살리기 위해 미리 관광자원을 준비해 놓은 것이라는 안내원의 설명이 생각났다.

이제 내 나이 칠십이 가까워 왔으니 덤으로 사는 인생이라 할지라도 말년에야 건강관리와 그리고 추하지 않게 살 수 있는 약간의 용돈, 그리고 어떻게 보람 있는 시간을 갖느냐 하는 것, 이 세 가지가 충족된다면 더 무엇을 바랄 것인가.

학창시절 방학 때마다 그럴 듯한 방학일과를 짜 놓기만 해 보듯, 나의 황혼일정을 스스로 머릿속에 짜 본다.

근력이 있을 때까지 지금처럼 계속 운동하고, 연금생활비 일부 떼어 내 용돈 쓰면, I.M.F도 잘 견뎌냈으니 더 욕심을 가진들 될 일도 아니고 남은 것은 오로지 여하이 보람된 시간을 쓰느냐가 아닌가 싶다.

우취 활동에 참여하면서 어린이 우취 꿈나무 키우는 일에 열중하고 틈틈이 공부하며 배우면서 떠오르는 생각들을 적어 모아 공해 없는 단 한 권의 산문집을 남겨 보도록 하는 일에 전념을 다하려 한다면 남들이 그리 과한 욕심쟁이라고는 아니 하겠지.

"둘이 제일 무서워요."

세 살짜리 손자가 이 세상에서 둘이 제일 무섭단다.

내가 어린 시절에는 '곶감이 호랑이보다 더 무섭다'는 말을 옛날 이야기로 듣고 자라났는데 내 나이 벌써 70을 넘어 아들딸 넷을 시집 장가 보내고 나니 어느새 손자 손녀가 여덟으로 늘었다.

이번 추석 명절날에는 두살박이부터 가지런히 열다섯 살짜리 계집아이, 사내놈 등, 우리 식구 모두 다 열여덟 명이 좁은 거실을 꽉 채웠다. 무엇보다 아들 딸 며느리 사위, 하나같이 모나지 않고 의좋게 지내는 모습들이 무척 대견스럽고 보기가 좋다. 특히 다행인 것은 요즘 유행처럼 혼기 놓쳐 부모 곁을 떠나지 못하고 붙어 사는 트윅스터(twixter)족이 한 명도 없는 것이 얼마나 다행인지 모르겠다.

온 가족이 거실에 둥지를 틀고 앉으면 오래간만에 만난 것도 아닌데 저마다 자기 자식들 자랑 한두 마디씩을 늘어놓는다.

큰딸은 초등학교 육학년짜리 제 아들이 대학생도 따기 힘든 컴퓨터 1급자격증을 취득했다 하고, 둘째딸은 자기 딸이 전국 발레경연대회에서 은상을 받았다고 자랑이다.

막내딸은 어느 날 아들놈이 "엄마 나 어디서 생겼어?" 하고 물어 "엄마 뱃속에서 나왔어"라고 무심코 대답하니 "그럼 엄마가 나 먹었어? 언제 먹었드랬어?" 하고 자못 의아해 하며 놀란 표정을 지었다고 해서 한바탕 웃었다.

다음은 며느리 차례다. 놀이방에 다니는 세 살짜리가 놀이방 선생님이 아이들에게 자기가 제일 무서워하는 것 한 가지씩 말해 보라고 했는데, 다른 아이들은 호랑이요, 귀신이요, 늑대요 그러는데 내 손자 놈은 "둘이 제일 무서워요." 그래서 선생님이 반문하기를 "둘이 무언데 왜 제일 무섭지?" 그러니 손자는 아직 말이 서툴러 설명을 잘못하니까, 선생님도 이상해서 집으로 전화를 걸어 "재현(손자이름)이가요 둘이 제일 무섭다는데 둘이 무언데 왜 제일 무섭다고 그래요?"하여 "좀 창피하지만 하도 집에서 말을 잘 안 들어서요, 사랑의 매를 때리는데 매를 들고 하나… 둘… 그래도 말을 안 들으면 세 번째는 딱하고 맞는 줄 아니까, 둘이 제일 무섭다고 했나 봐요."

그래서 또 한 번 웃었다. 이어 하루는 선생님이 긴 것 하나씩을 말해 보라고 하였는데 다른 아이들이 먼저 기차요, 버스요, 큰 길요, 뱀요. 다음은 손자 차례가 왔는데 "내가 생각한 것은 앞에서 다른 아이들이 다 해서 저는 없어요." 그러자 선생님이 "그래도 다른 것 생각해 봐." 그러니 잠시 생각하다가 "우리 아빠 고추요." 그러니 선생님이 "그런 것 말고 다른 것을 생각해 봐." 그러니까 손자 놈이 재차 "정말 아빠 고추가 크다니까요." 그래서 18세 처녀 선생님의 얼굴을 빨갛게 만들었다고 해서 온 식구가 박장대소를 했다.

행복이란 무엇이고 행복은 어디에서 찾을 수 있는 것일까 생각하게 한다.

행복이란 눈으로 보여 잡히는 것도 아니고 돈이 많다고 살 수 있는 것도 아니다. 그러나 누구나 저마다 행복을 추구하며 살아가고 있다고 생각한다. 문득 떠오르는 것은 자식을 가져 보지 못한 사람은 사랑의 진미를 모른다고 했다. 가정은 애정의 집단이라고 말했듯이 단란한 가정 안에 작은 웃음들이 행복을 가져다주는 것이라고 여겨진다.

때 늦은 후회

63 병동, 어느 전쟁영화 제목이냐고요?

그렇다면 오죽이나 좋겠어요. 지난해 겨울부터 아내가 자기 집 같이 들랑거리는 어느 종합병원의 병동이니 딱한 일이죠. 평상시 때때로 주위에서 좋지 못한 이야기가 들려 오거나 여기 저기에서 큰 사고들이 터져 뉴스에 나오더라도 나와는 상관없는 남의 일로만 여기고 살아 왔는데 내 생의 끝자락에 와서 이러한 시련을 겪으리라고는 상상조차 못한 일이다.

결혼한 지 45년 동안 단 한 번도 몸져누워 본적이 없는 아내다.

그래 의료보험공단에서 격년으로 보내오는 정기검진조차 미루어 왔고 더구나 암검사 같은 것은 가족력이 없다는 이유로 검사를 받으려 하지도 않았다. 그러니 많이들 들었다는 암보험 같은 것도 가입했을 리 만무하다. 이번에 나온 건강검진 통지표를 받고도 또 차일피일 미루고 있기에 내가 집 동네 일차 검진기관에 예약을 하면서 추가로 암검사도

받도록 했다. 검사 받는 당일 꿈에도 생각지 못한 유방암 의심 소견이
나왔다.

　서둘러 조직검사 결과 1기암 판정을 받았다. 몇 년 전만 하더라도 암
에 걸리면 다 죽는 병으로만 알았는데 조기에 수술을 하고 항암 치료를
받으면 5년 내 생존율 86%라 하니 다행이라고 생각하여야 할지? 전문
의의 지시대로 어려운 수술을 받고 상처가 아물자마자 이어 3주 간격
으로 항암주사 맞기를 시작해 여섯 차례가 지나갔다.

　한 번 주사를 맞고 나오면 근 일주간은 식사도 못하고 열병을 앓는
다.

　날이 갈수록 머리카락은 점점 빠져 문어 머리가 되어간다.

　생사의 고뇌 속에 그래도 살아야 한다는 애착 때문에 죽기보다도 싫
다는 독한 주사를 맞고 또 맞으러 가는 본인의 심정이야 오죽하겠는
가? 힘들게 주사를 다 맞고 나니 방사선 치료를 매주 5회씩 34회를 받
으라 한다.

　그러니 지치고 지쳐 우울증까지 찾아왔다.

　옆에서 지켜보며 간병하는 나도 심신이 몹시 고달프다. 긴 병에 효자
없다는 말이 실감난다. 각종 검사와 수술비에 입원비, 또 계속되는 주
사 치료비와 부대비용이 엄청나다. 돈이 없으면 치료를 못 받는다. 그
래서 암에 걸리면 죽는다는 말이 생겨났는지도 모르겠다.

　아내와 단 둘이 살다 보니 나 혼자 장보아 밥하고 반찬 만들고 빨래
와 청소까지 뒤늦게 완전 전업주부가 되어 버렸다. 학창시절 잠시 자취
생활을 조금 해본 경험을 살려 이것저것 요리 솜씨를 발휘해 보지만 임
신부 입덧보다 더 심해 진수성찬도 소 닭 보듯 하니 딱하기도 하려니와

하루 세 때 밥상 차리는 주부들의 심정이 어떠한 것인지를 이제야 뒤늦게 이해함직하다.

　나이 70의 할머니가 되었어도 여자는 여자인지라 머리모양이 흉하다고 속상해 한다. 아파하는 마음을 좀 달래준다고 몇 가지 모자를 사다 씌워줘도 마음에 들지 않는다고 바꾸어 오라 하니 바꾸어 온들 또 마음에 들지 몰라 아예 가발 하나를 꽤 비싸게 맞췄다.

　흔히 쓰는 말이지만 만사가 만족스럽다 하더라도 단 한 가지 건강을 잃으면 끝이라는 것은 당사자들만이 안다.

　뒤늦게 후회한들 무슨 소용이 있겠는가? 새삼 깨달은 아내가 며느리와 딸들을 집합시켜 놓고 언제 준비해 놓았는지 봉투 한 개씩을 나누어 주면서 빠른 시일 안에 암검사를 받으라고 명령조로 간곡히 당부한다.

　내리사랑이 더 깊다는 것을 다시 느끼면서 나는 왜 새삼 지난날 주례가 혼인서약을 다짐받던 생각이 났을까? 아마 너는 몇 점짜리 남편노릇을 지금 하고 있는지 스스로 자신에게 묻고 있었는지 모르겠다.

　저녁 반찬거리는 또 무엇을 살까?

뜨거운 여름 불타는 정치

올해 여름은 유난히 뜨겁다. 여름의 시작인 6월이 오기도 전에 봄과 여름을 가르는 틈새를 훌쩍 뛰어넘은 더위가 빨리 찾아왔다. 아마 지구 온난화가 가져다 준 열기 탓일 게다.

계절 감각을 잊은 나무들이 시도 때도 모르고 제 멋대로 꽃을 피운다. 하얀 겨울 양지바른 울타리에 노랗게 고개 내민 철없는 개나리꽃처럼 그렇게 일찍 찾아왔던 올해의 봄은, 열흘이나 넘게 먼저 벚꽃을 피우고 아카시아 꽃향기에 취해 볼 겨를도 없이 달음박질쳐 싱그러운 초록을 금세 진녹색으로 변신시키며 더위를 몰고 와 6월 한 달 내내 촛불을 달구고 7월 문턱의 폭염은 전 국민들의 몸과 마음마저 태우고 있다.

빨리 온다던 장맛비라도 한바탕 시원하게 쏟아져 뜨거운 열기를 잠시라도 식혀 주었으면 좋으련만 어리석고 죄 많은 백성들이 살고 있는 땅이어서인지 마른장마 속 더위만 이어지는 요즈음이다.

문득 먼 나라 도시 두바이를 생각하게 한다. 우리보다 엄청 뜨거운 열사熱砂의 땅 위에 지금 막 세계에서 가장 위대한 창조를 낳고 있다. 신이 가져다 준 기적이 아니다. 우리보다 소득이나 지식 수준이 높고 인재들이 많아서도 아니고 고루 잘 살고 있어서도 아니다.

단지 사심 없이 나라의 먼 장래만을 내다보고 천지개벽이라 할 만한 업적을 쌓고 있다. 이는 훌륭한 지도자 한 사람이 뛰는 모습을 믿고 바라다보며 현재의 고통쯤은 인내하며 기다려주는 대다수 국민이 있다는 오직 그것 하나가 우리나라 국민과 다를 뿐이다.

지난 5월 중순부터 시작된 쇠고기 수입반대 촛불시위는 대다수의 많은 우리 국민의 몸과 마음을 우울하게 만들었다. 집회에 참가하는 이유를 저마다 변명한다. 공통점은 국가와 국민을 위해서다.

대통령 후보 경선에서 처음 시작해 선거 막바지에 불거진 BBK사건, 야당의 공격, 인수위의 오만, 함량미달의 각료들과 비서진의 비도덕적인 치부에 대한 반감, 국가를 큰 기업체 운영 정도로 보고 열심히 앞장서 뛰면 될 줄 알았던 대통령의 정치력, 선명하지 못했던 총선, 공천 과정의 잡음, 정권을 뺏긴 측과 현 정부를 지지하지 아니한 계층에 대해 친화적이지 못한 포용력 부족, 직장 없고 살기 힘든 사람들의 일자리 마련에 앞서 한반도 대운하 우선 추진계획에 따른 반대자에게 빌미 제공, 부시와의 만남 일정 때문에 일찍 서둔 쇠고기 수입협정과 광우병에 대한 국민과의 짧은 소통기간이 빚은 몰이해 가운데 특종 한 건을 터트릴 의도적 한탕주의식 PD수첩의 선동적인 광우병 보도가 불러 온 촛불시위, 이에 편승한 온갖 불만세력들이 망둥이 날뛰듯한 것은 적어도 세계 10위권의 국가라고는 도저히 믿을 수 없는 먼 후진 국가의 폭도들을 보는 듯했다.

사전에 계획된 각본처럼 시위대 속에 어린이를 태운 유모차와 주부,
초등학교 학생들, 소풍 온 것처럼 삼삼오오 둘러앉아 잔을 돌리는 술
판, 민주주의의 기본인 대의정치를 무색하게 하는 야당의원들의 시위
행태, 천주교 정규직제에도 없는 정의구현사제단의 거리미사, 이에 질
세라 뛰어 나온 개신교 목사들과 법당을 지켜야 할 승려들, 국가의 존
폐위기 때가 아닌데 종교가 정치에 끼어들어 분쟁을 일으키면 나라에
큰 재앙을 불러온다는 역사적 교훈도 모르는 무식한 성직자들인가. 매
년 춘투다 하투다 하며 기업이 망하면 같이 망하고 나라마저 망하게 하
는 줄 모르고 한국노총이다, 민노총이다 하며 파업을 유도하고 시위대
와 합세 선동한다. 참교육에 앞장서겠다는 전교조는 제자들을 세뇌시
켜 좌익 편향 쪽으로 물들여가고 있다.

이 나라가 정령 민주주의 국가가 맞는지 인민공화국인지를 모르겠
다. 분명한 것은 부패공화국, 당쟁공화국인 것만은 틀림없는 것 같다.

어서 큰 비라도 펑펑 쏟아져 뜨거운 열기와 함께 이 땅에 존재해서는
안 될 많은 잡것들을 모조리 쓸어가거라. 희망의 새싹, 새로운 국운이
다시 돋아나도록 모든 국민이 자성하고 이성을 되찾을 때다.

많이 배운 나라 사람들의 선택

나는 한불수교韓佛修交 100주년이 되던 해에 파리에 간 적이 있다. 파리 중심가 몽빠르나스 소재 프랑스 체신성 산하 우정박물관에서 1개월간 전시회를 개최하기 위해서다. 전시내용은 우리 문화의 알림을 우표 중심으로 한국 근대 우정郵政. 현지에 기서 관람객을 유치하기 위한 홍보물들을 미리 준비해 가기는 하였으나 그것만으로는 많은 관람객을 끌어 모으기가 부족할 듯싶어 파리 주재 한국 언론사 특파원들을 초대해 오찬을 같이하며 전시회 홍보를 요청했다.

또 다른 한 편으로는 파리의 주요 일간신문 르몽드지를 위시한 유수 신문사 문화부 기자들을 초청해 오찬을 함께 나누며 프랑스 시민들이 한국문화를 알 수 있는 기회를 놓치지 않도록 하는 기사를 써 주도록 아이템 자료를 나누어 주었다.

다음날 각 신문에는 크고 작은 기사들이 일제히 실렸다. 그런데 유럽 대륙의 대표적인 신문 르몽드지의 발행 부수가 우리 상식과는 달리 상상 외로 발행 부수가 너무 적다는 것을 알고 실망했다.

서울의 주요 일간지들이 100만부를 넘게 발행하는 것에 비하여 파리의 일간지들이 50만부 정도를 발행한다니 의외가 아닐 수 없다.

어찌하여 이름난 신문들의 발행 부수가 그리 적으냐고 프랑스에 오래 살고 있는 한 교포에게 물어보았다. 그는 이렇게 설명했다.

전통적인 프랑스 교육정책이 가져다 준 자연적인 현상이라고 그랬다. 세계 제일의 문화도시, 예술의 산실인 이곳 파리 시민이 신문구독을 그것밖에 보지 아니 하다니!

프랑스 교육정책이란 것이 바로 이러했다. 나라의 평균 인력 양성 기준이 고등학교 졸업 수준이다. 그 수준에서 각자 적성에 맞는 전문적인 공부를 하고 각종 기술들을 익혀 일자리를 찾아 취업하여 돈을 벌고 수입에 맞추어 생활하면서 인생을 즐기며 산다고 한다. 소수 엘리트들만 골라 나라의 동량이 되도록 길러낸다.

파리 제1대학 제2대학 하는 것들이 명문의 순위가 아니고 전공의 특성화로 구분하고, 입학은 비교적 쉬우나 졸업장 받기는 어렵게 되어 있고, 더더욱 박사학위는 하늘의 별 따기라고 했다. 그렇게 하여 국제경쟁력을 키운다고 그랬다. 정치도 소수 엘리트들이면 충분하고 우리나라처럼 많은 고학력자들이 정치에 참여하면 정치가 시끄러워져서 국가경영이 힘들어진다고 해서다. 우리가 흔히 보듯 당선되지도 않을 많은 사람들이 선거철이면 너도나도 출마하는 진풍경을 경험하지만 프랑스는 정치에 뜻을 두고 학교에서부터 공부하지 않은 사람이 돈 좀 벌었다고 해서 무모하게 중도에 정치판에 뛰어드는 경우는 극히 드물다고 했다.

우리 국민들이 정치에 관심을 갖고 지혜로운 판단력으로 올바른 선택과 함께 자유로이 행사는 하되 직접 나 아니면 나라가 곧 망할 것처럼 내가 나서야 된다는 발상에서 정치판에 끼어들어 나라를 뒤흔들어 놓으면 지금 같아서는 민주정치의 양당제 정착은 요원하겠다 싶다.

정치인이라고 하는 직업인에게도 일정한 보수를 주었으면 좋겠다. 국회의원에 당선되는 소수와 잠시 행정부 고위직을 차지하는 몇 사람을 빼고는 평생을 무보수로 정치판을 떠돌다가 끝내고 마는 정치 풍토의 현실에서는 본인이나 그 가족들의 가정생활이 오죽하겠나?

마약 중독자처럼 평생 발을 빼지 못하고 있다가 자칫 정치자금에 휘말려 옥살이로 패가망신하는 모습을 한두 번 보아온 것이 아니다. 잘돼 대통령직에 오른 사람, 또 그 2세들의 잘못으로 일순에 명예가 추락하거나 매장되는 국제적 나라망신, 그러하고도 "친애하는 국민 여러분"을 외친다. 이제 국민들도 더는 속지 아니 할 것이다.

티베트처럼 전 인구의 절반이 문맹국기라면 몰라도, 그래도 문제는 선거라는 것이 이성적이지 못하고 때로는 감성적이어서 얼마 전에 일어난 일들을 쉽게 잊어버리고 잘못 뽑은 뒤 후회들을 한다.

이번에는 잘들 해 보아야 될 터인데…….

몸만들기

 래 젊은이들이 몸의 근육을 탄력 있게 키우는 것을 몸만들기라고들 한다.

건강관리한다는 의미보다는 한 차원 높은 표현인 듯하다.

적어도 복근에 임금왕王자 쯤은 그려져야 몸짱 소리를 듣는 모양이다.

요즘 좋은 스펙을 쌓고 얼짱에 몸짱을 겸비해도 취업의 문이 쉽게 열리지 않는 세상인데, 얼마 전 흔한 도둑 하나 잡은 것이 TV에 크게 보도됐다.

잡힌 도둑의 나이가 72세의 노인이어서인 데다 예사 노인이 아니고 도둑의 길로 나서기에 앞서 남의 집 담을 넘고 아파트 벽을 오르기 위해 힘을 키우려고 오랫동안 몸만들기 체력단련을 해 왔다는 것이 뉴스의 초점이었다.

강북에 사는 이 노인은 소문에 부자가 많이 산다는 강남을 첫 취업의 실전지로 택했다.

경비가 허술한 아파트 단지를 뒤지고 다녔다.

대낮에 아파트 창문이 열려 있는 2,3층을 다람쥐처럼 오르내리며 연 4일간 현금 6천 4백만원을 털었다.

아파트관리사무소에서는 연일 주야로 구내방송을 통하여 아파트 단지내 도둑 침입 사실을 알리고 문단속을 당부했다.

바로 내가 살고 있는 아파트 앞뒷집이었다.

72세 노인이 훔치는 일을 하려고 몸만들기를 했다니!

바둑이 체육 종목으로

나는 바둑을 조금 둘 줄 안다.

내가 바둑을 처음 접하기는 20대 초반이었으니 족히 50년은 되었어도 1년에 한두 차례 친구들과 만나 바둑을 둔 것이 전부라서 실력은 별로 늘지 못했으나 바둑의 최하위급이 18급에서 시작하니 내 실력이 4,5급 쯤의 수준이라면 아마추어치고는 그래도 상당히 상위 급에 속한다고 보겠다.

바둑은 가로세로 각 19줄을 그어 361개의 교차점 위에 흑백이 교대로 돌을 하나씩 두고 간다. 마지막에 한 집이라도 많은 쪽이 이긴다. 그래 바둑은 흑백의 전쟁이라고 한다.

공격에서도 수비에서도 힘이 있어야 한다. 바둑의 힘은 수읽기다.

돌의 형태, 급소의 맥점, 요령에 대한 지식과 육감이 필요하다.

이는 기보棋譜의 연구와 실전 경험을 통해 얻어진다.

바둑은 중국 요순시대부터 오랜 기간 두어오며 수많은 용어들이 만

들어졌다.

화점花點 포석布石 천원天元 행마行馬 호구虎口 쌍립雙立 단수單手 급소急所 장문藏門 미생마未生馬 사석死石 공배空排 계가計家라든지, 약자선수弱者先手니 대마불사大馬不死라 하는 것들이 바둑에서 만들어진 말이다.

이들 용어 말고도 무수히 많다. 천변만화千變萬化의 드라마를 담고 있는데 바둑의 오묘함이 있다.

상상력, 판단력, 용기, 인내가 필요하고, 근육의 힘과 전혀 다른 승부의 세계가 있다. 바둑은 포석에서 시작하여 끝내기까지 한판 대국이 인생살이와 같다고 해서 바둑을 '삶의 축도'라고도 한다. 그런데 한국바둑협회를 금년 들어 대한체육회 대의원총회에서 대한체육회 가맹단체로 승인하고, 앞으로 대한체육회 예산을 지원받고 바둑 꿈나무들의 진학, 병역 문제들이 올림픽이나 아시안게임에서 메달을 따는 것 같은 동등한 대우를 받게 된다고 한다.

바둑이 체육 분야에 속하지 아니 할 것 같은 나의 생각이지만 다수 의견에 따라야지 소수 의견을 고집하면 우리나라 국회 모양새가 될까 보아 참아야겠다. 바둑에서 인내가 필요하듯 말이다.

3^부

살가웠던 옛 친구

반질반질한 보도블록

집 근처 조금 큰길가를 지나다 보면 이따금 여기 저기 인도에서 보도블록을 뜯어고치는 것을 종종 본다.

그런데 자세히 눈여겨 살펴보지 아니 해도 먼저 깔려 있던 것도 멀쩡해 보인다. 내 생각에는 몇 군데 조금 보수만 하면 될 성싶은데 연례행사처럼 해마다 몽땅 뜯어내고 새로운 것으로 갈아치우는 일이 반복되는 것 같다. 비용이야 들겠지만 새로 막 단장된 보도는 깨끗해 보기에 좋다.

그런데 얼마 안가 큰 비가 한 번 오고나면 여기 저기 보도블록이 주저앉은 곳이 생겨난다. 그래도 부분 보수하는 것은 수년 간 한 번도 보지 못했다. 다음 번 새로 갈아낼 때에 전부 교체한다.

며칠 안 지나 또 장애인용 특수블록을 가운데에 깔면서 온통 뜯고 갈아낸다. 이번에는 상·하수도관을 묻거나 인터넷 케이블을 지하에 묻느라 파헤친다.

이들을 원상복구한다고 대충 흙을 덮고 그 위에 보도블록을 아귀만 맞춰 올려놓고 인부들은 사라진다.

사람들이 밟고 지나다니기만 해도 이가 어긋나서 신발에 채이기도 하고 유모차를 밀고 다니는 부녀자들은 잠든 애기가 깨거나 떨어지지 아니 할까 여간 조심해서 요리저리 빗겨가며 살살 피해 다닌다.

엊그제도 길을 지나다 보니 이번에는 차도와 인도 사이를 구분하는 지지대 경계석 콘크리트를 화강석으로 교체한다. 겸해 얼마 전에 깔아 놓은 멀쩡한 블록들을 전부 새로 교체한다. 그렇다고 그 일이 절대빈민 층을 위한 취로사업은 아닌 성 싶다.

벌써 일 년이 다 되어 가는지 이번에는 엷은 남색 비슷한 보도블록으로 싹 바꾸고 있었는데 어디서 난리라도 난 듯 급히 서두르는 모습이 정해 놓은 공사기간에 맞추려는 것 같아 보였다. 그런데 시각장애용 특수블록이 또 빠져 있다.

얼마 지나 또 다시 그 핑계로 또 새로 뜯어낼 것이 예견된다.

여러 사람들이 지나다니면서 한두 마디씩 한다.

"돈들이 썩어가나, 지방자치제 되더니 전시행정에만 관심을 더 갖나 봐, 혈세를 이렇게 낭비해서야 쓰겠어. 다음 번에 또 출마하려는 게지?"

1983년도에 브라질의 옛 수도에 들렀을 때의 생각이 난다.

카니발로 더 유명해진 도시, 세계 3대 미항美港의 도시 리우데자네이루에 갔을 때 본 것들 중 인상 깊게 남아 있는 기억이 있다.

브라질은 1530년부터 수백 년간 포르투갈의 지배를 받다가 1882년에 독립했는데 그때 당시 지은 서구 건축양식의 건물들이 조금은 헐었어도 재개발하지 않고 아직도 사람들이 그대로 살고 있었다. 그래서 얼핏 보면 구라파 남쪽 어느 나라 도시 같은 느낌을 준다.

그런데 그 당시 깔아놓은, 천연색으로 모자이크된 보도블록들이 닳고 닳아 반들반들해진 그 위를 5백 년 동안 헤일 수 없이 숱하게 많은 사람들이 밟고 또 밟고 지나다녔을 터이고, 또 앞으로도 긴 세월을 지탱해 나갈 것이 뻔한데 왜 우리나라는 유별나게 해마다 보도블록을 갈아내고 있는지 그 이유를 어떤 말로 비교 설명이 가능할지 모르겠다.

요즘도 밖에 나가다 보니 오늘도 한쪽에서 또 작업이 계속 진행 중이다. 이럴 줄 알았으면 그때 갔을 때 5백 년 전의 공법을 좀 알아가지고 와 알려 주었어야만 했는데 싶은 실없는 후회스런 객기마저 일었다.

아무튼 낭비는 국가의 적이요, 지역사회 발전에 좀이 된다는 것을 알았으면 싶다.

이와 같은 유사한 크고 작은 일들이 도처에서 많이 발견되고 있기에 하는 말이다.

축구가 종교보다 한 수 위라면

월드컵은 올림픽처럼 4년마다 열리는데, 각 지역 예선을 거쳐 32개 국가가 본선 경기에 참가한다. 이번 월드컵에 아시아권에서는 한국, 일본, 북한 3개 국가가 본선 32강에 합류했다.

아프리카에서는 처음 개최되는 남아공월드컵 경기는 개최 며칠 전까지도 경기장 시설이 마무리가 덜 된 모습에다 치안이 극히 불안하여 선수나 응원단들의 신변보호가 매우 염려되었던 2010 남아공월드컵 경기였다.

우리나라는 원정園庭 경기에서 16강에 올라가는 것이 목표였다.

그러나 욕심은 당초 마음먹었던 것과는 달리 16강에 진입하고 보니 온 국민의 바람은 8강 이상까지 가기를 열망했다.

월드컵에서 우리나라 경기가 있는 날이면 광화문과 시청광장을 비롯해 전국 대도시 여러 곳에서 거리응원단이 집결하여 모두 한 마음 되어 밤을 지새우며 '대~한민국'을 외쳤다.

거리응원단에 나서지 못한 국민은 각 가정에서 밤늦게, 아니 새벽까지 TV중계를 보며 슛팅 때마다 골인을 외치고 열광하며 승리하기를 응원했다. 평소 축구에 그리 관심이 많지 않던 사람들까지 월드컵 경기만큼은 흥미진진하게 지켜보는 데에는 축구를 통해 뭉클 솟아나는 스포츠 애국심, 세계 축구 선수들이 총집결하여 흥행하는 몸 재간, 규칙과 반칙 사이를 아슬아슬하게 넘나들며 승부에 도전하는 묘미일 것이다.

영국이 세계에 유통시킨 것은 영어와 축구다.

영어가 말로 하는 언어라면 축구는 발과 몸으로 하는 언어다. 언어의 기능이 무엇인가? 소통 아닌가. 축구 장면만큼 TV화면을 통해 전 세계인들에게 공통된 희로애락을 주는 스포츠나 언어는 이 세상에 없다.

골을 넣으면 다 같이 환호하고, 공이 골대를 맞고 나오면 또 같이 탄식한다. 때로는 심판의 편파적인 판정이나 오심에 욕설을 퍼부으며 울분하기도 한다. 얼굴색이 서로 다른 인종도 느끼는 감정은 서로 비슷하다. 인간의 감정이 서로 같다는 것을 느끼게 해 주면 바로 그것은 종교라 볼 수 있다. 종교는 성스러운 느낌을 통해서 자연과 인간, 신과 인간, 인간과 인간의 일체감을 확인시켜 주는 기능 때문이다.

통합력의 측면을 본다면 축구는 기독교, 이슬람교, 불교보다 한 수위의 종교다. 수만 명이 들어가는 동그란 운동자에서 응원을 하다 보면 '우리가 하나' 라는 특수한 일체감을 경험할 수 있게 해 준다.

축구에서는 골키퍼를 제외하고는 손의 사용을 금지하고 있는 것은 정신분석학적으로 볼 때 수음手淫을 하지 말라는 문명의 금기와 연관이 있는 것은 아닐는지…. 이번 남아공월드컵에서 일찌감치 남미 국가들 팀이 우승할 것이라고 점쳐 왔다.

그러나 브라질과 아르헨티나가 네덜란드와 독일에 참패했다. 남미에서는 우루과이만 4강에 끼었다. 이들 남미팀 중 브라질과 아르헨티나 선수들에게는 개인 시간에 섹스를 허용했다. 그들은 이만치 자신만만했다. 하지만 자신들에 대한 오만과 상대를 얕잡아 본 편견이 스스로 남미 축구를 무너뜨리게 했다.

폭우가 쏟아지는 그라운드에 누워 차두리는 눈물을 흘렸다. 우루과이보다 더 잘 싸우고도 졌기 때문이다.

경기 후 우루과이 선수들이 우리 선수 라커룸으로 찾아왔다고 한다. 경기가 끝나면 서로 유니폼을 교환하는 관행에 따라 유니폼을 바꾸어야 하는데 우리 선수들이 그라운드에서 너무 눈물을 흘리며 상심해 하여 그 자리에서 말을 못했다가 라커룸까지 찾아온 것이다. 우리 허정무 감독은 우리 선수들에게 고개 숙이지 말라. 너희들이 있어 잠시나마 우리 국민은 행복했을 것이라고 격려를 아끼지 않았다고 한다.

우리는 한일월드컵을 계기로 세계 수준으로 업그레이드 됐다.

2002년 국내에 132개이던 축구장이 2009년에는 558개로 늘어났다. 이번 16강에 오른 것만으로도 경제적인 효과는 22조원이 된다고 평가한다.

월드컵은 4년 후 또 열리며 우리의 삶은 계속된다. 이기고 지는 운도 삶의 일부라고 생각하면 억울하게만 생각할 일이 아니다. 경쟁을 하면 할수록 경쟁력은 올라간다. 4년 후를 위해 또 다시 뛰자.

우리도 스페인처럼 우승하는 날이 오리라는 희망을 갖자.

베이징 올림픽 중계방송을 보면서

2008년 8월 8일 8시는 중국인들에게는 오래 기억될 순간일 게다. 그들에게는 100년의 꿈이 이루어진 뜻 깊은 날이기 때문이다.

베이징 올림픽은 아시아 국가 중 세 번째다.

1964년 도쿄 올림픽, 다음 88 서울 올림픽에 이어 20년만에 다시 아시아에서 열린 올림픽이다.

올림픽을 처음 치르는 나라들은 올림픽을 개최한 후 경제를 비롯해 여러 분야에서 국제적 위상이 한 층 더 상승 발전했다.

도쿄 올림픽이 뿌리를 심었다고 한다면 서울 올림픽은 꽃을 피웠고 베이징 올림픽에서는 열매를 거둘 차례라고들 한다. 그리 보면 실속은 중국이 제일 많이 차지하는 셈이지만 더 두고 볼 일이다.

베이징 올림픽은 100년의 꿈을 성취하기 위하여 올림픽을 유치한 이후 수년간 천지개벽이라 할 만치 말끔히 뜯어 고쳐 세계에 으뜸가는 국가 반열에 올려놓기 위해 준비에 총력을 기울여 왔음을 눈으로 보아 족히 느낄 수 있었다. 베이징이나 상하이에 온 유럽국가 관광객들이 여기가 중국이 맞느냐고 어리둥절했다니 이해가 간다. 그뿐인가. 자정을 넘겨 가면서 세 시간 반이나 펼쳐진 개막식은 한 마디로 환상적이었다. 개막식에만 일 천 억 원을 쏟아 부어 여러 가지로 각색한 연출은 큰 나라임을 알리기에 충분한 아이디어를 창출해 제공했다.

70미터의 얇은 발광판 디지털 두루마리가 주경기장 좌우로 펼쳐지면서 올림픽의 슬로건인 '하나의 세계' '하나의 꿈'을 보여주었다.

공중으로 치솟은 특수조명의 오륜마크, 무협영화 같았던 성화점화, 전기장치를 달아 빛이 발산하게 한 2008명의 호흡이 통일된 북의 대합주도 돋보였다. 주경기장 중앙 바닥 속에 숨겨두었던 지구 모양의 구조물이 올라왔고 올림픽 주제가 〈너와 나〉가 불려졌다. 또한 중국의 문화와 역사 전통에 첨단 테크놀로지를 결합한 떠오르는 지구도 성공적이었다. 하지만 감탄은 있었어도 감동은 없었다는 일각의 평가도 있다.

'체력은 국력이다' 라는 박정희 대통령 시절의 말이 실감됐다.

베이징 올림픽에 중국은 각국 정상들을 초청했다. 4년 전 아테네 올림픽 때는 25명의 정상이 참석했는데 이번 베이징 올림픽에는 100여 명의 각 나라 정상급이 대거 몰려왔다. 우리 이명박 대통령은 물론 미국의 부시 대통령도 참석했다. 개회사에서 "벗이 있어 먼 곳에서 찾아오니 어찌 즐겁지 않으리―有朋自遠方來不亦樂乎"라고 하는 논어 첫머리에 나오는 공자의 '인생삼락' 중 한 말씀을 65억 지구인에게 환영사로 중국이 오래 전부터 본래 큰 나라였음을 절묘하게 되살렸다. 말로는 기쁘게 대환영을 한다 해놓고 실제 개막식장 중앙의 시원한 자리는 중국 공산당 상임위원들이 차지하고 중앙 옆자리에 각국 정상들이 겹

겹이 앉아 더위에 부채질을 하고 있는 모습은 마치 토후국에서 조공 바치러 온 사람들 같았다.

후진타오 주석과 악수 한 번 하려고 각국 정상들이 30분씩이나 줄을 섰다는 것만 보아도 중국이 스스로 강대국으로 굴기崛起 되었음을 보였다. 여하간 베이징 올림픽 개회식은 화려하고 웅대한 '한여름 밤의 꿈'이었다. 지구촌의 중화中華임을 확실히 알렸다.

이번 베이징 올림픽은 역대 어느 올림픽보다 가장 많은 204개 국의 선수들이 참가했다. 모든 경기장은 새로 만들어 아름답고 깨끗했다.

공해를 염려하여 시내 330만대의 자동차를 홀짝수로 운행시키며 매연을 줄였다. 미국 사이클 선수들이 베이징 공항에 입국하며 마스크를 쓰고 나왔다고 해 신문에 보도되는 해프닝도 있었다.

자원봉사자들만 해도 무려 170만 명을 동원하였다니 인해전술답다.

중국에 와 있는 여러 나라 유학생들을 자기나라 참가선수들의 통역을 돕도록 배치 활용했다. 시상식 도우미들은 특별히 모델급 미인들로 1000명을 뽑아 2년간 웃는 연습을 시켰다고 한다.

42조 원을 투자해 개최한 베이징 올림픽은 선수 양성에도 최선을 다했다. 역대 최다의 선수를 출전시켜 51개의 금메달을 따냈다.

금메달을 딸 때마다 중국 국기가 올라가며 중국 국가가 연주됐다.

TV 자막으로 나온 가사내용은 마치 군가軍歌의 행진곡 같았다.

중국 국가 가사는 이러했다.

"깨어나라, 노예가 되기를 거부하는 자들이여. 우리의 살과 피로 새로운 만리장성을 건설하자. 중화민족이 거대한 위험물을 물리쳤다. 우리 인민의 벽력 같은 외침을 들어라. 우리의 마음은 하나, 적의 포화에 맞서 전진, 적의 포화에 맞서 전진, 전진 전진 나가자."

예상했던 대로 51개의 금메달을 따내며 1위에 올랐다.

우연히도 은과 동 메달을 다 합쳐 100개의 메달을 따냈는데 100년의 꿈과 기막히게 일치했다.

우리 선수들도 아주 잘해냈다. 열악한 체육시설 속에서 열심히 훈련한 결과는 역대 어느 올림픽 때보다 우수한 성적으로 국민에게 기쁨을 주었다. 유도에서 최민호 선수가 예선부터 결승까지 다섯 번을 내리 한판승으로 첫 금메달을 따내며 우리 선수들의 사기를 높이고 온 국민에게 기쁨과 감동을 주었다. 수영 자유형 남자 400m에서는 박태환 선수가 아시아 국가에서는 72년만에 금메달을 따내는 쾌거를 올렸다.

사격, 펜싱에서도 쉽지 않게 금·은메달을 땄고, 우리나라의 금맥인 양궁에서 남·녀 모두 단체 금메달을 획득했다. 남녀 개인전에는 사정이 있었지만 모두 은메달에 그친 것은 좀 아쉬움을 남겼다.

배드민턴 남녀 복식 결승에서의 투혼은 한 마디로 장했다.

탁구에서 우리 여자 선수의 수비형 탁구가 진수를 보여준 것도 관객의 흥미를 주어 시선을 끌었고 한국을 높게 알린 경기였다.

태권도에서도 네 체급 모두 금메달을 따 태권도 종주국의 체면을 지켰다. 우생순의 여자 핸드볼에서의 아슬아슬한 매 경기는 시청자 모두에게 손에 땀을 쥐게 했다.

역도의 장미란 선수는 무적의 함대같이 지구를 번쩍 들었다 놓듯 하며 신기록을 세워 전 세계를 놀라게 했다.

한 편의 영화 장면을 보는 듯했던 중계방송은 8전 전승의 야구 경기였다. 위기 때마다 기사회생한 선수들과 감독의 머리싸움이 돋보였다.

일본, 미국, 쿠바를 비롯해 모든 출전국을 잠재웠고, 특히 일본의 콧대를 꺾어 통쾌했다. 금과 은을 가르는 쿠바와의 결승전 9회 말 병살타를 잡아 승리하는 장면은 그야말로 드라마틱했다. 올림픽 역사상 야구종목이 사라지는 마지막 장면이었기에 더욱 그러했다.

한국은 금 13, 은 10, 동 8 모두 31개의 메달을 획득하며 종합순위 7위 국가로 기록하며 온 국민에게 큰 자부심을 갖게 하고 잠시나마 분열된 정국을 하나가 될 수 있게 했다. 폐막식 장면도 개막식에 버금갈 정도로 휘황찬란했다.

우리 선수들은 다시 다음 4년 후 런던 올림픽 준비에 매진해야 할 것이고, 우리 국민은 이번 올림픽이 우리에게 보여준 여러 가지 교훈들을 되새겨 보아야 할 것 같다.

올림픽이 개최되는 기간 내내 중국 국적을 갖고 사는 우리 동포들은 조국의 선수들이 큰 나라 선수들과 겨루어 당당히 메달을 따내는 장면을 지켜보며 감격하고 또 감격해 하염없는 눈물을 마음 속으로 삼키면서 조국애祖國愛와 긍지를 갖게 했다고 전했다. 그들은 일제 강점기에 내 나라에서 살 수 없어 간도·만주로 떠났고, 조국의 해방을 위해 독립운동을 했던 애국투사들의 후예들이기에 더욱 가슴 뭉클함을 느끼게 한다.

우리가 잠시 승리감에 젖어 있을 때, 철없는 우리나라 일부 네티즌들이 중국 네티즌들에게 악풀을 퍼뜨려 중국인 10명 중 3명이 반한反韓 감정을 넘어 혐한嫌韓 풍이 번져 나가고 있다고 한다.

쓰촨성 대지진이 티베트인들의 독립운동을 무력으로 진압한 데 대한 천벌이라 그랬고, 양궁 개인전에서 매너 없는 중국 응원단 한두 명이 우리 선수가 화살을 당길 때마다 호루라기를 불었다 해서 중국 응원단 모두에게 항변을 했다. 야구결승전에서 중국이 쿠바를 응원한 것은 오랜 기간 같은 사회주의 국가, 당시 동맹국이었다는 배경이 있어 친중관계를 유지하고 있는 것을 모르는 한국인들이 배신감을 갖는다는 것이다.

우리는 중국을 바로 알아야 될 것 같다. 15년 전의 중국이 아니다.

깔보고 무시하고 허풍떨어도 되었던 시절은 지나갔다. 중국 아시안게임 때 우리나라가 스텔라 자동차 12대를 지원해 주었던 중국이 아니다. 현재 우리나라의 자동차 등록수는 모두 2천5백만 대인데 지금 중국은 한해에 2천5백만 대의 자동차가 늘어나고 있다고 한다.

중국은 6·25 전쟁을 항미원조전쟁抗美援朝戰爭이라고 그런다.

6·25 때 최대강국 미국과 싸워서 패하지 아니 하고 본래의 위치에서 휴전하였다고 해서 자기들은 승리한 전쟁이라 여긴다. 원조전쟁 덕분에 백두산의 반쪽을 차지하지 아니 했던가. 광개토대왕비를 유네스코에 중국의 문화유산으로 등록하는 것 같은 끊임없는 동북공정을 우리는 깊이 새겨 보아야 할 것 같다. 한미동맹 과 한중동맹 사이에서 우리가 취해야 할 외교관계, 특히 중북동맹과 남북관계와도 되짚어보아야 될 줄 믿는다.

올림픽에서 우리 애국가가 울려 퍼질 때 우리 국민은 엄숙하게 나라의 무궁한 발전을 위해 눈시울을 적시지만, 중국 국가가 연주될 때에 중국인들은 '적의 포화에 맞서 전진, 전진' 하자고 다짐하며 초일류 강대국가를 만들려고 다짐하고 있는 것임을 우리는 한시라도 잊어서는 아니 될 것이다.

벤쿠버의 신화

강도 높은 지진이라도 지나간 듯, 숨 참았던 지난 달 26일 대한민국은 감동과 환희의 땅이었다.

올림픽 피겨 여자 프리스케이팅 경기가 진행되는 4분9초 동안 전국이 감동의 바다에 빠져 있었다.

김연아 선수가 실수 없이 경기를 마치기를 마음 조이며 지켜보다 끝내는 순간 울컥한 감격은 우리 모두를 행복하게 했다.

재방송에도 싫증을 느끼지 않고 보고 또 봐도 볼 때마다 기쁘고 기분 좋고 감격스러워, 어린 선수의 얼굴이 그리 예쁘고 장해 보일 수가!

요염한 눈빛, 도도하고 과감한 표정, 살짝 웃음 속에 숨겨진 카리스마, 아름다운 동작에 매료 압도되어 넋을 잃게 하는 공기空氣처럼 가볍게 치솟아 구름 위에 떠다니는 듯한 우아한 자태, 긴장과 흥분에 심장 떨려 차마 화면을 바라보지 못하고 고개를 돌렸다가 한호성에 가슴 벅차 전율을 느꼈다.

이를 지켜 본 전 세계 사람들, 밤잠을 설치고 시간의 흐름도 잠시 멈추게 했다.

"한국에서 온 살아 숨쉬는 예술품이 전 세계인을 모두 행복하게 했다"고 힐러리 클린턴은 말했다.

대한민국이 또 하나의 신화를 쓴 것이다.

보듬 휴가

지난 주말 친구 아들 결혼식에 갔었다.

신랑, 신부 나이는 41세와 39세 만혼이고 식장은 흔히 말하는 호텔의 호화결혼식이었다. 5만 원 축의금 내고 7만 원짜리 점심은 좀 부담스러웠다.

요즘 여성가족부에서 '작은 결혼식하기 운동' 을 벌이고 있는데 이에 동참하겠다는 유명 인사들의 약속이 조선일보에 연일 크게 기사화되면서 호텔 결혼식 비용이 곁들여 보도되는 것을 보면 크리스털 부케를 든 신부의 브랜드 웨딩드레스 값이 4천만 원부터 1억 원이고, 식장 하루 결혼식 올리는 데 5천만 원(5백 명 기준), 예단 값으로 신랑 집에 1억 원을 보내면 신부 집은 5천만 원을 받는다. 집과 자동차는 별도 조건에 따른다고 한다.

이 모든 현상은 저출산에 내 자식만은 으뜸으로 키우려는 부모들의 욕심과 종종 TV 드라마에 나오는 호화 결혼식 장면이 우리 사회를 오염시키고, 결혼중매업소가 졸부들에게 고비용을 쓰게 하며 신분상승이나 되는 양 부추기는 것이 한 몫을 한다.

이러한 아류에 속하는 족속들의 자식들이 군軍에 입대하여 최전방 부대에 배치되면 자아의식이나 국가관도 없이, 천방지축으로 자란 아이들이 군 생활에 적응하지 못하고 탈영, 자살, 총기난동 같은 사고를 칠까 보아 신병이 새로 들어오면 차상급자 한 명과 짝을 지어주고, 군 생활에 익숙해지도록 도우미 노릇을 해 주고, 3개월을 말썽 없이 잘 버티면 이들 두 사람에게 특별휴가를 주는데 이를 두고 일명 '보듬 휴가'라 한다고 한다.

우리 군의 정신기강이 이 정도 수준이라고 하니 DMZ가 뚫리고 '노크 귀순'의 지경까지 오지 않았나 싶다.

빨리 빨리 한국인

요즘 인천공항을 나드는 한국인이 많이 달라져 보인다. 대다수가 2, 30대인 데다 간소한 복장인데도 잘 생기고 예뻐 보인다.

매너도 좋아진 느낌이 최소 간단한 영어쯤은 조금씩 할 줄 아는 듯한 표정들이다. 2, 30년 전 촌스럽고 시끌시끌하게 단체 여행을 하던 아저씨 아줌마들. 비행기가 착륙하자마자 자리에서 일어나 먼저 내리려고 비행기 복도로 몰리던 염치없고 부끄러웠던 모습과는 전혀 달라졌다.

그들이 지금 7, 80대다. 그들은 식민지와 전쟁의 폐허에서 억척스럽게 살아오며 오늘의 경제성장을 이룩한 주역들이다. 자신自身들의 청춘, 사생활은 뒤로하고 오직 일에만 열중했다. 자식들 세대를 위해 희생한 조부모, 부모들은 무無에서 유有를 창조한 위업을 남겼다. 아마 우리 후손들이 1960년 70, 80년대 조상의 업적을 오래 기리기나 할까?

한때 전 세계가 추한 한국인이라고 얕잡아 봤던 '빨리 빨리' 의 별칭을 듣던 사람들이 거대한 공적을 남긴 역사적 사실을 말이다.

직업의식은 못 속여

외출을 하였다가 집에 들어올 때면 언제나처럼 아파트 경비실 앞에 설치한 우편 수취함을 먼저 내려다보게 된다.

우리 집이 아파트 1층이라서 편지통이 맨 밑칸에 눌려 있기 때문이다. 매일 우편물을 끄집어내려면 허리를 구부려야 하지만 별로 불만을 느끼지 못한다.

꺼내려는 우편물 속에 담겨진 내용들이 무엇일까 먼저 궁금해서이고, 직장을 은퇴한 후부터는 만나는 사람들이 갑자기 줄어들어 자연 지인들의 안부가 알고 싶은 잠재의식 그 뿐만 아니라 특별한 사연이 또 생각나기 때문이다. 특별한 사연과 그 사연이 발생한 시기는 서울 변두리에 처음으로 아파트가 지어지기 시작하면서부터다.

급격히 새로 아파트 단지가 늘어나 그 곳에 배달하여야 할 우편물이 일시에 쏟아져 나오니 그 구역을 맡아 우편물을 배달해 오던 우편집배원郵便集配員은 죽을 만치 큰일이 벌어진 것이다. 아파트 이 동棟 저 동棟

아래 위층을 종일 뛰면서 오르락내리락 하여도 넘쳐나는 배달 우편물을 감당할 길이 없는 것이다.

보통 대도시에서 집배원 한 사람이 하루 배달할 우편물의 적정량은 대략 8백 통 정도인데, 하루아침에 2천 통·4천 통 이렇게 나날이 늘어만 가니 밤늦게까지 배달을 하여도 남은 우편물을 도저히 다 배달할 수 없어 내일 들통이 나더라도 우선 거리에 있는 빨간 우체통 속에 다시 집어넣었다. 평상시는 우편물을 다 배달하지 못하고 남겨가지고 돌아오면 상사로부터 야단을 맞았기 때문이다.

또 다른 아파트 단지의 어떤 집배원은 남은 우편물을 매일 집으로 가져다쌓아 놓았다. 심지어는 땅을 파고 묻거나 태웠다가 발각되어 형사처벌을 받는 일도 발생하여 신문 사회면에 대서특필되기도 했다.

이와 같은 경우를 당하도록 한 집배원들과 그의 가족 그리고 국민께 미안하고 죄송함을 어떻게 사죄해야 좋을지 몰랐었다. 그러한 일이 발생하기 전에 미리미리 대비하여야 할 정책 담당부서에 근무하던 나는 참으로 난처하고 부끄럽기 그지없었다.

억지로 변명을 하여 보라면 먼저 우편물을 배달할 인력을 급히 늘려야 하는데 사람을 늘리자면 자부처自部處에서 마음대로 인력을 늘릴 수 있는 것이 아니고 총무처(현 안전행정부)에 정원을 증원 요청하여 심사 절차를 거쳐 대통령의 재가를 받아야 하고 동시에 늘어나는 집배원들에게 지급할 봉급 같은 비용의 예산 재원을 마련하여 경제기획원에 예산증액 승인을 받아 국회를 통과해야 한다.

한편으로는 건축법 개정안改正案을 건설부로 보내어 동의를 받아 아파트나 다세대 주택을 건축할 시에는 건축업자가 의무적으로 우편 수취함을 설치하도록 하는 법령을 제정하여 우편 집배원이 가가호호마다 우편물을 직접 배달하지 않고 아파트 동마다 설치한 우편 수취함에다 우편물을 넣으면 되도록 하는 조치를 미리 취하였음에도 이 모든 사안事案들이 이루어지기까지에는 그 기일이 1, 2년이 더 소요되니 일선 현장의 급박한 사정은 뻔히 알고는 있지만 그렇다고 넘쳐나는 우편물을 사람이 늘어날 때까지 그냥 보관하여 두라고 할 수도 없고 우편물 지연 배달이 '자연 재해' 에 속하는 비상사태도 아닌데 예비비 사용이 가능한 것도 아니고 얼마나 애가 탔는지 모른다.

내근직원을 동원하고 임시직원(아르바이트)을 쓰는 임기응변의 우선조치들을 취하고 모든 상황이 정상적으로 본궤도를 찾게 되기까지 이 부처 저 부처 뛰어다니며 해결했던 기억은 지금도 편지나 우체통, 우편 수취함 같은 것이 눈에 뜨일 때마다 그 당시 애태우던 생각이 되살아나곤 한다.

그래서 직업의식은 쉽게 잊어버리지를 못한다고 하는가 보나.

사치스러운 목욕탕

동네 단골 목욕탕이 겨우 10여 년만에 아쉽게도 문을 닫았다. 집 근방에 새로 생긴 초대형 호화 24시 사우나탕에 손님을 다 빼앗겨서다. 여기 저기 우후죽순처럼 치솟은 대형 마트들에 밀려 살 냄새 묻어나던 우리 서민들이 자주 애용하던 재래시장이 썰렁해진 것과 같은 형국이다.

내가 사는 이웃만 그런 것이 아닌 듯하다. 서울 주변을 다니다 보면 도처에 더 큰 목욕탕들이 유행이나 타듯 늘어나 여기 저기에 24시 불가마라는 큰 간판들이 눈에 뜨인다. 새로 난 목욕탕에 가 보니 내부시설이 상상을 초월하는 수준이다.

욕탕만 해도 물 온도를 달리 하는 것들 말고도 요일별로 바뀌는 한방탕에 해수탕, 물 안마탕이 있고, 건식, 습식, 약실, 참숯실에 또 스기목, 금실, 자수정, 에메랄드 원석 사우나에 진흙 불가마, 냉가마에 맥반석, 게르마늄 사우나가 있는가 하면, 산소 회복실, 마사지 수면실, 헬스장,

리틀 북 만화방, 오락 영사실, 그리고 간이 카페와 음식점에 이용실과 넓은 휴게실, 이들을 모두 돌아보며 전부 다 확인해 보기에도 숨이 차다. 마치 유행가 가사에 나오는 화계장터 같이 없는 것 빼고는 있을 것은 다 있는 것 같다.

남녀 천여 명을 동시에 수용할 수 있다고 하니 그 크기는 가 보지 않은 사람도 가히 짐작이 가리라 본다.

목욕에 관한 기록들을 보면 옛날 이집트 여인들이나 중국의 양귀비가 술로 목욕을 했다는 기록이 있다 하고 진시황은 선녀들과 같이 목욕을 했다는 전설이 있다. 기원전 고대 그리스에서는 온돌식 욕탕이 있었다는데 우리나라 한증탕과 비슷한 것이 유럽인들에 의해 터키탕이라고 불리어졌다고 한다.

지금도 인도 사람들은 한해의 액운을 때운다고 일 년에 한 번씩 일제히 갠지스강에 가 물속에 온몸을 담고 목욕을 하는 오랜 전통의 유습을 쉽게 볼 수 있다. 그 강 건너 한 쪽에서는 죽은 시체들을 장작불에 태워 재를 강물에 띄워 영겁의 연을 맺는 모습과는 매우 대조적이다.

한국에서는 오월 단옷날 창포에 머리 감고 몸을 씻고, 선조들은 제사 전날 목욕하고, 피부병이나 종기가 나면 물로 닦았다고 했다. 삼월 삼짇날이면 거지도 옷을 입은 채 목욕을 했다는 이야기를 어릴 적에 들었다. 독일 어느 도시에는 남녀공용 사우나가 있고, 일본 벳푸 지방에 아직 남녀 공동탕이 남아 있다고 들었다. 또 미국 사람들은 흔히 우유로 목욕을 한다고 하는데 아마 우리나라 사우나탕에도 머지않아 우유와 술 욕탕이 생겨날지 모르겠다.

사람들이 한평생을 살아가면서 좀 더 즐기며 살고 싶은 욕망 중에 목욕을 하는 즐거움이 그중 하나에 속할지는 몰라도 국산이 외국산에 밀려나듯 목욕탕마저 작은 것이 큰 것에 잠식당하는 약육강식의 모습들은 보기에 그리 즐겁지만은 않다.

목욕하는 것과 빗대어 하는 말로 영국의 공영 방송국인 BBC와 우리나라 KBS TV 방송국이 국민의 혈세인 돈으로 목욕을 시킨다고 방만한 경영이 신문 보도로 비난을 받는가 하면, 선거철이면 돈 선거를 한다고 돈의 출처를 숨기기 위해 돈을 세탁한다는 말까지 생겨났다.

사치스러운 사우나에 들어온 사람들의 매너는 그 호화스러움에 걸맞지 않다. TV에 반신욕이 건강에 좋다고 한 번 방영되더니 혈액순환에는 이로우나 당뇨환자는 해롭다는데 너나없이 탕마다 반신욕하는 사람들로 빼곡히 둘러앉은 모습도 가관이지만 장소만 달라졌지 사람이야 그대로 동네 사람 그들인지라 물을 틀어 놓은 채 면도를 하거나 비누질을 하는 것이나 옆 사람에게 물을 마구 튀기는 행동은 조금도 달라진 것이 없다. 애들이 탕 안에서 물장구를 쳐도 자제시키는 부형이 없기는 매 한가지다. 쓰고 버린 일회용 면도기가 위험하게 바닥에 굴러다니는 것도 똑같다.

못 들어가 본 여탕도 남탕이나 매너는 비슷한 듯하다. 환경오염 방지를 위해 대중탕에서는 샴푸 같은 세제는 못쓰도록 규제하고 있는데도 여러 가지 세제를 통째 바구니에 담아와 사용하고 요구르트나 머드팩 마사지에 속옷 빨래까지 해가며 자리다툼에 목청을 높이기 일쑤라 들었다. 남녀 공용인 넓은 휴게실 여기 저기에 민망스러운 청춘남녀의 눈치 없는 애정표현도 아직 우리나라 정서에는 좀 이른 것 같다.

샤워기도 없던 어린 시절 목욕탕에는 탕 언저리에 둘러 앉아 나무 물통 바가지로 한 바가지씩 탕 안의 물을 떠내어 몸을 닦고 깨끗한 물을 쓰려면 마치 시골 여관방의 전깃불이 양쪽 방을 막은 벽 사이에 높게 작은 창틀 하나 박아놓고 전기다마(電球) 한 개로 양쪽 방에서 빛을 공동으로 같이 사용했던 것처럼 목욕탕 안에도 남녀의 얼굴이 서로 보이지 않게 판자로 반쪽을 막아놓은 물탕에서 새물을 퍼내어 몸 가심으로 마무리했던 기억이 남아 있다.

로마제국이 목욕문화의 사치 때문에 멸망했다는 말을 고교시절 서양사 시간에 들은 기억이 있어 수년 전 이탈리아 로마에 갔을 때에 시내 복판에 우뚝 서 있는 콜로세움 광장을 들러보면서 혹시나 하고 찾아보니 역시 콜로세움 광장건물 1층 북동쪽으로 커다란 목욕탕이 있었던 자리를 확인했다. 과연 사치스러운 목욕탕과 나라의 멸망과는 어떤 상관관계가 있는가를 한 번 연구해 봄직하다.

불과 육 십여 년 전 사람들 내의 속에서 피를 빨아 먹으며 괴롭히던 지긋지긋하던 이는 원조 받은 살충제 DDT와 경제수준 향상과 더불어 잦은 목욕과 세탁으로 이를 멸종시켜 버렸고 집집마다 흡혈귀 같았던 빈대도 연탄가스의 독기로 박멸했으며 민족의 한이 맺힌 배고팠던 보릿고개도 넘었다.

또 이제 독재정치의 탈도 벗겨냈는데 그래도 고작 우리나라 국민의 행복지수는 세계 200여 나라 가운데 49등이라니 그나마 호화 목욕탕에서 목욕을 즐길 수 있어 49위라도 차지하고 있는지 모르겠다. 그러나 호화 사치스러운 목욕탕 수면실에는 평일 대낮인데도 일자리 없는 2·3십대 젊은 실업자들이 낮잠 자기에 빈틈을 내어주지를 아니 하는데 어디에서 행복을 찾을까?

　늦기는 했지만 우리 모두 이제부터라도 마음 속의 때를 벗겨내고 사회 전 분야에 오랜 기간 관습처럼 쌓이고 쌓인 요소요소마다의 크고 작은 부정부패를 깡그리 씻어내고 많은 공인들 가운데 권력과 재력을 행사하는 자리에 있는 사람들, 대다수 정치인들이 개과천선해서 국민에게 모범을 보일 때 사회기강이 바로 서지 아니 할까 하는 자성과 함께 걱정을 해 본다.

　바로 100년 전 을사늑약乙巳勒約 직후 덕수궁 앞에서 땅을 치며 통곡을 했던 그 수치스러운 과거사와 같은 후회스러운 역사가 다시 재연되는 일이 있어서는 아니 되지 않겠는가? 코털과 정치인은 처음 뽑을 때 잘 뽑아야 한다고 누가 말하지 아니 했던가.

살가웠던 옛 친구

나는 한때 동성 간의 사랑에 푹 빠져 있었다.

사람들은 저마다 학창시절 나름대로 각별히 친하게 사귄 벗들이 몇 명씩은 있다. 나의 경우도 유달리 친 형제 이상으로 살갑게 지내던 친구가 있었다.

철들기 전 어린 남녀가 풋사랑하듯 헤어지면 또 만나고 싶고 하루라도 못 만나면 견딜 수 없을 정도였다. 중·고등학교 6년을 이웃에 살면서 학교를 오가며 늘 같이 지내는 시간이 많았고 피차간 성격이 잘 맞았다. 더욱 그 친구는 무녀독남에 삼대독신이어서 형제가 무척 그리운데다 시골 고향의 부모를 떠나 서울에 유학이라고 와 하숙을 하면서 외로운 처지에 있었기 때문에 더 정이 들어 나와는 아주 가까운 사이가 될 수밖에 없었을 것이다. 멀지는 않아도 밤늦은 시간이면 우리 집에서 그 친구 하숙집 중간 지점까지 꼭 바래다주고 헤어지곤 했다.

고등학교 다닐 때인데 어느 날 밤인가에는 여느 날과 같이 걸어가고 있는데 저만치 전봇대 불빛 아래에서 깡패들이 우리와 시비를 붙으려고 기다리고 있는 것이 보였다. 친구가 내게 귓속말로 첫놈을 내가 먼저 치는 순간 너는 집으로 튀라고 했다. 그 친구는 당수가 초단이었기에 자신 있게 말했다.

"야, 그럼 넌 여러 명에게 잡히면 어떻게 해?" 하니, "한 놈 치고 빨리 달아나면 돼" 하며 타이밍이 잘 맞아야 둘 다 걸리지 않는다고 했다.

단단히 각오를 하면서 불빛 아래만치 왔을 때, 초등학교 4·5학년쯤의 어린 녀석 하나가 먼저 다가와 길을 막았다. "너희들 어디 살아" 하고 낚싯밥을 먼저 던져 온 것이다. 시비를 걸어온 것이다.

우리 둘은 어이가 없어 갈지자걸음으로 슬슬 피했다. 그래도 "어디 살아" 하며 반말로 싸움을 걸어왔다. 어린 것을 먼저 칠 수도 없어 머뭇거리고 있을 때, 큰놈들 여러 명이 우리 주위를 둘러싸았다. 그들 중 한 놈이 또 "너희들 어디 살아" 하고 또 묻는다. 이 근처 산다고 대답했다. 손이 올라오려고 할 때, 그 중 하나가 "가만 있어. 내가 본 얼굴이야. 그냥 보내. 같은 동네니까 봐준다." 그러고 싸움은 벌어지지 않았다. 싸움은 시작도 하기 전에 싱겁게 끝이 났다.

공교롭게도 그와 나는 과(科)는 달랐지만 같은 대학에 들어가 또 4년간 학교를 함께 다니게 되었는데 그 친구는 법학과라서 사법고시 준비를 하느라고 늘 도서관에서 살다시피 했기 때문에 서로가 자주 만나는 것을 일부러 피했다. 그러다 보니 학교 앞 막걸리 집에서 그 흔한 탁주 한 잔을 나누어보지 못했다. 공부하느라 피골이 상접하도록 노력하고도 졸업한 다음 해까지 세 번을 응시했지만 매번 일차합격만 되고 낙방을 했다.

어언 군에 가야 할 나이가 되어 할 수 없이 목적 달성을 못한 채 공군 간부후보생 시험을 보고 합격되어 대전에 있는 훈련소에서 훈련을 받고 있었다.

우리 둘은 하루가 멀다 하고 편지가 오가곤 했는데 어느 날 집에 들어오니 되돌아온 편지 한 장이 있었다. 내가 보낸 편지 앞에 푸른색 반송우편물 쪽지가 붙어있었는데 반송사유란에 '전사'라는 두 글자가 적혀 있었다. 맥이 탁 풀렸다. 온몸에 힘이 빠졌다. 전시도 아닌데 전사라니 믿을 수 없었다.

여기 저기 백방으로 알아보니 전사가 확실했고 내일 오전 열시에 동작동 국립묘지에서 영결식을 갖는다는 것이다. 아침 일찍 국립묘지로 갔다. 간소한 절차가 끝나자마자 하관이다. 흙을 덮는데 친구의 부모는 온몸으로 뒹굴었다.

"제대로 먹이지도 못하고, 양복 한 벌도 못해 줬는데, 불쌍한 내 자식, 어쩌라고 부모 두고 네가 먼저 가다니……"

그 절규하는 모습에 눈물이 쏟아져 더는 지켜 볼 수가 없었다. 사망 사유가 궁금했다. 동기생 대표로 참석한 듯싶은 군인을 따로 불러 사망 경위를 상세히 알려 달라고 했다.

훈련 일정에 따라 마지막 날 훈련으로 왕복 4십리 구보행군이 있는 날이었다고 했다. 그러니까 바로 삼일 전이었다. 구보행군 출발 전 지휘관이 뛸 수 없는 사람 앞으로 나오라 했더니 20여 명이 나오니까 "전원 원위치로 들어가" 하고는 "정말 뛰면 죽을 만치 아픈 놈만 나와" 그러니까 네 명이 나왔다고 했다. 내 친구와 같은 내무반에서 친구가 아픈 것을 알고 있었던 동기생들이 "야, 너도 앞으로 나가. 너 뛰면 큰일나"하고 구보하는 것을 말렸으나, 나보다 더 아픈 사람이 있으면 안 된다고 고지식하게 뛰기로 결심하고 달리기 시작했는데 반환지점을 잘 돌아 도착지점 4백 미터를 남긴 위치에서 그만 졸도하고 말았다고. 급히 병원으로 옮겨 온갖 방법으로 손을 써 보았으나 끝내 소생하지 못했다는 것이다.

참으로 억울하고 애석하고 분통했다. 삼대독신의 부모가 가련했다. 허사가 된 공부가 아까웠다. 이 사건 이후 간부후보생 훈련도중 사망하는 일은 두 번 다시 없다고 들었다.

그러나 그 무슨 소용이 있겠나? 내 친구는 이미 이승을 떠나고 없는데 말이다.

나는 내 생전 그를 잊을 수가 없다. 한씨 성만 들어도 생각이 난다.

한때 매일 저녁 KBS TV 9뉴스 시간만 되면 "현장취재 한상덕이었습니다"라는 멘트가 나올 때마다 불현듯 그를 떠올린 적이 있다.

바로 내 친구 이름과 똑같아서다. 방학 때면 주고받던 주소지 '충청북도 음성군 대소면 대풍리 한일교 씨방 한상덕!' 그 이름은 내 마음 속에 깊이깊이 새겨져 있다.

서비스기관이 우대받아야

회식하는 술자리에서 술잔이 몇 순배 돌다가 앞에 술잔이 없는 사람을 보고 흔히 쓰는 말이 "우체국장이냐"고 그런다.

농담으로 그냥 생각 없이 던지는 말이라도 정작 우체국장을 지낸 사람에게는 오래도록 마음의 상처로 남게 하는 말이다.

오래 전이지만 한때 내가 어느 지방 시소재지 우체국장으로 있을 때 직접 경험한 적이 있기 때문에 쉽게 지울 수 없는 말이기도 하다. 그 말의 속내는 이렇다.

가끔 있는 기관장과 지방 유지들이 회식하는 자리에서 보면, 통칭 권력기관이라고 하는 검찰지청장이나 경찰서장과 돈하고 이해관계가 있는 세무서장 앞에는 늘 술잔이 몇 개씩 놓여있고 힘없는 교육장, 원호지청장이나 서비스 기관장인 역장, 우체국장이나 전매지청장, 한전소장 앞에는 한참 만에 지나가는 완행열차처럼 어쩌다 술잔이 도착하면 감지덕지 반가워 얼핏 마시고 잔을 돌린다.

　권력을 쥐고 있거나 그런대로 판공비라도 있는 기관장들이라면 몰라도 이도 저도 없었던 우체국장 앞에는 술잔이 가장 오래 비어 있는 자리라서 나온 말이다.

　술에 약한 체질의 사람이라면 아주 고마워 할 일이겠으나 나같이 술이 센 사람에게는 술이 고파 함께하는 술자리가 어색하다 못해 민망하거나 아니꼽다는 생각을 한 때가 한두 번이 아니었다. 그래 나는 때로 웃으며 큰소리로 "집나간 술잔을 찾습니다"라고 한 소리 해서 술잔을 되찾아 오면 나 혼자 생각일지는 몰라도 권력도 판공비도 없는 너 우체국장 골탕 한 번 먹어 보라는 듯 여럿이 작당이라도 한 듯 술잔이 집중 사격되어 오는 경우가 있다.

　그럴 때면 누가 혼이 나는지 두고 보자는 심산으로 술잔을 받는 즉시 마시고 또 주고받고 하다가 어느 때는 양주를 그렇게 주거니 받거니 하다가 한두 명이 아니고 여러 명을 그 자리에 눕게 한 적이 있었다.

　아마 우리 민족에게는 오랜 세월 많은 민초들이 소수의 강자 앞에서 살아남기 위해 아부근성이 발생했는지 모르겠다.

　더욱 일본 식민지 하에서도 그랬고, 또 광복 이후에도 긴 독재체제의 힘 앞에 굴종의식이 몸에 배어 있어 서비스기관에 대해서는 오히려 무시하거나 지나친 반대급부를 요구하는 습성이 심어져 온 것이 아닌가 싶다.

　그래서 한국 사람들은 권력과 돈을 최우선시한다. 자식이 둘이면 하나는 의사, 하나는 판검사를 시키려는 부모들이 저마다 갖고 있는 속셈이다. 그래 법대 출신은 사법고시에 응시하고 떨어지면 수차례씩 목숨을 걸고 재도전을 거듭 했다가 인생을 망치기도 한다. 이제 로스쿨이 생겨 달라지기는 하겠지만.

유럽 몇 개 국가를 관광하면서 보고 느낀 것이지만 물건을 사거나 어떤 공동시설을 이용하는 장소에서 사람들이 여럿이면 의당 자연스럽게 스스로 줄을 선다. 창구가 많이 있는 곳에서는 창구 개소마다 따로따로 줄을 서는 것이 아니고 모두가 한 줄로 서 있다가 먼저 끝나는 창구에로 줄에 앞선 사람이 차례차례 먼저 끝난 창구 앞으로 찾아가 용무를 본다. 심지어 화장실 이용도 마찬가지로 모두가 문 입구에 한 줄로 섰다가 한 사람씩 차례대로 들어가 빈 곳을 이용한다. 이것이야말로 아주 공평한 질서의식이다.

더욱 놀라운 것은 우체국 창구에 줄을 섰다가 12시 점심시간이 되자 식사를 하려고 직원이 크로스(close) 팻말을 내걸자마자 줄을 섰던 사람들 모두가 아무 불만스러운 표정을 짓지 않고 되돌아 나가는 것을 목격했다. 아마 한국에서 이러한 일이 벌어진다면 줄을 섰던 사람들은 큰소리를 치며 용무를 끝내주도록 요구할 것이 분명하다. 바로 이것이 문화 수준 차이의 현장인 선진국과 다른 모습이다.

한 해 수백만 명이 여러 차례 해외여행들을 나들면서 유적이나 보고 먹고 마시고 노는 것만을 즐기고 왔는지 문화선진국들의 공동생활 내면은 눈에 보이지 아니 했는지 모르겠다.

우리나라도 자유로운 해외여행이 시작된 지 수십 년이 지났건만 아직도 비행기가 착륙하면 출입문이 열리기도 전에 자리에서 일어나 차례를 기다리지 않고 우르르 통로를 메우는 사람들은 예외 없이 부끄러운 한국 사람들뿐임을 늘 본다.

얼마쯤이나 더 앞으로 나아가야 명실공히 문화선진국 대열에 끼워진 우리나라의 모습을 볼 수 있을지 모르겠다.

　비록 3일천하에 그친 갑신정변이지만 당시 우정총국이 우리나라 근대행정의 효시인데 정부조직에서 체신부, 정보통신부를 삭제해 버린 그 사람들은 우리나라 행정의 뿌리가 어디에서부터 시작되었던 것인 줄은 알기라도 하고 넘어갔으면 하는 간절한 마음을 지울 수 없다.

　더욱이 한 나라에서 최첨단 정보통신기술분야의 컨트롤타워가 없어지면 국가순위가 급속히 뒤처질 것이 확실하게 예견되기 때문이다.

선진국이 말로만 될까

중국이 고구려가 자기네 역사란다.

우리 고구려 19대 광개토대왕비를 중국이 유네스코에 자기네 문화유산으로 등록신청하면서 새삼 고구려가 중국의 변방이었다고 주장하고 나섰다. 또 무슨 속셈인지는 몰라도 일본도 자기 나라 박물관 내 중국 코너에 광개토대왕 비문의 탁본을 걸어놓아 보는 사람으로 하여금 고구려가 마치 중국 역사인 것처럼 보이도록 해 놓았다고 한다.

이러한 일련의 행위들을 보면서 남의 나라를 욕하고 비난하기에 앞서 우리가 우리 스스로를 지키지 못한 우매함부터 자성해야 될 것으로 본다.

나는 거의 한평생을 공직에 있으면서 근무 부서를 달리 할 때마다 또는 타 부처와 관련되는 일을 해 보면서 이러 저러한 것은 바로잡아 나아가야 할 사안인 것들을 도처에서 많이 보아왔었다. 어떤 것은 처리부서가 없거나 관계법령이 정해지지 않거나 미비해서 그러했다. 때로는 당무자가 일을 잘 모르거나 부정한 다른 마음을 먹고 있는 듯한 느낌도 든 적이 있었으나 대개는 훗날을 멀리 내어다보지 못하고 우선 당장의 생각만 하고 있는 것들이 대부분이었다.

또한 자기가 담당하는 일이 아니면 관심을 두지 않은 데에도 문제가 있었다고 생각한다.

사소한 '예' 한 가지를 든다면 1974년도로 기억된다. 일본에 공무 출장을 갔다가 일본 우정성 산하에 있는 동경 도심 소재 우정박물관에 들렀었다. 규모는 작았으나 학생들이 한 번쯤은 와서 보고 배울 만한 것들이 제법 많아 우리나라에도 이와 비슷한 우정박물관을 만들었으면 좋겠다고 생각하며 박물관 내부를 꼼꼼히 살펴보았다. 주로 아래층에는 우표들로만 꽉 채워져 있었다. 마침 일요일이어서인지 초등학생들이 많이 와서 우표도 사고 편지도 쓰고 도시락까지 싸 와서 휴게실에서 먹고 있는 모습을 보았다.

호기심이 일어 과연 우리나라 우표는 어떤 것을 붙여놨는가를 찾아보기로 했다. 그런데 대한민국이라는 국명 아래 내용물은 북한 조선 우표들만 있고 정작 있어야 할 대한민국 우표는 한 장도 없었다. 착오가 있어 잘못 붙여져 있는 것이 아닌가 하고 다른 장소에까지 샅샅이 찾아보아도 우리나라 우표는 아예 없었다.

4층에 있는 관리사무소를 찾아갔다. 직원 한 사람에게 서투른 일본말로 대한민국 우표 자리에 북한 우표가 붙어 있더라는 말을 하고, 그를 데리고 내려와 확인을 시키니 공손히 머리 숙여 백배사죄를 했고, 그 자리에서 당장 바로 잡는 것을 보고 돌아온 일이 있다.

그 이후 미국에 갔을 때에도 일부러 워싱톤에 있는 스미소니언박물관을 들렀었다. 박물관 안에 미국 최초의 기관차가 통째로 전시장 내에 들어앉은 것을 본 것이 가장 인상에 남는다. 여기에도 우표진열대가 있었는데 코리아 칸을 열어 보니 여기에는 다행히 한국 우표들이 붙어 있기는 하였으나 단 한 틀에 몇 장 붙어 있는 우표들은 우리 문화 홍보와는 아무 관련도 없는 수년 전 것들로 기념우표도 아니고 디자인이 잘된 것이라고도 볼 수 없는 것이 아무 의미 없이 그냥 붙어 있을 뿐이었다.

귀국 후 우표가 발행될 때마다 일정량을 외무부와 문공부를 통해 해외대사관과 공관 그리고 해외 문화원에 보내주면서 그 나라 주요 관련 박물관에 우리나라 우표를 현행으로 계속 추가해 붙어 나갔으면 좋겠다고 하는 간곡한 뜻을 전달하고 새로 우표가 발행될 때마다 보냈었다.

그리고 또 몇 년 후 우리나라는 한불수교 100주년을 맞아 100주년 기념행사의 일환으로 우표전시회를 프랑스 파리 몽빠르나스에 있는 프랑스 체신부 산하 우정박물관에 가서 1개월간 개최했었다. 그 때 주재 프랑스 한국대사와 문화원 원장의 도움을 많이 받아 행사를 값지고 성대히 치루었다. 저녁을 같이 하며 본국에서 보낸 우표가 프랑스 박물관에 전해져 잘 진열되고 있느냐고 물었더니 금시초문이라는 대답이었다.

다음 날 대사를 통해서 문서 접수 여직원의 책상서랍 속에 우리가 보내준 우표들이 보관만 되고 있다는 말을 듣고 참으로 한심하다는 생각이 들었다.

아프리카 어느 한쪽에 있는 미개한 나라도 아니고 문화대국이라 하는 프랑스에서조차 우리나라 대사관 여직원에 의해 그렇게 소홀히 취급되어 사장되고 있는 것을 보면 전 세계 몇 나라 대사관이나 문화원에서 그 나라 박물관에 보낸 우리나라 우표가 올바르게 붙어있을까 생각하니 우리 문화를 외국에 홍보하는 길은 멀고도 먼 험한 길을 가야만 하겠구나 하는 생각을 다시금 했었다.

한탄스럽기까지 했다. 이러 이러한 이유 때문인 것만은 아니겠으나 우리나라에서 노벨문학상을 받지 못하는 사유를 짐작할 것 같고, 또 얼마나 오랜 세월이 지나가면 노벨문학상 수상 후보자 이름에라도 거론되는 날이 오려는지 아득하기만 하다.

이러한 형편이라면 온 나라가 정신을 차리지 못하면 경제 분야마저도 머지않아 필리핀이나 아르헨티나처럼 되거나 아니면 어느 강대국의 경제 식민지가 되지나 아니 할까 걱정스럽다.

매사가 다 이런 식이라면 아무래도 말만으로서는 선진국가가 되기는 영 글러진 것만 같다.

세종시를 희망 도시로

나는 평소 정치에 관심이 좀 많은 편이다.

얼마 전 이 정부 제2기 내각 교체 후보자들의 청문회를 TV에서 생중계하는 것을 몇 나절 시청했다. 국방부장관 후보 한 사람을 제외하고는 하나같이 병역미필 위장전입 세금신고탈루 차명계좌사용 고액헌금의혹 다운계약서 작성 편법상속 논문표절 이러한 것들 그 어느 하나에 해당되지 않은 후보자는 단 한 사람도 없었다. 참으로 안타까운 일이다.

이들 전부가 법을 만들고 집행하고 재판하는 책임자들이다.

이러한 현상이 오늘날 우리 사회의 모습이요 현주소다.

실정법상 '위장전입' 한 가지만 해도 3년 이하의 징역이나 1천만원 이하의 벌금형에 해당되는 범법행위다.

청와대 대변인은 그 정도는 장관 되는 데 큰 결격사유가 아니 된다고 발표해 씁쓸한 마음은 국가장래를 걱정하게 한다.

그나마 총리 후보의 소신 있는 답변 한 가지가 돋보였다.

전 정권 때 전 국토의 균형발전을 위해서라고 대못을 박은 것 중 충남 연기·공주에 '세종시설치법'을 원안대로는 시행하지 않겠다는 발언이었다.

22조5천억을 들여 2014년까지 인구 50만이 살아갈 수 있는 행복도시 건설계획이다. 이미 토지확보에 2조원 이상의 돈이 세금에서 빠져 나갔다. 그러나 행정부처가 분산되어 있으면 행정의 비효율이 나타나며, 행정부처만으로는 자족력自足力이 10%에도 못 미칠 것이리라는 연구용역 조사결과도 나와 있다.

남미 브라질이 해안 위주로 형성되는 도시조성을 막고자 내륙內陸 발전을 계획하고 세계 최고의 미항美港 리우데자네이루에서 50만 인구의 도시건설계획으로 수도를 브라질리아로 옮긴 지 40년이 지났으나 아직도 인구는 20만을 넘지 못한다.

이러한 예만 보더라도 특단의 조치가 없는 한 행정수도로서만의 세종시는 유령도시가 될 것이 뻔하다. 충청남도 사람들 이익이 전 국민의 이익이 되어야 하는데 전 국민 누구에게도 행복을 가져다주지 못할 행복도시 건설계획은 재고되어야 할 것이다.

국민의 혈세만 낭비될 망국亡國의 길이기도 하기 때문이다.

정녕 우리나라에는 흠결 없는 인재가 그리도 없는 것일까? 청문회 기간 내내 TV를 지켜본 국민들의 허탈감은 이루 말할 수 없을 만큼 컸을 것이다. 국정을 이끌 고위공직자가 될 사람들의 능력은 물론 윤리성 면에서도 일반 보통사람들보다 별로 더 나을 것이 없고 오히려 지탄받을 삶을 살아온 사람들뿐이란 생각이 들어서다. 더더욱 청문회에서 호통

치는 국회의원들에게도 같은 잣대를 들이대면 더 깨끗했을까?

80명의 예비후보자들을 놓고 장관 후보 한 사람을 골랐다니 우리나라 각계각층에서 인사청문회를 무사히 통과할 사람이 몇이나 되겠는가?

산업화기간 물신物神 위주의 사회는 성취에만 매달려 도덕적 가치를 등한시해 왔음을 늦게나마 우리 모두가 깨달아야 할 때인 것 같다.

선진국들이 한국을 저신뢰 사회국가로 평가한다. 한국은 많은 발전은 이루었지만 유독 정직하고 투명한 사회를 만드는 데에는 힘을 기울이지 못했다. 그런 나머지 국제투명기구(TI)가 지난해 발표한 한국의 부패인식지수(CPI)가 세계 각 나라 중 40위인 것은 우리의 국격國格을 깊이 새겨 보게 한다. 한국 국민권익위원회가 지난 6월 발표한 청소년 부패인식도 조사에서 청소년의 76.8%가 우리 사회가 부패하다고 답변한 것을 보아도 우리 스스로도 부패국가임을 자인하고 있는 것이다.

우리는 국가예산의 13%를 교육 분야에 투자하고 있다. 사교육비도 이에 뒤지지 않을 거다. 그러면서도 청문회에서 보듯 나라를 이끌어갈 동량棟梁은 키워내지 못하고 있다. 그 이유는 개인이 출세와 사리私利만을 위한 교육에 치우쳐져 있고 정직하게 살아가는 올바른 삶의 방식을 가르치는 기본교육정책이 세워져 있지 못한 까닭이다.

사회전체 구성원인 국민 상호간에 신뢰가 없다. 말에는 믿음이 있어야 하고 행동에는 나라를 위하는 마음이 있어야 하나 남이 잘되는 것을 그냥 두고 보지 못하는 사회 풍조가 조성돼 있다.

단편적인 예로 2008년 이웃 일본에서는 무고죄로 기소된 사람은 단 2명뿐이었는데 비해 우리나라에서는 1,144명이란 통계가 나와 있다.

그러니 '사촌이 땅을 사면 배가 아프다' '못 먹는 밥 재나 뿌린다' 는 생각들이 개인 차원에서 끝나지 않고 사회문제로 확대되어 갈등과 불신이 무한 재생산되고 있는 현실 속에서 근래 신문지상에서도 국격을 세우자는 말이 자주 보도되고 있다. 국격이란 것이 어찌 하루아침에 어느 지도자 한 사람이 국격을 높이자고 선언한다고 곧바로 국격이 세워지고 높아지는 것이라면 무슨 걱정을 하겠는가?

지난 9월 G20회의에 다녀온 이명박 대통령이 귀국해 2010년 G20정상회의를 한국이 개최하게 되는 것을 계기로 국격을 높이자는 말을 여러 차례 했다. 말은 쉬우나 국제회의를 한 번 치른다고 국격이 급상승할 리 만무하다. 어림도 없다. 우리는 이미 올림픽, 월드컵, 앗셈회의 같은 커다란 국제대회나 회의를 개최하고 치른 나라다.

나도 공무원 재직在職때인 1984년 우리나라 근대 우정郵政 창시 100년을 기념하는 우표올림픽이라 할 수 있는 세계우표전시회를 유치 · 개최하여 정부수립 이후 최초로 132개 국가가 참가한 대행사를 치룬 적도 있다.

그런 때마다 한국이라는 나라가 보다 더 널리 알려지기는 하였으나 그와 아울러 국격이 따라 올라가지는 못했다. 2010년 G20회의를 우리나라에서 개최한다고 해서 나라의 품격이 자동적으로 올라갈 리 만무하다.

나라의 품격은 1 · 2십 년 사이 단기간 내에 높아지는 것이 아니라고 생각한다. 사회 전 분야가 다 함께 정도正道를 보여주어야 하고 나라의 기강紀綱이 올바로 서 있어야 될 것이다.

국회에서 싸움질이나 하고 노조는 년중 내내 이마에 붉은 띠를 두르고 투쟁만을 일삼고 치명적인 무기로 폭력을 휘두르며 불법과 무질서를 밥 먹듯 하니 이런 나라에서 무슨 국격을 말할 자격이 있을까. 고교평준화 한다고 일반고다, 외고다, 특목고다, 자사고다 하면서 정권이 교체될 때마다 교육정책이 바뀌고, 사私교육비를 줄이고 국제경쟁력은 높인다고 말은 무성해도 '정직한 인재'를 키운다는 말은 찾아보기 힘들다.

선거직選擧職들이 남발했던 공약公約은 애시당초부터 다 지켜질 수도 없거니와 전부 지켜지리라고 생각하고 표를 찍어주는 것도 아니다. 꼭 실현되어야 할 일이 있고, 해서는 아니 되는 일도 포함되어 있다고 여겨진다.

그런데 앞뒤가 맞지 않는 터무니없는 억지 주장도 있다.

4대강 대운하 공약은 안 되고, 세종시 건설공약은 반드시 지켜야 된다고 하는 야당의 논리 같은 예例가 그렇다.

세종시는 누가 생각해도 행정부처 일부가 이전하는 행정도시가 행복도시가 될 수 없다는 사실은 자타가 다 공감하고 있는 것이다. 더 늦기 전에 행정부처가 이전하는 것보다 더 국익이 되는 훌륭한 수정안이 강구되어야 하리라고 여겨진다.

포항에 포항제철이나 울산에 현대조선, 구미에 산업단지를 만들었듯 세종시는 종합과학기술연구단지 같은 도시로 만들어 행복도시라기보다는 희망도시로 세계 최첨단 기술의 산실인 도시로 만들어 나가면 좋겠다는 바람이다.

소리도 때로는 필요하다

내가 사는 아파트 관리사무소 소장이 새로 바뀌자 모처럼 여론조사를 했다.

거주민들에게 평상시 공동생활에서 어떤 점들이 불편했으며 개선할 사항이 있으면 적어내라는 것이었다.

나는 평소 생각하고 느꼈던 십여 가지를 기간 내에 써 제출했다.

며칠 뒤 구내방송이 나왔는데 여론조사서를 기한 내 제출한 세대는 단 한 세대뿐이라고 독촉하는 방송이었다. 나는 방송을 들으며 그럴 거라고 예상이나 했던 듯 별로 대수롭지 않게 여기며 그냥 풀뿌리 민주주의를 다시 한 번 상기하게 했다.

그렇게 생각하였던 연유는 한참 오래 전 여론조사와는 상관없이 어느 국경일에 우리 아파트단지를 한 바퀴 돌아본 적이 있었는데 태극기를 내건 세대는 약속이나 한 듯, 한 동에 두·세 세대뿐이었다. 나는 사진을 찍으면서도 특이한 뉴스거리는 되지 못할 것같아 아직도 카메라에만 담아 두고 있다. 멀리서 바라보니 이웃 다른 아파트단지들도 국기를 내걸지 아니 하기는 매한가지였다.

요즘 사람들은 자기와 직접 이해관계가 있는 것이 아니면 나라사랑하는 마음 같은 것은 별로 관심 밖인 듯하다. 그래서인지 비약일지는 모르겠으나 극히 일부계층의 사람들의 생각이기는 하지만 태극기가 우리나라 국기가 아니며, 애국가도 우리나라 국가國歌가 아니라고 하는 이들이 생겨나고 있는 것이 아닌가도 싶다.

내가 여론조사 내용으로 써낸 것들은 이행이 그리 어려운 것이 아니고 상식선에 속하는 것들이었다.

첫째, 밤늦게 TV 소리가 크게 이웃집에까지 들려 소음 피해를 주지 않게 해 줄 것.

둘째, 반려동물인 애완견을 아파트에서 기르며 크게 짖어대 이웃 세대의 개들이 합창하게 하는 일이 없도록 해 줄 것.

셋째, 여성들이 계단을 오르내리며 딱 딱 딱 신발소리를 내며 걸어다니는 행보를 주의하도록 해 줄 것.

넷째, 아파트단지 내의 조경수를 소독할 때 용역회사에만 맡기지 말고 관리사무소 직원이 입회하도록 할 것. 간혹 소독하는 것을 보았는데 건성으로 하는 것이 처삼촌 묘 벌초하듯 했기 때문이었다.

다섯 번째는 동棟마다 전면에 몇 군데씩 있는 맨홀 속을 청소해 줄 것. 혹여 국지성 폭우에 빗물이 넘쳐 솟는 것을 예방하기 위해서였다. 또한 청소하는 것을 수년 동안 본 적이 없었기 때문이기도 해서다.

여섯째, 1층 현관 차양막 위에 쌓여 있는 낙엽을 치워 줄 것.

일곱째, 동棟과 동 사이 중앙차로에는 주차를 금지토록 하여 줄 것.

미관상에도 안 좋고 통행에 불편을 주며 교통사고 위험성이 있었다.

여덟 번째, 봄에 너무 일찍 정원수들을 전지剪枝하여 꽃망울을 미리 잘라 꽃피는 것을 보지 못하게 하지 말고 꽃이 피고 진 후에 전지剪枝하도록 할 것.

아홉 번째, 아파트 사이문 출입 주민들이 맞은편 버스 정류장으로 건너가기 위해 6차선 대로大路를 무단횡단하는 것을 그리하지 말도록 주지하여 줄 것.

열 번째, 아파트단지 내 자동차 주행속도를 20㎞를 초과하지 않도록 알려줄 것. 대충 이런 것들이었다. 이행 결과는 놀랍도록 하나둘씩 차차 잘 이루어지고 있었다.

당장 1층 현관 머리 차양막 위에 다년간 쌓였던 낙엽과 복도에서 피우고 버린 담배꽁초들이 말끔히 치워지고 페인트칠까지 했다.

무엇보다 통쾌한 것은 단지내 동과 동 사이 중앙대로에 지그재그로 보기 싫게 주차했던 차들이 싹 치워졌다. 차들이 치워지니 큰길이 훤하게 트여 남쪽에 있는 산山 대모산大母山의 푸른 나무들이 시야 속으로 가까이 다가와 있는 듯했다.

정원수 소독할 때에는 관리소 직원이 반드시 따라다니며 입회했다.

금년 봄에는 단지 전체를 에워싼 철쭉꽃이 소담하게 피어 마치 철쭉숲을 이루고 꽃들이 다 피고 진 이후에 전지剪枝하였다.

아주 작은 일들이지만 눈에 거슬리던 것들을 바로잡도록 여론조사서로 건의한 것들이 하나하나 시정되어지고 있다는 사실에 보람을 느낀다.

나는 지금 살고 있는 아파트로 이사하기 전에도 구청 홈페이지에 몇 가지 시정사항들을 올려 바로잡은 적이 있었다.

　아파트와 바로 인접한 근린공원의 산책길을 세면으로 새로 정비했는데 비만 오면 빗물이 빠지지 아니 하고 고인 곳이 여러 곳 있는 것을 바로잡도록 한 것. 밤이면 지하주차장이 없어 아파트 건물 앞뒤 빈 곳 없이 주차하더니 차가 늘어나면서 차로까지 점령하기 시작하고 얼마 못가 4차선 차로 3차선을 꽉 메워 버려 일방통행로만 남겨놓아 택시가 한 번 들어오면 빠져 나가지 못해 택시기사도 그곳에 간다면 애초 손님을 태우지 않았다. 그런 지경에 만약 화재가 발생하면 소방차가 진입불능이어서 대재앙이 초래될 위험 상태를 구청에 신고했더니 구청에서 아파트 화단 모두를 주차장으로 만들어 해결했다.

　얼마 전에는 성남시에서 강남구로 진입하는 대로에 크게 '월남 숫처녀 직수입 결혼 중매' 라고 내건 현수막을 보고 집에 와 구청에 전화를 걸어 즉시 철거하도록 했다.

　나는 시내에 나올 때 지하철 3호선 일원역에서 승차한다. 차에 오르면 차 안에서 고약한 냄새가 몹시 나 무슨 냄새인가 가늠해 보니 종점인 수서나 오금역에서 출발 전에 아줌마들이 깨끗하지 않은 걸레로 바닥을 닦은 때문이다. 어쩌다 그런 것이 아니고 늘 그러기에 관련 역에 알려 시정시켰다.

　요즘은 고치고 바로 잡고 해야 할 사안들을 관계기관이나 부서에 통보하면 빨리 시정이 잘 되고 있다. 그래서 우리나라 사회가 날로 발전되고 있구나 생각하며 나 같은 늙은이의 잔소리도 때론 밝은 미래를 만들어 나아가는 데 보탬이 되고 있음에 존재 가치를 맛본다.

술꾼의 변

나 같은 사람을 술꾼이라고 할 것이다.

40년이나 훨씬 넘게 술을 마셔왔기 때문이다. 그런데 왜 그런지 술꾼이라는 '꾼' 자가 마음에 썩 안 드는데 그것은 어감 자체가 싫어서다. 노름꾼이나 사기꾼 하는 것처럼 어딘지 모르게 천박한 느낌을 준다. 차라리 애주가라고 불러주는 것이 훨씬 부드럽고 마음에 든다.

기억에는 없지만 내가 세 살 때부터 백부의 무릎 위에서 반주를 얻어 마셔 얼굴이 빨개지면 우리 어머니가 질색을 하셨다고 하니 술 마신 역사는 꽤나 오래 전인 셈이다. 그래서 커서도 술을 잘 마시는지도 모르겠다.

친구들이나 직장 동료 사이에서도 술 잘 마시는 사람으로 호가 나서 단연 주당 당수로 늘 불리었다. 술자리에서 권하는 잔은 거절해 보지를 못했다. 마음이 여린 탓이기도 하지만 이차나 삼차도 사양하지 않았다. 게다가 타고난 음치라서 옛날에는 노래 대신 벌주잔도 숱하게 많이 받아 마셨다.

　그렇지만 자정이 넘도록 술을 마신다거나 멍청하게 술내기 시합 같은 일은 단 한 번도 해 본 적이 없다.

　자연 그러다 보니, 내 집을 찾아온 친구치고 내 술 몇 잔 안 마시고 그냥 간 적은 거의 없을 뿐만 아니라 내 집을 방문하는 사람치고 으레 술 한두 병은 들고 찾아오기 일쑤였다. 그래, 집에는 마시다 남긴 술병들이 적잖이 진열돼 있다. 박 대통령이 좋아했다는 '시바스 리갈' 같은 위스키로부터 민속주, 과실주, 인삼주 같은 것들이다.

　그러나 술맛은 누가 무어라 해도 집에서 술독 깊숙이 용수박아 막 떠낸 잘 숙성된 머루미동동주가 최상급의 술이라 해도 전혀 손색이 없을 것이다. 세상 어디에 내어놓아도 이에 견줄 만한 술은 없을 것 같다.

　장가들어 처가에 처음 갔을 때, 장모님이 손수 담아준 동동주의 감칠맛은 오래오래 입맛의 추억으로 아직 남아 있다. 아내가 전수 받지는 않았어도 혹시나 손맛이 닮지나 아니 하였을까 해서 어느날 찹쌀 한 말과 누룩 한 덩이 사다 주고 빚어보라 하였더니 헛수고만 했지 결과는 역시 아니올시다였다.

　부처님같이 외모가 후덕해 보였던 나의 장모님 솜씨는 가히 인간 문화재급 수준이었다. 처남 넷이 다 같은 생각이니 의문의 여지가 없다.

　지금 이 나이가 되도록 나의 장모님이 빚은 솜씨와 비슷한 술을 마셔본 적이 한 번도 없다. 참으로 이래저래 오랜 세월 술도 많이 마셨다.

　그렇게 술을 많이 마시고도 용하게 견디어 낸 것을 보면 신기하다고나 할까. 젊은 시절 아무리 술을 많이 마셨어도 다른 사람에게 피해 한 번 준 일 없고, 오히려 때론 술버릇 고약한 친구와는 두 번 다시 술자리를 같이 하지를 않았다. 37년간 한 직장생활을 하면서 술 많이 마신 다음날 지각 한 번 해 보지도 않았다. 한때 주당 당수란 별명을 얻은 것도 그래서 붙여진 것일 거다.

어찌 해서 주량이 그리 셀까. 깊이 연구해 본 바는 없지만 주위 들은 상식으로는 알코올이 인체에 흡수되면 간에서 알코올을 해독시킨다고 한다. 간에서 알코올을 해독시키려면 해독시키는 분해인자가 있어 수고를 한다고 하는데 그 분해인자의 수치가 민족에 따라 차이가 나고, 또 같은 민족이라 하더라도 사람에 따라 큰 차이가 나며, 이는 유전이 된다고 한다. 친가와 외가 양가 쪽이 모두 술 잘 마시는 내력을 타고 나면 그 자손들은 거의 모두 술을 잘 마신다는 것이다.

나의 경우는 술 잘 마실 수 있는 유전자를 지니고 태어난 성싶다. 그래 아마도 나의 간 속에 알코올 분해인자의 수치는 100을 기준으로 할 때 98쯤은 됨 직하다고나 할까. 그래서 그리 오래 마셨어도 건강을 유지하고 있는 것이 아닐까 싶다.

문제는 이 알코올 분해인자가 적은 사람들이 자주 술을 마시는 데에서 사단이 발생한다. 그런 사람은 간에 큰 부담을 주어 지방간이 되고 지방간이 간경화로 발전되고 심하면 간암으로까지 이어져 끝내는 세상을 하직한다. 내 주위에서 그러한 경우를 당한 친구들을 많이 본다. 분명 그들 간의 알코올 분해인자는 아마도 40 이하쯤이었을 것이 분명하다.

이제 나도 나이 들어 지난날처럼 술도 마시지도 않고 주량도 줄었지만 지난 세월을 되돌아볼 때 술과 인간관계는 아주 밀접해서 대인관계에서는 단점보다는 장점 쪽이 훨씬 우세한 것으로 여겨진다.

다만 좀 후회스러운 것이 있다면 술 마시는 시간을 반만 쪼개 공부하며 글 쓰는 시간으로 할애하였더라면 좀 더 값진 것이 아니었겠는가 하는 아쉬움이 남는다.

늦었다 싶지만 늦은 것이 오히려 이른 것이라고 자위하며 이제부터는 술 공부는 가능한 한 자제하며 글 읽기와 글 쓰기에 힘쓸까 한다.

4부

옷깃만 스친 인연

아침마당

마 당은 뜰이고 정원이다.

세상마당에서는 인생의 희로애락이 발생한다.

KBS 1TV방송에 '아침마당' 이란 교양프로가 있다. 오랜 기간 매일 아침 세상 사는 이야기를 나누며 국민이 올바른 삶을 살아가도록 유도하고 의식수준을 높이려 애쓰고 있다. 나는 이 '아침마당' 프로를 보아 온 지 십수 년이 지났다.

불가피한 일이 아니면 하루도 거르지 않고 시청해 왔다.

남자 MC 이계진, 이상벽, 손범수, 김재원에 이르기까지 이금희 아나운서와 함께 이어 오며 엮어진 수많은 이야기들인 명물열전, 저명인사 초대, 가족탐구, 명사들의 특강, 생생토크 등에서 다루어진 좋은 말들만 골라 담아도 몇 권의 백과사전이 될 듯싶다.

'아침마당' 은 보통사람들의 삶과 애환을 방송함으로써 가장 가까이에서 시청자들의 사랑을 받아온 프로가 아닌가 생각한다. 바쁜 현시대를 살아가며 주위에서 흔히 일어나고 어느 누구에게도 발생할 수 있는 직간접적인 문제들을 파헤치고 해결한다는 점에서 매우 친숙하고 묘한 매력을 지닌 유익한 프로인 것 같다.

자칫 간과하고 잊어버릴 수 있는 소외된 사람들의 생활상이나 인간 본연의 모습, 사랑, 존엄성, 행복 같은 우리들에게 잠재적으로 내재된 희망의 모습을 보여주면서 20여 년이 넘어선 장수 프로그램이다.

나는 아침마당에서 진솔하게 살아가는 사람들의 속내를 본다.

인생경험이 풍부한 각계 원로들의 강연은 가장 평범하면서도 보편적인 사람들의 실제 이야기를 듣는 것만큼 가슴에 와닿는 적도 드물다는 생각이 들 정도다. 때로는 살아가는 이야기를 훈훈하게 풀어내는 너무 무겁지도 또는 가볍지도 않으면서 오늘은 참 좋은 이야기를 들었다 싶은 마치 수다 가운데 무언가를 얻은 듯한 느낌, 책을 읽으면서 내용 속에 이런 점은 참 좋았다 라든가 오래오래 기억하고 싶은, 마음 속 깊이 담아두고픈 것들을 맛본다.

얼마 전 세상을 떠난 스티브 잡스가 마지막 한 말로 한 권의 책을 남기는 것이었다는 말이 나에게는 큰 자극으로 다가온다. 감히 비교할 바는 못 되나 나도 한 권의 책을 남기겠다고 오래 전부터 생각해 왔기 때문이다.

나는 '아침마당' 프로에 초대된 인사들 가운데 가장 인상 깊고 기억에 오래 남는 사람이 있다. 시각장애를 극복하고 인고의 노력 끝에 조지 W. 부시 대통령 행정부에서 백악관 국가장애위원회 정책차관보를 지낸 강영우 박사 이야기다. 중학교 때 축구하다 공에 맞아 실명된 이후 맹아학교에 들어가 점자로 공부하기 시작해 연세대학교를 졸업하고 미국으로 건너가 피츠버그대학교에서 교육학 박사학위를 받고, 보지는 못해도 말은 듣고 말할 수 있는 맹인이라, 일리노이대 교수로 지내다 백악관에 입성했다. 더욱 훌륭한 것은 두 살 위인 그의 아내다.

여대생 시절 서울맹학교에 자원봉사자로 나갔다가 강영우 학생을 만난 인연으로 결혼까지 하게 된 부인은 앞 못 보는 남편을 훌륭하게 내조했고, 두 아들을 미국 사회에서 그들의 아버지보다도 더 존경받는 지도자로 인정받는 인재로 키워낸 엄마가 한국인임이 자랑스럽다.

프랑스국립도서관에서 외규장각도서 '직지심체요절'을 찾아내 우리나라 고려시대의 직지금속활자본이 세계 최초의 활자본으로 알려진 쿠텐베르크 성서보다 78년이나 앞선 세계에서 가장 오래된 금속활자본이란 사실을 증명하고 또 '외규장각의궤'를 반환받는 데 기여한 박영선 박사가 얼마 전에 타계해 고국의 국립묘원에 안장되었다.

아프리카 수단에서 가난하고 무지한 아이들을 일깨우다 암으로 48세에 선종한 이태석 신부, 그의 봉사활동을 영화로 만든 '울지 마 톤즈'는 여러 나랏말로 번역되어 로마 교황청은 물론 많은 나라에서 상영되어 전 인류가 애석한 눈물을 흘렸는데, 백악관에서 정년퇴임을 한 지 얼마 안 된 강영우 박사가 췌장암으로 이세상에 남아있을 시간이 얼마 남지 않았다는 최근 소식이다.

정작 본인은 "슬퍼하거나 안타까워하지 마라. 오히려 작별인사를 할 시간을 허락받아 감사한다"고 말했다고 전한다.

끝내 그는 지난 2월 23일 66세의 나이로 타계했다. 나는 그가 아침마당에 출연해 겸손하다 못해 성인聖人과도 같이 말하던 그의 인상을 지울 수가 없다.

아내에게는 "하나님이 나에게 보내주신 날개 없는 천사였다"라고 하는 편지를 남겼다고 한다. 옛날 말에 '미인 박복하고 재사 박명하다' 고하는 말이 맞는 것 같다. 같은 시대를 살아온 명사들이 우리 곁에 오래 머물지 못하고 떠나는 모습들, 이 모두가 세상을 사는 크고 넓은 마당인가 싶다.

어머니가 기르시던 군자란

군자란君子蘭과 나 사이에는 남달리 애틋한 사연이 있다.

군자란, 난의 종류도 여러 가지가 있겠지만 언제부터 누가 군자란이란 이름을 쓰기 시작하였는지를 알려고 해 본 일이 없다. 하기야 우리나라 꽃 무궁화도 언제부터 누가 어떻게 나라꽃으로 결정했는가도 모르는데 하물며 군자란이야? 다만 군자란 그 이름 자체가 갖는 의미가 남달리 어떤 이미지를 주기 때문이다.

한란이다 양란이다 하는 것들과는 달리 잎도 크고 꽃도 크다. 일 년에 한 번씩 피는 주황색 꽃은 백합꽃과도 비슷하지만 꽃향기는 그다지 강렬하지 못하다. 한란, 양란 이런 것들은 반음半陰 반광半光에 철 따라 물주기도 적절히 조절해 가며 정성을 들여야 향기 진한 좋은 꽃을 보게 된다. 그러나 이 군자란은 비교적 물만 잘 주면 아무 곳에서나 잘 산다.

우리 집 베란다에는 오래 전부터 군자란 화분 한 개가 있다. 시골 사시던 어머니가 아버지 돌아가신 후, 우리 집으로 오시면서 가지고 오신 것이다. 화분이 꽤나 큰 것이어서 화분을 옮길 때에는 꼭 장정 둘이서 맞들어야만 했다. 이 군자란 화분 값이 비싼 것은 아니다. 푸른 잎이 큰 화분에 꽉 차서 소담한 것이, 마치 시골 마을 입구의 정자나무 같은 느낌이 드셨거나 아니면 오랫동안 집안에서 손때가 묻어 정든 노리개같이 애착을 느끼시고 이삿짐 가지고 오실 때 차에 함께 싣고 오셨을 것이다.

어머니가 한동안 미국으로 이민간 동생 집에 다니러 가 계실 때, 화분 분갈이를 하면서 군자란 화분도 분갈이를 했는데 화분 속이 거의 뿌리로 엉켜 있었다. 너무 크다 싶어 이를 쪼개 세 개로 나누어 심고 보니 군자란 화분이 세 개가 되었다.

이 세 개 모두가 경쟁이나 하듯 잘 자라 무성해졌고, 꽃이 필 때면 서로 시샘이라도 하듯 포기마다 꽃대가 올라오기 시작하더니 연이어 꽃이 피기 시작했는데 아마 근 한 달 동안은 베란다 전체를 주황색으로 꽉 채운 것 같았다. 이를 바라보고 있을 때이면 미국에 계신 어머니 생각이 났고, 왜인지 만개한 군자란 꽃이 우리 집안에 어떤 좋은 일을 가져다 줄 것만 같은 막연한 예감이 들곤 했다.

강남에 살다가 노원구 상계동으로 이사를 하면서 화분도 따라왔다. 환경이 달라져서인지 화분 상태가 눈에 뜨이게 나빠지는 것 같더니 생기마저 사라져 갔다. 사실은 추울 때 보온도 잘해 주지 못하고 물도 제때에 주지 못하여 그리 된 것일 터인데 공연히 어머니에게 잘 해 드리지 못해 그런 것은 아닌지 왠지 죄송한 느낌이 들었다.

어느 해 봄철 동네에 들어온 화분장사에게 분갈이를 시키면서 세 개를 다시 한 개로 모았다. 그런 데도 옛날 같지 않고 시들시들해지는 것이 불길한 생각이 들었다.

　그러던 어느 날 노인정에 나가신 어머니가 갑자기 쓰러지셔서 이웃집 할머니가 우리 집으로 부축해 모시고 왔다. 혈압을 재어 보니 매우 낮은 수치다. 의식이 희미해져 갔다. 119에 급히 전화를 돌렸다.

　집에서 가까운 상계 백병원 응급실로 갔다. MRI 촬영 결과 흔히 말하는 중풍이 왔다. 일부 뇌경색이라 혈전 용해제를 쓰면 소생 가망이 있다는 전문의의 소견이다. 혈전 용해제 주사는 근 30시간 쯤 되어 효과가 나타나 차츰 의식이 회복되기 시작해 사람을 알아보셨다. 몇 년 전만 하여도 목숨을 잃을 병을 살려내고 있으니 현대의학의 발전상을 다시 한 번 실감하게 했다.

　퇴원 후 요양원으로 가서서 4년여를 친구들과 재미있게 잘 지내시고 계시던 올봄에 군자란은 다시 생기를 되찾아 한 송이 꽃을 피웠다. 그래 어머니가 무사히 또 이 한 해를 잘 넘기실 모양이다 싶었다.

　그런데 그 한 송이 꽃이 어머니 생에 마지막 꽃이 되고 말았다.

　아쉽고 섭섭하지만 연세 91세시면 천수를 다하신 것 아니겠나 싶긴 하다. 화분을 바라보며 어머니 생각을 다시 해 본다.

어처구니 없었던 일들

어처구니를 맷돌의 손잡이로 잘못 알고 있는 사람들이 많다. 맷돌을 돌리는 손잡이는 '맷손' 이라 하고 실제로 '어처구니' 라는 말의 뜻은 '예상 밖으로 크다' 라든가, 상식선을 벗어나거나 의외로 어이없이 난처한 경우를 말한다. 어처구니 없는 난처한 경우를 경험해 보지 아니 한 사람들이야 없겠지만 내 경우 어릴 적부터 듣고 보고 겪은 몇 가지가 기억에 남아 있다.

초등학교 4학년 때쯤으로 생각되니까 한 60년도 더 지나간 이야기다. 그 시절 내가 살던 군청 소재지 읍내에 많은 사람들이 점심 식사를 건너뛰던 것을 내가 자주 놀러 가던 친구들 집에서 여러 번 보아 안다.

어느 날 오후 병病이 나서 축 늘어진 서너 살 된 손자를 애 할머니가 등에 없고 우리 아버지 병원을 찾아왔다. 감기이겠지, 생각하고 2,3일 지나면 나으려니 여겼다가 혼수상태가 되어서야 급히 병원에 데려온 것이다. 할머니는 우리 손자 좀 제발 살려달라고 애원했다.

진찰결과 심한 폐렴증세여서 신약의 고단위 항생제를 투여하지 아니 하면 생명이 위독한 상태였다. 가정사정이 어려운 집인 줄은 잘 알고 있었지만 아이는 살리고 보아야 하겠기에 당시에는 고가의 약인 마이신 주사와 약을 쓰면서 4,5일 병원에 매일 와서 주사를 맞아야 한다고 일렀다.

3일을 병원에 오더니 4일째 되던 날은 병원에 오지 않고 무당을 불러 푸닥거리를 했더니 다음날 씻은 듯이 열이 내리고 제정신으로 돌아왔다면서 동네 사람들에게 아무개네 병원에는 가지 말라면서 치료비도 갚지 않겠다고 했다는 말을 그 할머니가 사는 이웃 사람들에게서 전해 들었다.

또 다른 이야기 하나는 밤새도록 화장실을 수없이 드나들다가 눈이 십리나 들어간 시골 할아버지 한 분이 새벽같이 병원을 찾아왔다.

전날 읍내 장에 농사지은 참깨를 가지고 나와 기름집에서 기름을 짰는데 가지고 온 기름 담을 됫병 두 개에 담고 한 공기쯤 남은 기름을 담아갈 그릇이 없어 남 주자니 아깝고 몸에 좋을 듯싶어 남은 기름을 전부 마셨다는 것이다.

그 때만 해도 플라스틱이 나오기 전이어서 액체를 담을 병 종류의 용기를 구하기 어려운 시절이었기 때문이다.

이승만 대통령 시절인 자유당 말기다. 교통사고로 숨진 7,8세쯤의 어린이를 병원에 안고 들어와 침대에 누인 청년이 살려내라고 했다. 검진결과 이미 심장이 멈춘 뒤인지라 사망했음을 알렸으나 주사라도 놓고 살려내려는 노력이라도 해야 되지 않느냐고 진료거부로 고발하겠다고 공갈협박을 했다.

그는 보호자가 아닌 자유당의 그 지역 선거지원 깡패였다. 아버지는 친구인 당시 무소속 제헌국회의원 J씨를 후원하고 있었기에 탄압을 받은 것이다.

서울로 유학와 두 살 위의 형과 자취할 때다.

부엌에서 아침밥을 지으려고 석유화덕(곤로) 위에 올려놓은 냄비에서 밥이 끓고 있는데 석유가 떨어져 화덕 심지에 불이 약해지기에 불을 끄지 않고 그냥 석유를 붓는데 열이 올라있던 화덕 속 석유가 증발되며 생긴 유증油蒸에 불이 옮겨 붙어 펑하고 폭발하는 순간 놀라 뒤로 한 발자국 물러서며 부엌마루 바닥에 흘린 석유에 불이 붙어 순식간에 불이 벽을 타고 천정까지 치솟았다.

본능적으로 불이야 소리치며 석유통을 들고 밖으로 뛰어 나왔다. 이웃 사람들이 물동이를 들고 왔고 형은 빈 쌀가마니에 물을 적셔 불타고 있는 화덕을 덮었다.

다행히 소방차가 오기 전에 진화를 했으나 얼마나 낭황했는지 평생 그 일은 잊지 못한다.

네 살된 외손자가 밥을 잘 먹지 않는다고 외할머니인 내 처가 자기 친구 아들 한의사에게서 입맛 나게 한다는 약을 지어다주고 먹게 했는데 3일 뒤 아이가 축 늘어져 급히 종합병원에 데리고 가 검사를 받았더니 한약의 어떤 독성으로 인해 간의 GOT, GPT 수치가 정상보다 수백 배가 높아져 있고 일주일 쯤 뒤 사망에 이를지도 모르겠다는 주치의 예고에 온 가족이 초죽음이 되었고, 입원은 시켰으나 치료약이 존재하지 않아 오직 링거 주사 한 가지만으로 간 속의 독성을 희석시켰는데 다행히도 일주일 만에 정상 수치로 돌아와 퇴원한 일.

이들 말고도 크고 작은 어처구니 없는 일들이야 무수히 많다.

싸구려 구두를 사 신고 다니다 뒤축이 물러 앉아 시내 한복판에서 잠시 절름발이 행색을 했던 일.

필드에서 골프를 치다 공을 치는 순간 힘을 쓰다 한쪽 바지단이 터져 여자 치마처럼 펄렁이는 바지를 입고 끝이 날 때까지 몇 시간 동안 창피를 당한 일.

새로 부임하신 장관님이 어느 날 부르시더니 장관 당신의 고향 어느 어느 곳에 우체국을 세우라는 지시를 받고 일요일 날 현지답사를 했는데 한 곳은 면面 소재지이지만 인접한 곳에 우체국이 있었고, 다른 한 곳은 가옥이 불과 30여 호 정도여서 우체국을 세울 수 없는 작은 마을이었다.

면 소재지에는 우체국을 세웠으나 다른 한 곳은 이용호수가 절대 부족한 현지 사정을 상세하게 장관에게 말씀 드렸어도 민원이라며 재차 설치할 것을 지시하기에 거역하기가 어려워 교체될 때까지 시간을 끌었었다. 체신부 장관 평균 수명(재직기간)은 1년2개월이었기에 그리 할 수 있었고 후일 다행이라 여겼다.

이러한 예를 생각할 때 나랏일에도 수많은 국가기관이나 공공단체, 공기업과 공인들에게서 얼마나 많은 어처구니 없는 일들이 일어나고 있었을까를 상상해 보게 한다.

과거 정부에서 정권이 불안할 때마다 관제 간첩단 일망타진 발표의 배경, 수천억 원의 햇빛 정책지원금으로 핵을 개발하게 한 일, 광우병 쇠고기 수입 허위선동 방송에 발맞춰 반미·반정부 데모꾼들이 앞장서 수개월간의 야간집회, 세종시 건설에 따른 여야 대결, 전직 대통령의 자살 동기, 천안함 폭침, 금강산 관광객 살해와 현대재산 몰수, 늘어만 가는 친북 종북자從北者들을 다스리지 못하는 정책, 기초생활 수급자가 수십 억의 재산을 보유했거나 한 해에 십여 차례 이상 해외여행을 가고, 공적자금 받은 기업이 직원에게 보너스 주고, 수조 원의 적자를 내는 공기업들이 성과급을 주는 것에 대한 조치.

정부조직 개편 때 정보통신부가 공중분해 되는 과정에서 IT주관 총괄부서가 없어져 우리나라 IT산업이 수십 년 후퇴되도록 한 일.

얼핏 생각나는 것들만 해도 이루 다 헤아릴 수 없이 많다.

그리 보면 어처구니라는 말은 애초 있어서는 안 될 단어인 것 같다.

여성 대통령의 패션

지난 2월 25일은 우리나라 최초 여성 대통령의 취임일이다. 나는 그날 하루 종일 집에서 TV 중계방송을 지켜봤다.

아침 일찍 이웃주민의 열렬한 환송을 받으며 집을 나선 박근혜 대통령은 제일 먼저 국립현충원에 가서 참배를 했다. 입은 의상은 검은색 점퍼에 진회색 목도리로 엄숙한 느낌을 주었다.

그곳에서 곧바로 국회의사당 취임식장으로 달렸다. 새 시대를 여는 취임식장에는 올리브 그린에 가까운 파격적인 카키색에 연보라색 스카프로 매치했다. 나비문양의 브로치는 희망을 상징하는 이미지로 보였다. 카키색은 연녹색 계열이 주는 편안한 느낌을 활용해 국민에게 소통의지를 담으려 한 듯하다.

취임식이 끝나고 전임 대통령을 배웅한 후 참석해 준 시민들과 축하와 감사 인사를 나눈 다음 바삐 시내로 향했다.

광화문 앞 시민과의 만남에서는 붉은색 두루마기와 푸른색 한복 치마의 적赤과 청靑은 우리나라 국기의 태극을 상징한 것에 더해 매화문양 패턴이 조화를 이루었다. 이어 청와대에서 각 나라 정상급 인사들과의 면담을 위해 갈아입은 녹색 재킷은 안정감과 소통을 상징했다고 평가된다.

외빈 초청 만찬장에서 입은 붉은색 상·하의 한복은 화려하면서도 세련된 스타일이 특징이었다면 한복에 쓰인 매화문양은 추운 겨울을 거쳐 봄이 왔음을 알리는 매화의 계절적 상징이 대통령의 정치역정에 비춰 표현한 것이라고 해석해 본다.

대한민국 최초 여성 대통령이 얼마나 멋스러운 패션 취향을 지녔는지, 자신의 지성과 아름다움, 품격과 리더십을 어떻게 패션으로 표현하는지 궁금했는데 취임식 날 다섯 번의 의상은 아주 만족스러웠다. 아무리 화려해도 여성 대통령의 패션은 무죄無罪다.

제일부인第一婦人, 퍼스트레이디의 중국식 호칭이다.

시진핑 중국 국가주석이 지난 3월 외국방문을 하면서 퍼스트레이디와 동행한 것은 50년만이다. 부인 펑 여사, 공항에서는 짙은 남색 코트에 검은색 가방에 부츠를 매치한 의상을, 아프리카에서는 날씨를 고려 흰색 투피스와 금빛 하이힐, 중국 전통의상 치파오旗袍를 응용한 투피스와 중국의 상징색인 빨간색 머플러를 활용해 장소와 상황에 어우러지는 패션을 선보여 화제가 됐었다.

미셸 여사가 버락 오바마 대통령의 재선 취임식 때 입은 푸른색 격자무늬 코트는 단순하고 절제된 독특한 소재를 써 젊은 느낌을 강조했으며 보석으로 장식된 벨트와 밝은 보라색 장갑으로 어두워 보이는 걸 막았다.

우리 박근혜 대통령 말고도 브라질과 독일, 호주 총리가 이 시대 같은 여성 국가 지도자들이다.

길라드 호주 총리의 패션은 보수적이지만 유행에 뒤처지지 않는 프로패셔널한 스타일이라고 평가한다. 공식석상에는 흰색과 오렌지 색상의 밝은 재킷과 슈트를 즐겨 입고 늘 귀걸이와 목걸이 같은 액세서리를 착용한다.

스커트보다는 바지차림으로 현장을 누비는 활동적인 이미지가 강하다. 때와 장소에 따라 자신만의 스타일을 적절하게 이용할 줄 아는 센스를 지녔다고 한다. 각국 정상들이 모인 G20회의에서 베스트 드레서로 뽑히기도 했다.

독일 메르켈 총리, 짧은 금발의 헤어스타일에는 변화가 없다. 단정하고 젊어 보이게 하면서 강한 느낌을 준다. 즐겨 입는 패션 아이템은 재킷과 바지, 목걸이다. 고정된 그의 스타일은 단추 3,4개가 기본인 칼라가 좁고 짧은 재킷에 정장 바지, 높지 않은 검정 구두면 완성이다.

브라질 호세프 대통령은 대선 유세 과정에서 친서민 이미지를 부각하는 데 주력, 이른바 아줌마 전략처럼 머리 스타일부터 복장, 행동에 이르기까지 다정다감한 이웃집 아주머니 같은 모습으로 변신해 유권자의 호감을 샀다고 한다.

박근혜 대통령은 당선 직후 옷차림이 달라졌다.

디자인과 색상이 모두 바뀌었다. 새로운 옷차림으로 그가 추구하는 정치철학인 안전과 역동적인 이미지를 모두 담아내고 있다는 평가다. 공식 일정에서 분홍색, 오렌지색, 갈색, 베이지색, 연녹색 같은 밝은 색상 옷을 즐겨 입는다.

정장 디자인도 변했다. 목까지 올라오는 차이니스 칼라를 선택했다. 가방, 구두, 액세서리에서도 변화를 보인다. 모두 중·저가 국산 브랜드를 애용하는 것으로 알려졌다.

자칫 밋밋해 보일 수 있는 단점을 보완하기 위해 포인트로 여섯 송이 장미 브로치를 달아 보는 사람의 이목을 끄는 정치적 효과로 보인다.

대한민국 최초의 여성 대통령, 우리 모두의 바람은 오직 성공하는 대통령이 되었으면 하는 것이다.

오모이야리 세키(思いやり席)

최근 일본에 다녀왔다.

요코하마에서 열린 우표 올림픽(Philanippon 2011)에 초대받아서다. 우리나라 출품작이 최고 대상(그랑프리)을 받아 국위를 크게 선양했다. 일본에 처음 간 동호인들을 위해 숙소에서 그리 멀지 않은 하코네(箱根)로 1일 관광에 나섰다.

호텔에서 전철-등산전차-케이블카-로프레일-해적선-버스-지하철을 타고 돌아오는 연계 코스다.

첫 번 전차를 타고 자리에 앉아 맞은편 창밖을 보려 하는데 유리창에 다음과 같이 '思いやり席' 라 쓴 글씨가 눈에 들어왔다. 한 번쯤 생각해 보고 앉는 자리라는 뜻이다.

우리나라 지하철의 '노약자, 장애자, 임산부' 자리라는 의미다.

예상했듯 일본 사람들의 얼굴 표정은 그전처럼 그리 밝지 않았다. 잃어버린 10년의 경제 불황, 대지진과 쓰나미의 피해와 원전사고는 밤거리마저 어둡게 했고, 여성들의 화장은 옅어지고 입은 옷은 검소해졌다.

우리 젊은 여성이 입고 다니는 짧은 바지는 눈에 띠지 않았다. 그래도 그네들의 굳어 보이는 표정 속에서는, 얼마 전의 여자 월드컵 우승이나, 한·일 축구전의 3대0 완승 같은 눈앞의 기쁨보다는 묵묵히 먼 훗날을 다져 나아가려 하는 깊은 인상을 안고 돌아왔다.

오바마의 부러움

또 한 해를 맞았다.

병인년 호랑이 띠, 그것도 60년 만에 오는 백호白虎란다.

그래서 나라의 길운吉運이 있을 거라고 점占들을 친다. 게다가 정초에 꽤나 많이 내린 눈은 서설瑞雪을 예고한다. 그리 많이 내린 큰 눈은 73년 만이라고 하면, 내가 태어난 해라고 생각하니 공연히 나도 덩달아 은근히 무슨 좋은 일이 있지나 아니 할까 내심 기대해 본다.

우리나라가 자랑스러운 나라가 된 것은 확실하다.

세계에서 제일 높은 828미터 '두바이 부르즈 칼라파' 빌딩을 우리 건설회사가 세웠고, 선진국들이 우리나라 전자제품을 가장 많이 선호하고 미국 땅에서 국산 자동차가 드디어 일본을 추월했다.

외국에서 원자력발전소 건설도 수주했고 G20 회의도 우리가 주도한다.

LPGA투어에서 매번 TOP 10 안에 과반수는 늘 한국 선수들이 차지한다.

이 모든 것이 다 우리나라 교육열풍의 결과다. 우리나라 부모들이 교육에 대한 열정이 없었다면 오늘날 우리 경제가 세계 10위권 안에 진입하기는 불가능했을 것이다.

오바마 대통령이 지난해 말경 한국을 처음 다녀간 후 공개석상에서 한국의 부모들의 교육열이 부럽다는 말을 세 차례나 언급했다고 한다. 왜 아니 그러하지 않았겠는가!

오바마 그의 아버지 나라 케냐는 아직도 60년 전 한국과 똑같이 겪던 빈곤을 벗어나지 못하고 지금까지 그대로 가난이 지속되고 있는 것을 보면 한국을 부러워할 수밖에 없을 것이다.

옷깃만 스친 인연인데

다음은 춘시로에 간다고 그랬다.

하루 종일 명승고적지로 끌고 다니던 안내양은 마지막 코스로 춘시로에 간다기에 얼핏 귀에 익지 않아 한자漢字로 써보라 하였더니 '春時路' 라 이렇게 적었다. 젊어지는 길인가? 무슨 뜻인지 이해가 되지 아니 한 채 그냥 따라가 보기로 했다.

춘시로는 중국 서남부에 위치한 쓰촨성四川省의 수도首都 청두成都시의 중심 번화가 쇼핑몰 거리 이름이다. 피곤했던 우리 일행들이 이제 그만 숙소로 가자고 그랬어도 꼭 가 보아야 한다고, 안 가면 아니 될 듯 사뭇 안타까운 표정을 짓던 이유를 가서 본 다음에야 알게 되었는데 마치 서울의 명동이라고 할 수 있는 곳으로 백화점들이 즐비하게 마주보고 있는 활기 띤 광장이었다. 아직은 우리 눈에 좀 촌스럽게 보이기는 하였어도 안내양은 내심 외국인에게 그 곳을 꼭 자랑하고 싶었던 듯했다.

관광회사의 전속 가이더가 아니고 그 지방 외국어 전문대학에 갓 입학한 어린 소녀티의 단발머리 안내양은 잠시 아르바이트로 어설픈 안내 솜씨이지만 한 곳이라도 더 많이 보여주려고 애쓰는 모습이 자못 가상스러워 퍽 인상에 남아있다.

근래 지구촌 곳곳에 자주 큰 사건들이 발생하고 있다는데 미얀마에서는 독재치하 고통에 겹쳐 싸이클론 큰물에 수십만이 피해를 입고 중국 쓰촨성에서는 리히터 7,9 규모의 대지진으로 십여 만 명이 희생되고 천 이백만 명이 넘는 사람들이 삶의 새 터전을 일구어야 한다니 엄청난 비극이다. 한반도의 3분의2 만큼의 넓은 땅덩이를 흔들어 뒤엎은 금세기의 큰 재앙이다.

미 아이오와주에 폭우로 인한 피해와, 중서부에서도 폭우를 동반한 토네이도로 가옥침수와 인명피해가, 서부 캘리포니아주에서는 가뭄과 산불로 시달림을 겪는다.

나라 안에서도 한 때 조류독감 AI가 삽시간에 전국을 휩쓸고 지나가더니 사상 초유의 원유 값 급등은 물가를 올리고 잦은 파업 사태 속에 어처구니 없는 광우병 쇠고기 수입 반대 촛불 시위가 날마다 기승을 더해가며 반정부 정권타도 구호까지에 이르니 온 국민이 살맛을 잃고 불안해 하고 있는데 새로운 국회는 개회조차 못하고 정치가 실종된 상태이니 많은 사람들이 지겹다 못해 울화증에 몸살을 앓고 있다.

이러한 국내외 혼란 가운데에서도 유난히 쓰촨성의 대지진에 신경이 더 쓰이는 것은 몇 년 전 쓰촨성에 갔을 때 우리 일행에게 짙은 인상을 남겨 주었던 그 안내양의 안위가 궁금해서다.

나는 몇 년 전 쓰촨성 대지진 발원지 원촨汶川에서 멀지 않은 멘양綿陽

에서 일주일간 머물며 쓰촨성 여러 곳을 두루 관광한 적이 있다.

청두에서는 유비가 관우·장비와 도원결의를 맺던 곳과 작은 야산만한 유비의 묘도 둘러보았다. 제갈공명의 사당이 있는 무후사와 시성詩聖 두보초당과 노자의 궁관이 자리한 청량궁을 두루 관람하고, 청두시를 홍수로부터 영원히 보전하기 위하여 홍수 피해 대책으로 벌써 3세기 전에 치수사업을 2대에 거쳐 인공으로 조성했다는 거대한 도강언의 강 그 주변의 그림 같은 절경과 유네스코에 문화유산으로 등록된 치수관의 높다란 사당, 이러한 모든 고적들이 어느 만치 파괴되었는지가 궁금하다.

원시와 근대문명이 공존하는 큰 땅, 대자연의 산천초목을 한없이 아름다움을 만끽했던 그 지역에 1945년 일본 나가사키에 투하한 원자폭탄의 250배가 넘는 위력의 대지진이 강타했다니 이는 지구상에 보기 드문 대재앙임이 틀림없다.

이 재앙을 두고 인간이 자연환경을 파괴한 데 대한 자연이 주는 보복이라고 하고, 일각에서는 중국이 티베트의 독립시위를 무력으로 진압하였다 하여 천벌을 받은 것이라고 말하는 사람이 있는가 하면, 지난해 3월 미국 사이언스지(Scientific American)에 실린 내용 중 대지진을 예고한 글에 세계 제일의 인공 저수지 양쯔강 싼샤三峽댐에 저장된 400억 만 톤의 물 하중이 지구자전 축의 경사와 중력장 모양 등에 영향을 주어 문제가 발생할 것이라는 설명이었다. 그리 보면 대지진은 천재가 아닌 인재로 보는 시각이다.

또 대지진이 발생하기 며칠 전 수만 마리의 두꺼비가 대이동을 하였다니 이를 첨단과학 문명은 이러한 동물적 감각을 어떻게 무어라 설명

할 수 있을까?

　지진 발생의 원인이야 차치하고, 내가 갔었던 몐양에 이번 대지진으로 시 전체가 온전한 건물이라고는 하나도 없다는 신문 기사를 읽었다. 몐양에 살고 있던 단발머리 안내양, 넉넉지 못한 생활이 짐작되는 소박한 옷차림이었지만 초롱초롱한 눈동자에 애틋한 정이 묻어날 듯 따스했던 기억들이 그녀의 생사여부가 더욱 궁금해지게 나를 만든다.

요즘 지하철을 타면

짙은 흑갈색으로 머리염색을 했다. 좀 더 젊게 살아보려는 욕구에서다.

이제 나이 70이 다 되어 가기는 하지만 40대부터 일찍 머리가 희어졌던 것은 아마도 필시 유전일 거다. 머리 염색을 하고 나니 한 10년은 젊게 보인다고들 한다.

볼 일이 있어 지하철을 타러 갔다. 매표소 창구에 손만 내밀면 주던 우대권도 오늘은 신분증을 보자 한다. 그래도 기분은 그리 나쁘지 않다.

여느 때처럼 노약자석에 앉아 신문을 읽고 있는데 누구인가가 앞에서 내 발을 툭툭 건드리는 것 같다. 일어나라는 신호인 듯싶다. 보던 신문을 펴든 채 위를 힐끗 올려다보니 잘됐어야 겨우 내 나이 또래다. 자리를 양보할 생각이 안 든다. 그래도 왠지 마음은 별로 편치가 않다.

요즘 젊은이들이 버릇이 없다고들 하지만 자리를 비워둔 채 끝내 노약자석에 앉지 않는 젊은이들이 더 많다. 그러나 이따금 눈을 감고 가는 청년들도 있으나 고등학생인 듯싶을 때에는 시험 공부하느라 밤잠을 줄여 그러려니 하면 측은한 마음도 든다. 하지만 중년의 부녀자들이 떼로 몰려와 경로석을 독차지하여 앉고, 둘러서서 우리 교회 권사님이 어쩌고저쩌고 하는 모습을 보았을 적엔 교회는 왜들 다니는지 미운 생각마저 들었다.

동안童顏의 내 친구 하나는 노약자석에 앉으면 경로우대권인 백색 표를 손에 쥐고 만지작만지작하고 있으면 일어나라는 눈치를 주지 않는다고 했다. 그러나 나는 아예 처음부터 일반석으로 가 앉는다. 그러는 것이 아무 부담이 없어 마음이 편하다.

노년 인구가 늘어난 데다 공짜표를 주어서인지 아침 일찍 출근시간 말고는 늘 노약자석이 모자란다. 대구 지하철 화재사고 이후 의자를 불연재로 차츰 갈아내면서 내가 주로 타고 다니는 4호선은 노약자석 한쪽을 장애자의 휠체어 자리로 만들어 놓아 앉을 자리가 더 모사란다. 그래 노약자석은 거의 반으로 줄어든 셈이다.

그런데도 가운데 자리는 의당 젊은이들 지정석으로 알고 노인들을 노약자석으로만 밀어내다 보니 노약자석 앞에는 노인들이 늘 자리 나기를 대기하고 서 있다. 보기에도 민망하다. 어떤 대책이 있었으면 좋겠다는 생각이 들었다.

차를 타면 늘 신문을 보다가 때로는 신문조차 읽기가 싫어질 때면 앞자리에 앉은 사람들의 관상을 훑어본다. 운명철학은 모르나 사람들의 표정에서 그들이 살아가는 모습을 읽는다. 얼핏 보면 얼굴이야 눈 코 입 다 같은 얼굴이나 그들의 표정과 옷차림에서는 그들이 각기 살아온 흔적이 배어난다.

　20대까지의 얼굴은 부모가 준 얼굴이라 하지만, 30대까지나 나이를 먹어 갈수록 한 줄 두 줄 늘어가는 이마에 새겨진 주름살에서 그들이 살아온 역정歷程이 엿보인다. 부모의 만남과 헤어짐, 배움의 길고 짧음, 여러 가지 다양한 직업, 넉넉하고 모자람의 빈부 격차, 삶에서 생겨난 후천적 성품, 이 모든 것들이 함께 어우러져 그어진 인생 계급장 주름살에서는 나름대로 살아온 희로애락이 읽어진다. 어쩌면 나 혼자만의 상상일지도 모른다.

　어린 남매 새 옷 입혀 데리고 친정 나들이 가는 웃음 띤 아낙, 그 무슨 까닭인지는 몰라도 복수심이 그득한 인상파, 내일 수출 계약만 끝나면 떼돈이라도 벌 것 같은 패기 차 보이는 젊은이, 마누라 먼저 저세상 보내고 매일같이 며느리 점심상 받기 미안해 밖으로 떠도는 할아버지, 모처럼 서울 사는 아들집에 왔다가 넉넉지 못하게 사는 꼴만 보고 쓸쓸이 내려가는 시골 할머니, 내 인생 누가 대신 살아주랴는 듯 막 산에 올라갔다 내려오는 거무튀튀한 모습의 노 실업자, 잔칫집 갔다가 낮술한잔 걸쳐 얼굴이 불콰한 추상파, 한 집 끝내고 급히 다음 집으로 바삐 달려가는 파트타임 파출부 아줌마, 너덜너덜한 성경책을 돋보기를 쓰고도 눈에 갖다 붙이고 열심히 들여다보는 꼬부랑 할머니, 이 모두가 한 편의 파노라마다.

　지하철을 타고 시내로 갈 때마다 늘 느끼는 것은 사람들의 표정 모두가 그리 밝지 못하다는 것이다. 우리 민족이 어두운 역사 속에서 오랜 기간 살아온 사람들이라서 그럴까? 서구라파, 특히 미주에 갔을 때 탔던 지하철 안 사람들의 모습은 한결 같이 미소 띤 얼굴이어서 때론 상대가 나를 아는 사람이 아닌가 하고 내가 오해 착각할 정도였는데, 또 일본 지하철을 처음 탔을 땐 거의가 독서를 하는 사람들이어서 이를 보며 '아, 이래서 일본이 우리보다 앞서가는 나라가 된 것이로구나' 했던 적이 있다.

무표정하고 따분하던 우리 지하철 속이 요즘 와서 갑자기 달라진 것은 아침 출근 시간이면 메트로나 포커스 같은 무가지들 읽는 모습과, 휴대폰이 생겨난 이후 너도 나도 여기 저기에서 크고 작게 울려대는 소리와 높고 낮은 통화 음성의 합창에는 짜증이 날 정도다.

외국 사람들이 그 모습을 보고 무어라 평가할지는 아직 모르겠다. 전화문화가 발달된 국가라고 칭찬이나 할까.

우연偶然

20 05년 7월 21일, 이날이 어떤 특별한 의미가 있는 날은 아니다. 며칠간의 짧은 올해의 장맛비가 일찍 끝나자마자 더위는 연일 기승을 더해만 가는 것 같고 한낮 온도가 섭씨 34도를 웃돈다 하니 서울 사람들에게는 가히 살인적인 무더위다. 이상기후가 지구촌 곳곳에서 이변을 일으키고 있는 것을 보면 우리나라 더위쯤이야 아무 것도 아닌 듯싶다.

예상했던 더위지만 불쾌지수도 높은지 기분마저 엉망이라 외출하고 싶은 생각이 별로 들지 않는다. 그러나 두 번이나 거른 전 직장 친구들과의 점심 모임이라 마지못해 약속시간에 맞추어 집을 나섰다. 약속 장소가 광화문 근처라 노원역에서 지하철 4호선을 타고 가다 2호선이나 5호선으로 갈아탈 생각이었다.

맨 앞칸에 앉은 나는 여느 때처럼 들고 나온 신문을 들여다보며 먼저 큰 글씨의 제목만을 읽고 있는데 몇 장을 넘겼을까 '노인 자살 20년 새

5배' 라는 타이틀의 내용을 읽고 있는데 전철이 갑자기 멈췄다. 안내방송이 나오는데 급한 목소리로 인사사고로 잠시 지체되겠다고 했다. 밖을 내어다보니 어느 역 승강장에 겨우 첫 칸의 머리만 내밀고 있는 상태다. 저만치에 수유역이란 표지판이 보였다.

다시 안내 방송이 나왔다. 바쁘신 손님들께서는 맨 앞칸으로 이동하시어 비상문을 열고 다른 교통편을 이용하시기 바란다는 내용이다.

잠시 후 십여 명의 119 구조대원들이 우르르 달려오더니 둘째 칸 밑 선로로 내려들 갔다. 사람들이 몰려들어 웅성웅성했다.

궁금했어도 일부러 내려가서까지 보고 싶은 생각이 들지 않았다.

흰 천으로 둘둘 말은 것을 들것 위에 올려놓고 급히 사라지자 멈추었던 지하철은 20여 분만에 다시 가던 쪽 선로 위를 아무 일 없었던 것처럼 달리기 시작했다.

젊은 친구 한 사람이 내 앞에 와서 묻기도 전에 사건발생의 목격상황을 상세히 설명했다. 지하철을 기다리고 시 있는네 옷도 깨끗이 입은 70대 초반의 할아버지가 어느 쪽에서 열차가 들어오느냐고 묻기에 왼쪽을 가리키며 저쪽에서 들어온다고 했는데 마침 열차가 들어오고 있는 것을 바라보고 있는 순간 할아버지가 달려오는 열차를 향해 몸을 던지더라는 것이다.

순간이어서 잡을 수가 없었다고 못내 아쉬워하며 옷 입은 모습으로 보아서는 생활고를 겪고 있는 것 같지는 않고 아마 오늘 아침에 자식들에게 괄시를 받고 몹시 섭섭했던 것 같다고 추리해 말하기까지 했다.

어떤 말 못할 사정이 있었기에 머지않아 때가 오면 어쩔 수 없이 갈 길을 왜 참지 못하고 지름길을 스스로 택하였을까? 인명은 재천이라

하였으니 어떤 신의 계시라도 있었던 것이었을까? 흔히 말하기를 "개똥밭에 굴러도 저세보다는 이세가 낳다" 했고, 삶을 배우려면 일생을 두고 배운다고 하였는데 그 노인은 이세에서 더는 깨달을 것이 없었단 말인가. 아니면 이세에서 업을 다 끝내고 윤회의 마지막 날이었을까. 목격자의 추리대로 자식들에게 괄시를 받은 것이라면 아버지 잃은 자녀들의 마음 아픔은 본인이 괄시받은 대가로 하자는 생각인가. 그렇다면 너무나 이기적인 생각이 아닌가.

또 기관사는 무슨 죄란 말인가? 평생 동안 살인자라는 괴로움에 시달리며 살아가야만 한단 말인가. 죄 없는 죄인이 아닌가. 해마다 지하철에서만 십오륙 명의 투신자살 사고가 발생한다고 한다.

그러니 모든 기관사들은 그 직업을 갖고 있는 한 항상 운전 중 역구내에 진입할 때에는 늘 긴장에서 벗어나지 못하고 마음 졸여가며 살아가야 할 것이 아닌가. 생각만 해도 하루도 마음 편히 일할 수가 없을 것 같다.

걸핏하면 '위험수당 인상' '준법운행' 이라고 붉은 글씨로 크게 쓴 플래카드를 열차마다 휘감고 달리는 모습을 보았을 때마다 "비교적 고임금을 받고 있는 사람들이 늘 노사투쟁만 일삼고 있다"고 전철을 타고 오가며 보는 이들은 저마다 한 마디씩을 해 왔었다. 문득 역지사지의 단어가 떠오른다. 누구나 상대편 입장에 서 보아야 이해가 간다.

기관사들이 평소 겪고 있을 마음고생을 이제야 조금은 알 것 같다. 언제 어디에서 뛰어들지 몰라 늘 노심초사하고 있을 그 심정을 말이다. 모든 역 승강장에 전철이 도착하면 자동으로 열리고 닫히는 덧문이라도 설치하면 어떨까 하는 생각이지만 설치비용이 엄청날 듯하다.

자살률이 OECD 가입 국가 중에서 우리나라가 제일 높다 하지 않는가?

매일 한강다리 위에서 한두 명씩 뛰어내리는 투신 예방을 위해 다리 주변을 계속 순찰하고 있고, 밑에서는 뛰어내린 사람을 살리기 위해서 구명보트를 항시 대기시켜 놓고 구조대원들이 주시하고 있다가 발견 즉시 달려간다고 하니 옛날 우리나라가 지금보다 아주 못살았을 때에는 요즘보다는 자살률이 아주 낮았다고 하는데 왜 살기는 나아졌는데도 자살률은 높아지고 있는지를 분석 연구해 볼 일이다.

그러고 보면 국민소득이 높은 것과 행복지수는 비례하지 않는 모양이다. 하필이면 내가 타고 가던 지하철에 몸을 던져 영혼을 달리한 그 할아버지가 무엇으로 다시 환생하였을까가 왜 자꾸 궁금해지는지를 나도 모르겠다.

인생역전 人生逆轉

　나는 인생역전이라는 말을 그다지 좋은 뜻으로만 생각하지 않는다. 한때 우리 사회에 유행처럼 만연됐던 '한탕주의' 생각이 나서다.

　나라 안이 온통 투기바람에 휩싸여 부동산을 사고팔며 불로소득을 좇다가 망하기도 하고, 어른들 틈새에서 어린 학생들이 새 우표가 발행되는 날이면 등교 전에 새벽같이 우체국 앞에 줄을 서서 기념우표 몇 장 사 앨범에 끼워 고이 재웠다가 큰 돈 될 줄 알았더니 휴지조각이나 다름없이 되어 버렸다.

　뒤이어 벤처기업들이 주식을 코스닥에 상장하면서 주식 붐이 일어나 은행 대출까지 받아 주식을 사놓고 하루같이 객장에 나가 일희일비하다 꼭지점 잡았다가 깡통계좌 만들어 수도 없이 망하고 여러 사람 자살했다.

　우리나라 주식시장은 투자라기보다는 마치 국가가 허가한 돈 놓고 돈 먹는 커다란 도박장 같다.

그뿐인가. 한 번 빠져들면 헤어나지 못하고 악순환이 거듭되는 우리네 정치판. 입신양명하려고 기회 있을 때마다 음으로 양으로 선거자금 마련하다 검은 돈에 말려들어 패가망신하였다가 세상이 뒤바뀌면 슬며시 기어 나와 뒷전에 앉았거나 뻔뻔스레 목청을 높이기도 해 국민을 실망하게 한다.

오랜 기간 찌들게 가난했던 사람이 우연히 로또복권이라도 당첨되어 단숨에 일확천금을 손에 쥐었다면 몰라도, 지난 밴쿠버 동계올림픽 여자 스피드 스케이팅 500m 경기에서 금메달을 딴 이상화 선수가 서울을 떠나기 전 자기 방 달력에 출전 예정일인 2월 16일의 16숫자에 빨간색으로 동그라미를 그리고 그 밑에 '인생역전의 날'이라고 써 놓고 떠났다. 금메달을 꼭 따고야 말겠다는 자기만의 다짐이었겠지만 금메달 획득이 어찌 요행이나 역전이란 말인가.

TV에서 그의 발바닥을 보았다. 수많은 날 거듭된 피나는 훈련 중 굳은살이 누렇게 변하게 한 자랑스러운 금金 발바닥이었다.

이러한 장한 선수들이 시상대에 서서 태극기를 띄우며 애국가를 전 세계에 울려 퍼지게 할 때 우리 온 국민은 눈시울을 적시며 감격했었다.

동계올림픽은 부유한 나라들만의 잔치로 여겨왔다. 그도 그럴 수밖에 없었던 것이 열대성 기후의 더운 나라이거나 겨울이라도 눈이 쌓이지 않는 나라들에서는 빙상이란 그림의 떡같이 보아왔으나 각 나라들이 경제사정이 나아져 겨울 스포츠가 점차 확산되며 각광받기 시작했다.

　1924년 하계올림픽에서 분리돼 맨 먼저 동계올림픽이 프랑스 샤모니에서 처음 개최될 적에는 겨우 열여섯 나라가 참가하면서 매 4년마다 열기로 했으나 2차 세계대전으로 중단되었다가 종전 후 1948년부터 다시 시작해 존속되어 오고 있다.

　동계올림픽은 선수들이 장만하여야 할 장비도 많고 시설이 있어야 하는데 많은 나라들은 경제사정이 열악해 시설 갖추기가 어려운 실정이었다. 우리나라는 1964년 동계올림픽 스피드 스케이팅에 처음 참가했는데 그 시절 우리나라에는 실내빙상장이 한 곳도 없어 겨울철 얼음이 언 논바닥에서 연습을 했고 국내 빙상경기는 물이 언 한강다리 밑에서 열렸다.

　당시 대통령이 빙상경기에 참관하기도 했는데 경기 전날 한강에서 남녀 피겨 선수들이 연습을 하는 중 경찰이 와 풍기문란이라고 제재를 가하기도 하였다니 격세지감이 느껴진다.

　우리나라에도 빙상경기장이 한둘 생겨나 선수층이 두터워졌고 예선경기를 통해 올림픽 참가 선수들을 선발해 태릉선수촌에 입촌시켜 상당기간 강도 높은 훈련을 거듭해 오고 있다.

　지난 밴쿠버에서 개최된 제21회 동계올림픽대회에는 89개국이 참가해 12 종목에 86경기를 치렀다.

　우리나라는 46명의 선수가 출전하여 저마다 쌓은 기량을 발휘했다. 지나간 대회들에서는 주로 쇼트트랙에서 메달을 땄었는데 이번 대회에서는 스피드 스케이팅에서 처음 남·녀 공히 금메달을 획득하여 아시아 국가에서는 최초의 금메달이 나와 세계를 깜짝 놀라게 했고 아시아 국가들에게도 새 희망을 안겨주었다.

국민의 마음을 하나로 결속시키는 것은 체육경기만큼 큰 힘을 발휘하는 것은 없으리라 생각된다. 지난 동계올림픽 경기를 TV 생중계로 보면서 이번처럼 감동적이고 마음 조이며 본 적이 없었다. 또한 많은 상식을 얻었다.

봅슬레이 체육관이 우리나라에는 한 곳도 없는 데 비해 캐나다에는 1,700 곳이나 있다니! 이러한 실정에서 평창 동계올림픽이 유치된다 해도 잘 치를 수 있을지 걱정이 앞선다.

스케이트 선수들이 발바닥의 감각을 놓치지 않으려고 양말을 신지 않는다는 사실도 이번에 처음 알았다. 또한 쇼트트랙 스케이트에서 우리 선수들이 한때 금, 은, 동메달을 휩쓸다 보니 많은 외국 선수들이 한국 선수들이 신는 수제 구두 가게를 찾아와 맞춤형 신발을 주문해 신는다고 들었다.

몬스트러스 스코어 (monstrous score=괴물 같은 점수) 228.56점. 김영아 선수가 기록한 피겨 스케이팅 쇼트 프로그램 점수와 프리 프로그램 점수를 합산한 수치다. 상상 속에서나 가능한 점수를 받으며 당당히 금메달보다 더 높은 정상에 오른 것은 한 마디로 표현할 수 없는 본인의 눈물겨운 실패와 성공이 거듭된 피나는 노력이 있었고, 이에 더하여 자식을 위해 자신의 인생을 몽땅 희생한 어머니의 뒷받침이 있었기에 그날 전 세계 관중이 숨을 멈추리만치 감격스러운 장면을 맛보게 한 것이다.

시상대에서 태극기가 오르며 애국가가 울려 퍼질 때 감격스러운 눈물을 찍어내는 김연아 선수를 바라보는 각 나라 중계방송들은 이렇게 전했다.

전 세계가 놀랐다. 사막에서 꽃을 보았다. 한국에서 온 살아 숨쉬는 예술품이다. 재방송에도 싫증을 느끼지 않는다. 마음 조여 차마 얼굴을 돌렸다. 요염 도도 격정 자신감 넘치는 천의 얼굴. 전국이 감동의 바다였다. 전 세계인을 행복하게 했다.

힐러리 국무장관은 중계방송을 보느라 밤잠을 설쳤다고 했다지만 우리 국민 모두는 정말로 행복했었다.

잊을 것을 잊어야지

올 해는 6 · 25전쟁 60주년을 맞는 해다.

조선일보는 창간 90주년 기획특집의 하나로 '나와 6 · 25'라는 제호로 6.25 전쟁을 직접 겪은 경험담이나 윗대에서 전해 들은 이야기들을 응모 받아 지난 4월부터 매일 연재하고 있다. 이 외에도 여러 기관에서 6 · 25전쟁 60주년 관련행사를 벌리고 있지만 나와 같이 6 · 25전쟁 한가운데에서 죽을 고비를 수 차례 넘긴 60대 후반이라야 당시 참혹했던 기억을 떠올리며 전쟁의 비극이 또 다시 우리에게 있어서는 아니 된다고 다짐해 보지만 이 땅 위에 살고 있는 대다수에 속하는 60대 미만인 우리 국민들은 삶과 주검의 전화戰禍가 얼마나 비참했을까가 그리 쉽게 마음에 와닿지는 아니 할 것이다. 그러기에 6 · 25 전쟁이 발발된 경위와 이 전쟁에서 어떻게 살아남을 수 있었는지를 자세하고도 올바르게 우리 후세에게 알려주어야 할 의무감 같은 책임을 느낀다.

세계 2차 대전이 끝나고 미美 · 소蘇 양대 진영이 새로운 냉전시대를 맞자 이어 발발한 6·25 전쟁 3년간의 상황은 미군이 주도한 UN군의 지원과 희생이 없었다면 오늘의 대한민국이란 나라 이름은 이 지구상에서 지워져 버렸을 것이라는 분명한 사실을 우리 국민 모두는 알고 있어야 하리라 생각한다.

대청 서해에서의 천안함 폭침사건으로 전운이 감도는 시점에서도 안보 불감증에 빠져 있는 우리 국민들에게 특히 6·25가 북침인지 남침인지를 헷갈려 하는 요즘 젊은이들의 의식을 똑바로 잡아주기 위해서라도 6·25 전쟁 60주년 행사는 범국민적인 행사로 이루어져야 하겠다는 생각이다.

6·25전쟁 60주년에 헌정된 영화는 겨우 하나 '작은 연못' 뿐이다.

6·25전쟁 내용 전부를 참되게 알리기에는 크게 미흡했다.

전쟁 중에 있었던 부분적 실화들을 크로즈 업하면서 때로는 침략자의 개념을 혼돈케 하는 장면도 나온다.

'작은 연못' 영화 마지막 장면 자막에 나오는 "미군이 민간인 500명에게 12만 발의 총알을 퍼부었다" "노근리 외에도 알려지지 않은 양민 학살이 무수히 많다"라든지, 인민군 소년이 나타나 "미국 놈들은 다 도망갔쇼?" 하며 소리치는 장면 따위다.

이제 우리나라는 경제적으로 세계 10위권에 속하는 나라가 되었고 도움을 받던 나라에서 도움을 주는 경제대국이 되었다. 6·25전쟁 직후 우리나라 경제수준은 현재 아프리카 최빈국들과 다를 바 없었다.

이러하던 나라가 어떻게 전쟁에서 나라를 구할 수 있었고 누구 덕분에 굶지 않고 살아남아 오늘에 이르렀는지를 돌이켜 보고 도움을 준 이들에게 감사해 하고 고마움을 갚을 줄 아는 국민이 되어야 한다고 여겨진다.

6 · 25 참전국은 16개국이며 의료지원국을 포함하면 22개 국가다.

193만 8,330명이 참전하였는데 미군이 178만 9,000명이 참전한 가운데 전사자는 4만 6,700명, 그중 미군이 무려 3만6,516명이나 된다.

부상자만도 10만 명이 넘는다. 그런데 몇 년 전 주한 미군이 훈련도중 효순이와 미순이를 사고로 죽게 했을 때 광화문 네거리와 시청 앞에서 많은 시민이 반미 촛불시위를 몇 달간이나 했으니 미국 사람들은 한국 사람들에게 얼마나 큰 배신감을 느꼈을지 모르겠다. 그 것뿐인가?

이명박 정권이 들어서자마자 광우병 쇠고기 때문에 반미 촛불시위를 몇 개월 동안이나 벌렸으니 미국 사람들의 배신감은 오죽했을까를 우리는 깊이 반성해야 될 줄 생각한다.

그때 오죽했으면 미국에 이민 가서 살고 있는 내 초등학교 동창이 하는 말이 매일 쇠고기 먹고 사는 미국 사람들은 벌써 다 죽었겠다고 비웃듯 나하고 전화 통화를 한 적도 있었다.

늦었지만 6 · 25전쟁 60주년을 계기로 이제는 80 전후가 됐을 참전용사들을 한국으로 불러 대접하는 행사는 물론, 이와 더불어 참전국 대사관이나 영사관이 주축이 되어 해외 우리나라 기업 상사원, 주재원, 교민, 유학생, 우리 관광객들과 같이 생존한 참전용사와 참전했던 용사의 유가족들을 초청하여 그 나라 국립묘지나 참전 기념비를 찾아 참배하고 생명 바쳐 싸워준 그 은혜에 감사드리고 파티도 열고 선물 표시도 하고 이런 일을 매년 계속 하였으면 한다.

이제 몇 사람 남지 않은 참전용사의 장례식에 그 나라 한국 외교관이 조문을 하고 애경사에도 참여하도록 하게 하였으면 좋겠다는 생각이다. 그렇게만 된다면 한국을 달리 생각할 것이고, 자연적으로 한국 상품에도 남다른 관심을 갖게 될 것이다.

지난 4월 12, 13일 우리나라 대통령은 미국 워싱턴에서 열린 핵 안보 47개국 정상회의에 참석했다. 짧은 48시간의 바쁜 체류일정에도 한국전 참전기념관 참배를 제일 먼저 시작하여 미국 사람들에게 감명을 주었다는 신문보도를 읽었다.

미국에는 6 · 25전쟁 참전 영웅을 기리기 위해 그들의 이름을 따 붙인 우체국이 열두 곳이나 된다고 한다.

우리나라 각지에 6 · 25전쟁 참전용사들을 기리기 위한 승전비, 전적비, 순국 전몰비, 참전 기념비 등이 도처에 있어도 관심을 기울이는 국민은 그리 많지 않다. 올해부터라도 그 지역 자치 단체에서 앞장서 지역 주민 특히 학생들을 주기적으로 한 해 한 번이라도 그 앞에 모아놓고 기념비를 세운 목적을 알리고 기리는, 살아 있는 현장 학습용으로 이행했으면 좋겠다는 생각이다. 이러한 일들이 선진국으로 한 걸음 더 다가가는 또 하나의 길이 아닌가 여겨서다.

"아 아, 잊으랴 어찌 우리 이 날을 조국을 원수들이 짓밟아 오던 날을 맨 주먹 붉은 피로 원수를 막아내어 발을 굴러 땅을 치며 의분했던 날을 이제야 갚으리 그날의 원수를 쫓기는 적의 무리 쫓고 또 쫓아 원수의 하나까지 쳐서 무찔러 이제야 빛내리 이 나라 이 겨레."

6 · 25의 노래다. 이 노래를 부를 줄 아는 사람이 몇이나 될까?

젊은이들, 선생님, 학생들도 우리 군인들 모두가 제대로 부르지 못한다.

잊어도 될 것을 잊어야지!

잊지 못할 RIO에의 추억

거리를 걷는데 알코올 냄새가 풀풀 풍겨난다.

달리는 자동차가 품어 내는 배기가스 냄새다.

사탕수수를 발효해 만든 에탄올ethanol을 휘발유 대신 태우고 있기 때문이다. 코에 익은 제 나라 사람들은 몰라도 처음 여행 온 나의 후각은 그리 향기롭지 않다.

여기가 5백여 년 전에 포르투갈이 점령해 세운 도시 브라질의 첫 번째 수도首都 리우데자네이루다. 세계 3대 미항美港 중의 하나인 도시, 매해 2월이면 삼바 춤으로 나라 전체를 뒤흔들어 놓아 전세계의 이목을 집중하게 하는 RIO카니발로 더 유명해진 도시. 이 도시를 에워싼 해변을 하얀 융단으로 깔아놓은 듯한 환상의 비치 코파카바나. 바로 이곳을, 비교적 여행복福이 많았던 나는 다른 사람보다 조금은 앞섰다 싶은 시절인 1983년 여름, 그 해의 지루하던 장맛비 속의 밤하늘을 뚫고 김포공항을 이륙한 지 33시간만에 남미 브라질의 갈레온 공항에 도착했다.

어둠침침한 공항, 출입국 심사원이 잠시 나를 세워둔 채 옆 좌석 직원과 무슨 상의를 하는 것 같더니 꽝하고 여권에 도장을 찍어주며 나가라 한다.

코리아가 어디에 있는 나라냐고 저희들끼리 물어보는 눈치다. 그 때에는 대한민국이 88서울올림픽이나 2002 월드컵이 개최되기 훨씬 이전이었으니 코리아를 모르더라도 이해가 갈 만하다 싶었다.

허름한 택시를 타고 예약한 호텔 이름을 대니 OK하면서 달리는데 한국의 총알택시는 저리 가라다. 도중 낯선 이국땅에서 처음 눈에 뜨인 것은 높은 산 정상에서 도시 전체를 내려다보고 있는 예수 조각상이었는데 가장 인상 깊게 남아 있다. 미국의 '자유의 여신상'이 연상되어 더욱 인상적이었다.

어느새 호텔 앞에 당도하니 세계적으로 유명한 코파카바나 비치 한복판에 내려놓는다. 정해 준 호텔2층 방 코앞에 바다가 보이는 창밖을 내다보는 순간 갑자기 눈앞에 펼쳐진 발가벗은 인어들이 넓은 모래사장에 빈틈없이 누워 일광욕을 즐기는 모습이 나타나서 깜짝 놀랐다. 마치 영화 속의 한 장면 같았다.

나도 수영복으로 갈아입은 채 호텔방을 나와 인어 대열에 끼어드니 눈길이 머무를 곳이 없었다. 백사장을 뒤덮은 인어들이 입은 수영복이 옷이 아니라 보이면 안 될 곳만 아슬아슬하게 실 오라기로 가려 놓은 것 같아 보였기 때문이다. 내가 입은 수영복은 숫제 반바지 같아 오히려 내 쪽이 민망스럽다.

바로 길 건너 버스에서 내리는 사람들도 비키니 차림이다. 집에서부터 그렇게 나온 것이다.

비치로 오면서도 길가 전파사에서 흘러나오는 음악에 장단 맞춰 으쓱으쓱 몸을 흔들며 입장하는 사람들은 완행열차를 타고 다니는 삼류인생 같아 보였어도 얼굴 표정에서는 하나같이 구김살이란 전혀 찾아볼 수 없이 밝아보였다.

경제적으로는 인구의 60퍼센트가 넘게 하류층에 속하는 생활을 하는 그들이 우리보다 더 극심한 양극화 현상 속에 살면서도 여유로운 삶의 미소가 듬뿍 담겨진 얼굴 모습들이라 그들의 낙천성이 부러웠다.

서구풍 건축 양식의 집들이 마치 유럽의 어느 도시를 연상케 하는 리우Riu, 세계 3대 미항이란 이름답게 도시 전체를 둘러싸고 있는 주위 경관이 매우 아름답다. 동북쪽은 그림보다 더 그림 같은 높고 낮은 산들로 에워싸여 있고 서남쪽으로는 남대서양 푸른 바다의 잔잔한 물결이 끝이 보이지 않는 백사장을 넘실대고 밀물 썰물의 차이가 없는 아늑한 포구에는 히얀색 돛을 올린 수백 척의 요트가 한가로이 제자리를 지키듯 떠 있다.

열대, 아열대와 온대에 걸쳐 있는 거대한 땅덩이, 그에 걸맞는 기후 따라 갖추어진 온갖 수림으로 우거진 숲속에는 이름 모를 형형색색의 야생화가 피어 있고, 앵무새 같은 천연색의 예쁜 새들이 날아다니고 손아귀에 잡힐 만한 작은 원숭이들이 저만치 나무 위에서 노니는 모습에서는 마치 동화 속의 꿈나라를 구름 타고 떠다니는 듯 지구 밖의 세상을 구경하고 있는 듯한 착각을 느끼게 한다.

1822년 포르투갈 지배 하에서 독립한 브라질은 3백여 년이나 넘게 서구문화를 받아들였고 광활한 대지를 일구어 농사를 짓기 위한 일손을 구하려고 아프리카에서 흑인들을 잡아다가 일을 시켰다.

이렇게 세월이 흐르다 보니 원주민인 인디오와 흑인, 백인이 섞여 수 대에 거쳐 혼혈이 뒤섞인 새로운 인종국가가 되어버렸다. 그래 인종차별이란 전혀 찾아 볼 수 없다. 흑백의 커플들이 거리를 누비고 다니는 것이 오히려 더 자연스럽게 보인다.

대다수 국민들이 사시사철 정글 속에 널려 있는 천연 과실果實을 따다 먹고 내다 팔아도 걱정 없이 세상을 살아갈 수 있어 우리 민족같이 억척스럽게 돈을 모아 저축하여야 한다는 생각을 전혀 갖고 있지 않은 사람들이라서 학교를 다니고 공부를 하는 것 자체가 귀찮을 뿐이다. 대학에 들어가면 국가에서 전액 장학금을 지급해 주어도 대학 정원은 항상 미달이다.

그 바람에 한국에서 이민 온 자녀들은 몽땅 대학에 진학하여 한국에서처럼 돈 잘 버는 의사나 변호사가 되려고 한다는 말을 여행 중에 만난 현지 교포에게서 직접 들었다. 전 국민이 자녀 교육에 올인하는 우리나라와는 너무나 대조적이었다.

국가의 먼 장래를 내어다본다면 교육은 반드시 필요한 것이지만 사람이 한평생을 살아가는 동안 무슨 일을 하고 어떠한 생활을 하며 살아가는 것이 더 행복을 느끼는지 개개인 간의 행복지수로 비교하기는 어렵겠지만 세계 제2차 대전 전만 하더라도 국민소득이 미국과 비슷했던 브라질이 미국과는 비교도 되지 못할 정도로 낙후된 데에는 교육의 영향이 절대적이지 아니었겠나 싶다.

거리를 달리는 버스나 대형 트럭 모두가 벤즈 마크를 붙이고 있어 처음에는 우리나라보다 훨씬 잘 살아 독일에서 직접 수입해 들어온 차들인 줄 알고 깜짝 놀랐다.

남미 열두 나라 가운데 오직 하나뿐인 자동차 생산국 브라질은 일찍이 독일의 벤즈사와 폭스바겐사하고 기술 제휴하여 자동차를 생산해 자국 수요 충당은 물론 이웃 나라에도 수출하고 있었다.

우리나라 티코나 마티스만한 소형 택시들이 번화가에 즐비하게 늘어서 있는 것들이 거의 폭스바겐 엔진을 장착한 차들이다.

택시에 올라 행선지를 일러주면 출발하자마자 뒷좌석으로 넘겨주는 쪽지는 라이브 쇼 광고지다. 택시를 타기만 하면 예외 없이 같은 종류의 광고전단지를 주면서 쇼 구경을 권유한다. 아마 손님을 데려오면 다소의 사례금을 받는 모양이다.

택시에는 미터기가 달려 있어도 무용지물이다. 인플레이션이 너무 심해서 하루가 다르게 물가가 오르기 때문에 당일 주어지는 인쇄된 요금표를 보고 택시비를 받는다.

그래서인지 이따금 이떤 택시 기사는 바가지를 씌우려고 두 배의 요금을 달라고 한다. 의아한 표정을 지으면 알아듣지 못할 말인 ‘분도 분도’ 하며 양팔을 서로 반대로 엇갈리는 방향을 가리키며 왔다 갔다 하는 시늉을 한다. 왕복요금을 내라는 뜻임을 이해시키려 애를 쓰는 것이다.

다음에는 택시를 타기 전에 먼저 행선지를 대고 메모지에 요금을 쓰게 하고 택시에 올랐다. 분도 요금을 면하기 위해서다.

달러 가치가 매일 높아져 환차손을 보지 않으려고 매일 매일 달러를 교환하여 쓰는데 은행보다는 호텔이, 호텔보다는 금은방에서 바꾸는 것이 훨씬 유리하다.

환전하려 금은방에 들어갔더니 보초를 서던 청원경찰이 대낮인데 철책 자동 셔터를 스르르 내려 겁이 났다. 낯선 이방인이 언제 강도로 돌변할지 몰라서 그리했단다.

브라질도 미국처럼 무기를 개인이 소지할 수 있어 무장 강도 사건이 자주 발생한다고 한다. 우리나라와 같이 우표도 인쇄하는 조폐공사를 방문하였는데 넓고 높은 조폐공사 울타리 밖에는 10미터 간격으로 수십 명의 경찰관들이 집총한 채 에워싸고 있어 처음에는 무장 강도가 침입했는 줄 알았는데 평상시에도 그렇게 늘 주야로 지키고 있어 강도들이 침입할 마음을 먹지 못하게 사전 예방을 위해서란다.

여행을 다니다 보면 인종마다 대도시에 모여 있는 군상들에서 딱히 글이나 말로 표현하기는 어려우나 그 지역 사람들만의 생김새의 특징을 발견하고 머릿속에 나름대로의 인상을 그려둔다.

글이나 말로 표현하기는 어려우나 그 지역 사람들만의 생김새의 특징을 발견하고 머릿속에 나름대로의 인상을 하고 TV를 통해서도 누구나 짐작들을 하고 있는 것이지만 예를 들자면, 독일 여자들은 대체적으로 키는 크고 피부색이 억세고 붉은 편에 속한다고 한다면 스칸디나비아반도 나라 쪽 여자들은 몸집이 작으면서 백러시아계나 한때의 영화배우로 이름을 날린 쌘드라디 같은 형의 예쁜 여자들이다.

아랍 쪽 여자들은 눈, 코, 입이 두툼하면서 비교적 예쁘다라고 하기보다는 잘생겼다 싶을 정도로 예쁜 브라질의 앳된 처녀들은 수대數代에 걸친 혼혈 색으로 약간 가무스레하면서 성모마리아 조각상처럼 예쁘게 생겼다.

체질이기도 하겠지만 브라질 사람들은 야채를 적게 섭취하는 데에

비해 주로 육식을 많이 하는 편인데 기후 탓에 쌀밥도 쉽게 변질이 되지 말라고 기름과 소금을 넣어 밥을 지어 먹으니 자연 뚱뚱보가 더 될 수밖에 없을 것 같다.

우리나라에서도 점차 육식을 많이 하는 추세이고 보면 피자 햄버거 같은 것을 좋아하는 우리 아이들의 식습관도 깊이 염려해 볼 시점이 아닌가 싶다.

서울을 떠나온 지 며칠이 지나니 한국 소식이 몹시 궁금하다. 비교적 잡식성인 나인데도 아직 입에 맞는 음식을 찾지 못했고 시차 적응도 되지 않아 밤에 잠을 잤는지 말았는지 비몽사몽 중 피곤한 몸으로 아침 일찍 호텔 아래층 로비로 내려와 신문꽂이에서 두툼한 조간신문 한 부를 뽑아 펼치니 의당 어제 방문한 외국 원수의 얼굴 사진이 톱기사로 실려 있을 줄 알았는데 생각과는 달리 축구 골문을 향해 멋지게 슛하는 유명 축구선수의 사진 한 장이 1면을 꽉 차게 메우고 있어 이상하다 싶어 몇 장을 넘기니 겨우 명함만한 크기의 사진이 어제 브라질을 방문한 외국 국가 원수의 사진이다.

이 나라 사람들은 그렇다 치더라도 언론에서 그렇게 다루는 것을 보면 국민 자체가 정치에는 별로 관심이 없다는 것을 알 수 있을 것 같았다.

그제서야 아! 브라질이 세계에서 축구를 가장 잘하는 나라임을 재차 깨닫게 한다. 한때 축구 선수로 이름을 떨친 펠레의 집이 우리 청와대보다 더 궁전 같은 대저택이라고 하니 미루어 짐작이 간다.

아침에 텅 빈 코파카바나 해변을 산책하면서 좌우에 세워놓은 축구 골대를 헤어보니 여덟 개나 모래사장 위에 심어놓은 것을 보았다.

아침에 선선하던 해변도 오후가 되면 더워져 해수욕객들이 밀려온다. 이들은 친소를 불문하고 먼저 온 사람들끼리 편을 짜서 모래 위에서 축구를 한다. 동네에서는 집과 집 사이의 작은 공간을 이용해 노소를 가리지 아니 하고 이웃끼리 매일저녁 라이터까지 켜놓고 축구경기를 즐긴다. 꼭 선수 11명의 숫자와는 아무 상관없이 몇 명이건 편을 갈라 공을 차는 것이 일상적인 생활화가 된 듯했다.

브라질에 삼바춤을 전문으로 가르치는 학교가 있듯 축구 선수만을 양성하는 전문학교도 따로 있어 우수한 선수를 계속 길러내니 선수들의 층이 두텁고 발재간이 뛰어난 선수들이 발탁되어 해외로 진출하면 명예와 부를 함께 얻는다.

그래서 대통령의 이름은 몰라도 유명 축구선수의 이름을 모르면 브라질 사람이 아니다. 그만치 축구를 사랑하고 즐기는 선망의 운동종목이 된 것이다.

마침 여행 중 주(도=道)대항 태권도경기가 있어 교포와 같이 이를 참관했는데 넓은 실내 체육관에는 브라질 국기와 우리나라 태극기가 나란히 게양되어 있었고, 잠시 식전행사가 있은 후 시범경기에 이어 본 시합이 시작되었는데 얼핏 국내에서 갖는 경기인 것 같은 착각을 같게 했다. '경례, 준비, 시작, 멈춰' 하는 시합에서 사용하는 용어인 구호가 모두 우리나라 말이었기 때문이다.

우리나라 국기원에서 태권도 단증을 받은 사람들이 그곳으로 이민을 가서 태권도 도장을 열어놓고 브라질 젊은이들에게 태권도를 가르쳐 그 도장 수료생들이 전국으로 분산 전파되어 주대항 경기에 출전할 만치의 수준으로 선수들을 키워온 것이다.

마음이 뿌듯했고 코리아를 알린 그들이 얼마나 고마웠는지 몰랐다.

잘 아는 교포의 승용차에 동승해 거리 구경을 나섰는데 네거리에서 만나는 교통경찰들마다 내가 탄 승용차를 향해 거수경례를 하기에 그 연유를 물었더니 자기도 처음 이민 와서 태권도 도장을 열었는데 리우 경찰청장이 시 전체 경찰관들에게 태권도를 배우도록 지시해 모든 경찰관들이 몇 년간 300여 명 전원이 자기에게 1년 이상 태권도를 배웠기 때문에 사범을 알아보고 경례를 하는 것이라고 했다.

옆에 타고 있는 내가 우쭐해지는 느낌을 받았다. 게다가 오늘은 현지 대사관 공보관이 라이브 쇼 구경을 시켜준다고 해서 많은 호기심을 갖고 있었는데, 택시만 타면 빠트림 없이 주던 전단 광고지의 라이브 쇼라는 것이 이름 그대로 발가벗은 남녀들이 포르노 영화처럼 배우들이 무대 위에 나와 직접 실연을 하는데 두 쌍부터 여섯 쌍까지 교대로 장면을 바꾸어 가면서 부부간에 은밀하게 즐기는 모습을, 갖가지 형태의 행위를 공개된 장소에서 관람객에게 돈을 받고 보여주는 것이다.

마치 읽다가 만 마광수의 소설 〈나의 사랑하는 사라〉 속 내용 같다.

한국에서야 상상조차도 하지 못할 흥행이 이곳 말고도 좌우에 즐비한 건물들에서 휘황찬란한 전등불을 번쩍이며 밤새도록 손님 끌기에 불야성을 이룬다.

방금 무대 위에서 막 1장을 마친 여인이 부르지도 아니 하였는데 외계인처럼 알몸인 채 나타나 옆 자리에 앉아 빈 잔을 채우며 술을 권한다. 매상에 따라 보너스가 주어지는지 온갖 교태를 다 부린다. 그래도 기분은 어쩐지 영 츱츱하기만 하다.

주위 좌석을 둘러보니 관객은 거의 외국 관광객들인데 개중 부부들이 간간 눈에 띄어 부부들이 어떻게 같이 왔는지를 알아보니 부인에게 테크닉을 배우게 하기 위해서라고 했다.

선진국이라고 하는 영국, 프랑스, 스위스, 일본을 비롯해 저소득국가인 태국 같은 나라들에서 이와 유사한 업종이 공공연하게 홍행되고 있는 것은 해외 관광객 유치와 국내 성범죄자 발생을 사전 예방하기 위한 차원에서 빠져 나갈 길목 한 곳을 뚫어놓은 것이라고 그들 국가 나름대로의 공통된 변명이다.

자정이 넘어 머무는 호텔로 걸어오는 길가에는 꽃 파는 여인들이 떼로 몰려와 동행을 청하면서 양쪽 팔짱을 끼고 손이 닿을 수 있는 모든 곳을 더듬는다. 한 여인의 손이 아랫도리에 왔는가 하면 다른 여인의 손은 양복 윗저고리 속의 지갑에 와닿는다. 살살 다루며 사양하여야지 거칠게 다루면 저만치에서 휘파람을 불며 주시하고 있는 깡패들이 달려와 끌고 가는데 깜깜한 빌딩 지하로 데려가 모든 소지품을 빼앗은 다음 쓰레기 하수 처리장을 통해 전기 스위치 하나만 누르면 간단히 흔적도 남기지 않고 바다 속으로 사라져 버리는 일도 발생한다고 동행했던 현지 대사관에 근무하고 있는 공보관이 귀띔말로 주의를 준다.

어젯밤의 츱츱했던 눈요기에서의 기분전환을 위해 오늘은 아침 일찍 리우 인근에서 가장 높은 산 해발 710m의 코르코바도 언덕을 오르기로 했다.

경사가 심해 톱니바퀴 달린 케이블식 등산전차를 타고 절벽 근처까지 올라 정상에 세워진 예수상 앞에서 리우 시가지 전체를 한 눈에 내려다보니 그 아름다움에 가슴이 뻥 뚫어지는 것 같은 시원한 느낌은 신천지의 제막식을 보는 듯했다.

이 아름다운 정상에 오래 전 1931년에 프랑스가 브라질과의 우호 강화를 위해 맨몸으로도 오르기 힘든 이곳에 높이 30미터에 무게가 1,145 톤이나 되는 거대한 돌 조각상을 세워 놓았다니 세운 것도 장하지만 프랑스가 뉴욕만 연안, 리버티 섬에 자유의 여신상을 세운 것과 같은 생각으로 이곳에까지 손을 펼친 선견지명이랄까 미래를 내어다보는 프랑스의 사려 깊은 안목에 경탄을 금할 길 없었다.

그리고 앞날을 멀리 내어다보지 못하는 우리나라 위정자들이 원망스러웠다.

남의 나라에 가서까지 후손들을 위해 이바지하라는 생각까지는 기대할 수 없더라도 나라 안에서만이라도 적어도 몇 십 년은 내어다보는 정책을 세웠으면 하는 바람이다. 브라질 그 먼 곳까지 갔다가 비용 추가와 일정 때문에 세계 제일이라는 이과수 폭포와 아마존강을 보지 못하고 돌아온 아쉬움은 남지만 그거야 기회 있을 때 또 가면 되는 것 아니겠는가.

홍범구주洪範九疇

금 년은 기축년己丑年 소띠 해다.

'띠'라 하는 것은 2세기경 후한後漢의 왕충王充이 논형論衡에서 비롯된 이후 오행가五行家들이 '자축인묘진사오미신유술해'의 십이지에다 '금목수화토金木水火土'의 오행을 붙이고, 상생상극의 방법을 여러 가지로 복잡하게 배열하여 인생의 운명은 물론 세상의 안위까지 점치는 법을 만들었다. 그것이 자연 중국을 위시해 조선, 일본 같은 한자문화권에서 받아들여 쓰이고 있다.

홍범구주洪範九疇는 서경의 홍범에 기록되어 있는 우禹가 정한 정치도덕의 아홉 원칙, 즉 오행, 오사, 입정, 오기, 황극, 삼덕, 계의, 서정 및 오복과 육극이다. 이중 음양오행설은 한의학, 단학, 간지, 방위뿐만 아니라 우리의 훈민정음과 태극기에까지 영향을 미쳤으며, 내 이름과도 유관하다.

나의 조부는 한학을 공부하시고, 서당 훈장을 지내셨는데 3대 독자

이시었기에 다남다복多男多福을 늘 기원하시었는지 손자 넷을 보실 줄을 어찌 미리 아시고, 첫 손자 이름을 홍범구주洪範九疇의 첫 글자 홍자를 따 돌림자에 붙여 홍식洪植이라 지어 주셨고, 둘째 소띠인 나는 다음자 범자를 넣어 범식範植이 됐고, 내리 동생 둘은 차례로 구식九植이와 주식疇植이가 되었다.

어찌 되었건 할아버지가 지어주신 홍범구주 덕분에서인지 형제들이 비교적 모두 다 잘 되고, 잘 사는 편에 속한다.

1937년 을축년乙丑年에 태어난 나는 환갑還甲을 지나 올해로 열한 번째의 소띠를 맞았다. 소띠의 해 한여름 8월에 나를 낳으신 우리 어머니는 내가 자랄 때 이따금 농담으로 너는 이담에 커서 굶고 살 일은 없을 게다. 그 대신 몸은 죽도록 고달프게 일을 많이 할 팔자를 타고 났다고 말씀하셨다.

내 생일이 8월 달이니 들판에 널려 있는 것이 소의 먹거리로 풀이 지천이니 마음껏 뜯어 먹을 수 있어 배고플 염려는 없을 티이고, 반면 지금과는 달리 옛날에는 소가 농사일을 거의 다 해 주었으니 오죽 힘이 들었을까. 게다가 소달구지에 짐을 싣고 끌며 노역을 하다가 늙어져 쓸모가 없어지면 인간들의 식용으로 생을 마감하는 소가 무척이나 불쌍하다 여겼던 어릴 적 생각이 난다.

그래서인가는 모르겠으나 나는 먹고 살기에는 별로 부족함이 없는 가정에 태어나 온 국민 거의가 생계를 이어가기 어려웠던 일정시대에도, 광복 후 6.25전쟁통에도 한 끼니를 거른 적 없이 살아왔지만 우리 어머니의 예언처럼 일은 정말 많이 한 것 같다.

내 천성이기도 했겠지만 37년 간 공직에 있으면서 휴가를 거의 쓰지를 아니 하였고, 공휴일에도 사무실 일거리를 집에 가져와 일하는 것을 다반사로 여겼다. 그리 많았던 일들을 이루 다 열거하기는 어려우나 한 두 가지를 말하면 큰 우체국들에서 취급하는 우편물을 내부 처리하는 수작업手作業을 쉽게, 보다 빨리, 힘 덜 들이고 처리하게 하기 위하여 전국 각 지역마다 우편번호를 설정하고, 우편 규격봉투를 제정하고, 국민에게 홍보하는 한편 우편작업 기계화 우체국을 세워 처리할 수 있도록 하는 일련의 프로젝트들을 이룩하는 데 일조를 담당하였으며, 직장을 갖고 결혼해 사회생활을 시작한 이후 스물다섯 차례나 이사를 했는데 그중에서 열 번은 나 한 사람만 인사발령이 나 자리를 이동한 것이 아니고 근무 장소인 사무실을 옮겨 이사를 했으니 나 스스로 생각해도 좀 과했다 싶다.

다음에는 우리나라가 1988년에 올림픽을 개최한 것은 다 알고 있지만 그 4년 전인 1984년에 체육올림픽에 버금가는 우표올림픽을 우리나라에서는 처음으로 개최하였는데 때마침 내가 직장에서 그 우표올림픽을 치르는 책임직으로 있으면서 근 2년 간 준비하고 개최하느라 얼마나 힘이 들었는지 순직하기 직전까지 갔었다. 그래 주위 사람들이 애국자라고도 했고, 일복을 타고 났다고들 했었다.

자본주의 4.0을 모르면 나라가 위태로워진다

자본주의 4.0을 모르면 나라가 위태로워진다.

무슨 뚱딴지 같은 소리를 하나 할 것 같다. IMF 때 혹독한 홍역도 치렀고, 그 후에 금융위기도 큰 탈 없이 잘 넘겼는데 그렇다고 김정은이 당장 핵 공격을 해 온다는 증좌가 확인된 비도 아닌데 자본주의 4.0을 알지 못하면 나라가 위태로워진다?

하지만 이러한 예견은 확실하다.

4월 총선에 이어 12월에 있을 대선전에 각 당黨 여러 사람이 국민의 표심 얻기에 총력전을 벌이고 있는 판국인데 뜬금없이 자본주의 4.0을 모르면 큰 일이 벌어진다니 알 수 없는 노릇이겠으나 어찌 되었든 선진 여러 나라를 비롯해, 근래 우리나라에서도 자본주의 4.0이란 용어가 광범위하게 사용되고 있음은 사실이다.

나는 경제를 잘 모른다. 대학에서 경제학을 전공하지도 않았지만 평생을 공무원으로 지내면서 상위직上位職으로 올라가려면 통과 관문인 승진시험이 있었는데 시험과목 중에 경제학이 포함되어 있어서 진급시험 준비를 위해 일과 후 고시학원에서 경제학 공부를 2년간 한 적이 있었지만, 그 때에는 요즘 자주 회자膾炙되고 있는 자본주의 1.0이니, 4.0이니 하는 말은 들어보지 못했다.

그런데 세계 경제의 중심인 미국 뉴욕의 월가에서 좀처럼 보기 드문 강렬한 시위가 자주 벌어지고 있는데 그들이 들고 나온 피켓에 쓰인 구호가 "금융자본주의는 물러가라"다. 자본주의 사회에서 자본주의를 물러가라고 하면 그 원인이 무엇이고 어떠한 사회로 가자는 것인지 궁금하고 납득하기가 어려웠는데 그 까닭을 이러한 데에서부터 찾아볼 수 있었다.

88서울올림픽 개최가 소련을 비롯한 동구권의 사회주의 국가들이 완전히 무너지는 결정적 계기가 되었다고들 한다. 이렇게 사회주의 체제가 붕괴된 이후 지난 20년 동안 자본주의 체제는 경쟁 없이 독주해 왔다. 그리고 자본주의는 계속 성장할 것으로만 믿어왔다.

그러나 가장 교과서적인 자본주의를 해 온 미국에서 성장하면 할수록 소득 불평등이 심화되어 상위 1%가 성장의 과실을 독식하고 99%가 소외되는 자본주의 체제에 대한 도전적인 회의懷疑가 제기되었다. 이는 미국뿐이 아니고 선진 자본주의 국가들 모두에서 크고 작게 나타나는 현상이었다.

한국 사회에서는 1960년대 산업화 초기 나라의 부흥을 위해 대기업들에게 국가가 특혜를 주어 육성하고 수출을 장려하여 세계 100대 기업에 속하는 재벌 기업이 탄생하고 선진 10대 경재대국의 반열에 올라서면서 국가의 전반적인 발전에 기여해 왔다. 반면 선진국들에서 나타나는 현상과 똑같은 부의 양극화가 나타났다. 그래서 금융위기 초기에는 자본주의의 종말이 시작되었다고까지 주장하기도 했다.

대기업이 주주를 무시하고, 권한은 행사하면서 책임은 지지 않는 총수의 전횡專橫은 한국 재계의 오랜 폐습이었다. 세금 없는 부의 대물림, 불투명한 경영은 국민경제의 경쟁력을 갉아먹으며 반기업 정서를 부추겼다.

계열회사들과 분식회계로 상호보증, 자회사에 일감 몰아주기, 하청업체에 납품단가 깎기, 후불제 어음 지불, 중소기업 업종의 잠식 등으로 중소기업의 체질을 극히 약화시킴으로써 두터워야 할 중산계층이 얇아져 부의 양극화가 점점 심화되고 있다.

1996년 기준, 상위 5%가 전체 재산의 50%를 가지고, 상위 1% 근로자가 전체 근로자 소득세의 36%를 차지한다.

나는 1961년도에 대한민국 정부수립 이후 최초로 시행한 국가공무원공개경쟁 채용시험을 기쳐 공무원을 시작했는데, 당시 월급이라 하는 것이 너무 적어 국가에 봉사奉仕한다고 하는 뜻의 봉급을 받았다. 그때 받은 봉급으로는 쌀 한 가마 반을 살 수 있는 급료로 시작했다. 물론 보너스나 성과급, 판공비 같은 것도 전혀 없었다.

국가 전반의 발전과 더불어 차츰 봉급도 늘어나 퇴직할 때의 보수는 한 달 봉급으로 쌀 40가마를 살 수 있는 봉급수준으로 퇴임했다.

참으로 국가발전을 위한 정책에 동참, 기여하며 궁핍한 공직생활을 했었다. 그런데 지금은 어떻게 변했는가?

알기 쉬운 예 한 가지를 들어보면, KT(한국통신) 회장 연봉이 140억 원이다. 50여 년 동안 밭을 일구고 씨를 심고 가꾸고 비료 주며 키워 꽃을 피워 놓았더니 열매는 지금 사람들이 손쉽게 따먹고 있다.

이와 같이 국가가 키운 재벌들이 공룡恐龍기업으로 크게 자라 국가가 통제하기에는 버거운 상대로 훌쩍 커 버렸다.

이렇게 자본주의 체제변화로 나타나는 사회현상 즉 빈익빈 부익부 현상이 마치 현 위정자들만의 잘못으로 몰아 부치는 좌편향 집단들은 자기네들이 정권을 쥐면 당장 하루아침에 해결할 수 있을 것처럼 선동한다. 그러나 1%의 부자에게서 뜯어 나머지 99%에게 나누어준다는 사고방식으로는 가정假定하여 그들이 집권한다고 해도 결코 쉽게 해결될 문제가 아니다.

자본주의는 자유방임의 고전적 자본주의를 자본주의 1.0시대, 정부 주도의 수정자본주의를 자본주의 2.0시대, 시장의 자율과 무한경쟁을 강조하는 신자유주의 자본주의를 자본주의 3.0시대라 한다면, 다수의 행복과 안정된 시장경제를 지향하는 자본주의 4.0으로 진화하고 있다고 한다.

'자본주의 4.0'은 영국 더 타임스에서 경제분야 에디터로 일하고 있는 아나톨 칼레스키의 저서다. 한 마디로 착하고 따뜻한 자본주의로 가는 길을 펴낸 것이다. 사회적 환경적 정의를 촉구하고, 성장의 열매를 함께 나누는 방법을 찾고, 1%의 부자 대 99%의 대립구도를 해결하고, 신자유주의에 대한 분노를 사회적 책임으로 해결해 나아가야 한다는 것이다.

유럽의 복지선진국들은 국민의 80% 이상이 소득세를 낸다. 일자리가 있다는 것을 의미한다. 그들 중 고소득자들은 정한 규정에 따라 소득의 50%를 기꺼이 그리고 당연하게 납세한다. 그것이 모든 국민의 자연스럽고 공통된 의식 구조다. 그래야만 교육과 의료혜택을 받고, 모든 복지에 고루 쓰여진다고 믿기 때문이다. 심지어 자동차 과속 위반 등의 벌과금도 위반자들의 소득수준에 따라 각기 다른 벌과금을 처분 받는다. 그 누구도 소득을 숨기거나 세금납부를 불평하지 않는다.

그래야만 나와 내 가족, 그리고 모든 국민이 고루 복지혜택을 받을 수 있다는 생각을 하고 있다. 요람에서 무덤까지가 아니고 엄마 뱃속에서부터 요람까지로 말이 바뀌었다.

우리나라 재벌 그룹들이 소기업이 생산하는 물건에 손을 대거나 쌓인 재산을 일시 불우이웃돕기나 적은 장학금을 내놓는 안이한 생각만으로는 자본주의 4.0시대를 버텨내기 어려울 것이다. 재벌의 소득 절반은 소득세로 자진 납부하고 국가는 국민의 80%는 소득에 따라 공평하게 소득세를 부담하는 투명한 사회로 이끌어 나가야 나라가 바로 선다. 또한 성장 없는 복지정책을 펴나가다 국가 재정이 고갈되어 국민전체가 시위를 벌이는 그리스를 반면교사로 삼아야 될 것이다.

실업률이 40%가 넘으면 폭동이 일어난다고 한다. 한·미동맹 파기, 미군 철수, 국보법 폐기, 재벌해체를 주장하는 좌편향 집단이 우리 사회에 엄연히 활동하고 있는 사회임을 온 국민은 알고 있어야 할 것으로 생각한다.

5부

하늘이 내린 아들

재미있었던 정견발표政見發表

선거철이면 유세장을 여기 저기 열나게 쫓아다녔다. 어떤 목적의식이 있어서가 아니고 그냥 재미가 있어서였다.

내 나이 13세 쯤 때부터이니 60년이 훨씬 지난 이야기다. 누가 시켜서가 아니라 내 자신 스스로 연사들의 말에 흥미를 느껴서다.

그때야 놀이터나 운동경기라던가 딱히 볼 만한 구경거리가 없었고, 몇 가지 만화책은 읽어봐도 유치하기만 했다. TV나 게임오락기, PC 같은 것은 있으리란 상상도 못했던 시절이다.

선거벽보나 확성기를 단 홍보용 자동차의 방송을 듣고 날짜 따라 장소를 찾아갔다. 주로 초등학교 운동장이 많았는데, 키가 작은 나는 연사의 얼굴을 보기 위해 어른들의 틈을 비집고 앞자리로 나가 앉았다.

대개 후보자보다는 찬조 연설자들의 말이 더 재미났고 그들이 더 열을 올렸다. 하기야 말을 잘하니까 찬조연설을 시켰을 터이고 때때로 같은 소속 당의 거물급이 등장하면 청중은 더 많이 모여 박수를 쳤다. 나는 그냥 듣고 재미있어 했을 뿐 내가 커서 정치가가 되어보겠다는 생각을 가져 본 적은 단 한 번도 없었다.

우리 집은 용산구 용문동이었는데 동네만이 아니고 집에서 멀리 아현초등학교, 청계초등학교, 용산중학교와 시공관, 그리고 효창공원, 국회의사당이나 한강백사장 등 동서남북으로 그것도 나 혼자 걸어서 다녔다. 저명인사가 나온다면 더 기를 쓰고 달려갔다.

지금 와서 생각해도 내가 나를 이해할 수가 없다. 왜 무엇이 그리 재미가 났을까? 특히 기억에 남는 것은 어느 때 어디서고 청산유수처럼 말을 줄줄 쏟아내는 웅변가는 윤치영, 황성수 씨였고, 무게가 실렸던 정치인은 신익희, 조소왕, 조봉암, 조병옥 씨라 생각되고, 그 다음으로는 윤길중, 정준, 김상돈, 김영선 씨 같은 분들이고, 그 외에도 원세훈, 김찬, 나제하, 정일형, 이철승, 김두환, 이정재 씨 등 생각나는 사람들은 수도 끝도 없이 많다.

정치가는 아니나 함석헌, 류달영, 김형식 씨 등은 그들의 말 내용에서, 내 딴엔 감동을 준 분들이라고 생각한다. 윤보선, 장면, 장준하 씨는 그리 달변이지 못했다. 여성으로는 임영신, 박순천, 김활란 씨 등과 남장의 김옥선 씨가 기억된다.

연설내용이야 거의 정치쟁점 사항들과 독재타도 그리고 상대 유력후보자들의 치부를 들추어내어 끌어내리는 말들이었는데 어떤 것은 공감이 가기도 했고, 신명나는 말을 해 청중을 흥분시키기도 했다.

문제는 콘텐츠(내용)보다 포장을 중시하고 상대를 공격함으로써 자신의 위상을 높이려는 이른바 '부정의 정치형태' 가 깔려 있다는 것이다. 때로 간간이 웃기는 말들은 요즘 TV에서 억지로 웃기려는 개그맨들의 코미디 프로 내용보다는 훨씬 흥미가 있었다.

정치구호의 하나로 야당에서는 "배고파 못 살겠다 이번에는 갈아보자" 하면 여당에서는 "갈아봐야 별 수 없다 구관이 명관이다"로 맞받아쳤고, 김상돈 씨는 가는 곳마다 "요즘 개들은 도둑이 들어와도 짖지를 않습니다. 왜 그런지 아십니까? 도둑놈도 도둑놈, 주인놈도 도둑놈이니 누구를 보고 짖겠습니까?" 하고 사회상을 비유했고, 이승만 대통령의 장기집권 체제를 힐난했다. 합동유세 마지막 후보는 청중이 끝까지 한 사람이 남아주어 고맙다고 치하를 하니, 깔려 있는 멍석 주인이라서 멍석을 걷어가려고 남아있었다고 웃기며 청중을 가지 못하게 붙들었다.

어떤 후보자는 비서가 써 준 원고를 읽어가다가 집에서 연습 중 원고에 표시해 놓은 탁상 치는 자리의 체크 부분이 보이기 시작하면 연설중 팔이 서서히 차츰차츰 올라갔다가 "그렇지 않습니까? 여러분" 하고 책상을 탕 치는 모습은 청중으로 하여금 웃음을 자아내게도 하였다. 심지어 어떤 후보는 '호시탐탐虎視耽耽'을 '호시침침' 북한 괴뢰군이 노리고 있는 이때 하고 읽어 다시 한 번 청중들이 조소를 금하지 못하기도 한 적이 기억난다.

그래도 그 때의 정치는 낭만이 있었다고나 할까, 순진했다고나 할까, 오고가는 사람에게 세련되지 못한 선전유인물이나 주고, 막걸리 잔이나 고무신 돌리는 선거가 고작이었는데, 차츰 혼탁하여지기만 하면서 대리 부정 투표를 했느니 하더니 사전투표다 부정 올빼미 개표에, 삼락오당이라는 신조어가 생겨나기도 했다. 3천을 쓰면 떨어지고, 오천을 쓰면 당선된다는 말이다. 재개표신청으로 당락이 엇바뀌는 일도 생겨났고, 당선되자마자 무효소송으로 의사당을 떠나거나 요즘처럼 구속 수감되는 일도 생겨났다.

신익희 씨나 조병옥 씨는 두 분 다 대통령 입후보 등록 후, 선거기간 중 연이어 불운을 당해 이승만 대통령의 장기 집권을 가능하게 하여 평화적 정권교체의 기회를 놓친 것은 나라의 비운이었을지도 모를 일이겠다, 라고 철도 안든 어린 내가 애석하게 생각했던 기억이 난다.

신문지상에는 여러 지역에 국회의원 입후보가 한 사람뿐이어서 무투표로 당선되는 일도 종종 있었고, 옥중 당선자도 생겨나 크게 보도되는 사례도 있었다. 국회부의장을 지낸 강원도 홍천의 이재학 씨가 그 대표적인 사람의 하나다.

각 당에서는 돈을 많이 낸 순번으로 비례대표의 국회의원 후보로 정해놓고, 투표 마감 후 종합 집계의 득표한 비율에 따라 당선된 전국구인 비례대표 국회의원의 얼굴이 눈에 띠일 때는 도둑님 같아 하나도 존경심이 가지 아니 히였던 때도 있었다.

김구 선생, 이시영 부통령이 돌아가셔서 국장, 사회장에도 쫓아다녔었다. 그런데 지금은 관심만 가지고 있을 뿐 정치는 재미가 없어졌다. 그래도 아직 나는 국회청문회나, 국회대정부 질의답변 같은 것을 TV로 중계할 때에는 거의 빠지지 않고 본다. 근년에 와서 보면 재미가 아니라 오히려 울화통이 터질 지경이다.

박정희 대통령 시해사건과 5·18사건 후의 국회 청문회에 나왔던 당시 관련 중책에 있었던 장성들인 똥별들의 병신 같은 국회 청문회 답변 모습에서 저런 사람이 어떻게 한 나라를 책임지고 방위하는 직책에 있었을까 하고 의아히 생각했고, 전두환 부정축재, 김영삼 아들의 쓸대

없는 사건, 옷 로비사건, 권노갑 정치자금, 한보철강 모로쇠 정 회장과 그 관련된 여러 사람들의 부정 대출사건, 청문회만으로 끝난 몇 명의 총리후보, 새만금계획 관련자들의 소신 없는 한심한 답변, 대통령과 평검사들의 대담 등등을 보면서 흥미를 완전히 잃었다.

14, 15, 16, 17대 대통령선거를 거치면서 후보들의 엄청난 자기편 지지자들을 과시하기 위한 세몰이 유세에 천문학적인 수치의 선거비용에 모든 국민이 정치에 식상하여 등을 돌렸고, 차라리 이제는 국회의원선거에서 개인 정견발표도 없어져 속이 시원하지만 투표율이 점점 낮아지고 있는 것에는 새로운 문제로 대두되고 있다.

광복 이후 줄곧 국내외 국가 원수들이 오갈 때마다 타의他意로 동원되어 연도에 나가 두 나라 국기를 흔들어대던 후진국은 면하지 아니 하였는가?

이제는 하루 속히 차떼기와 같은 정치자금 수백 억 원씩이나 거둬들이고 돈 쓴 만치 비례하여 결과가 나타난다는 우리 정치풍토가 사라지기를 기대한다. 우리 경제가 이만치 좋아진 것만큼 우리 정치도 선명해지리라는 희망을 걸어본다. 국민 전체의 수준이 향상되는 그날이 빨리 오기를 바라서다.

전업주부

나는 요즘 가사분담이 아니고 완전 전업주부가 되었다.

"맞벌이를 해 왔느냐고요? 아뇨 이 나이에 무슨 맞벌이를 하겠어요! 피치 못할 사정이 생긴 거죠."

행幸·불행不幸의 갈림길이 어디이고 그 기준이 무엇인지 모르겠으나 나는 70평생을 살아오면서 불행하다고 느껴본 적은 단 한 번도 없었다.

성장기에도 부모 잘 타고 나 남 부러운 줄 모르고 컸고, 학교도 비교적 뜻한 대로 순조로이 다녔으며, 군軍 복무도 남들처럼 잘 마치었다.

직장도 37년간 공무원으로 유감없이 일하며 뒤처지지 아니 하고 스스로의 노력으로 적정 직위까지 순탄하게 오르며 명예롭게 정년퇴임을 했다.

좀 많다 싶기는 하지만 자녀 1남 3녀 모두 말썽 없이 자라 주어 이제 성가시켜 나름대로 잘들 살고 있다.

잠시 6 · 25 전쟁 때야 누구나 다 같이 겪은 고생이고 그 와중에도 끼니 한 번 거른 적 없었으니 큰 행운이었고, 긴 공직 생활 중에 우리나라에서는 처음 열린 우표郵票올림픽 개최 준비위원회 사무총장을 하면서 너무 일거리가 폭주되어 무리한 나머지 과로로 잠시 쓰러졌던 적 말고는 내 평생 고생이라고는 해 보지 않았다.

얼마 전 강남에 사는 아들네 집 근처로 이사해 손자 놈들 좀 돌봐주며 살고 싶어 17년간 살던 상계동 집을 2억에 팔고 자식 돈 보태 7억을 주고 산 같은 평수의 아파트 값이 12억으로 올랐다고들 해서 무슨 나라의 부동산 정책이 '미친년 널뛰듯한다' 고 말한 지 얼마 되지 않아 호사다마好事多魔라고 할지 결혼한 지 44년간 단 한 차례도 누워 앓아본 적이 없는 내자에게 건강검진 도중 자각증상 없이 찾아오는 난치병이 발견되어 입원 수술을 끝내고, 잠시 퇴원했다가 다시 입원하여 여섯 번을 맞아야 한다는 항암주사를 지난 주에 두 번째로 맞고 죽기보다도 힘들다는 세 번째 주사 맞는 날이 1주 후로 잡혔다.

하느님은 참으로 공평하신가 보다. 내가 살아오는 동안 지인들로부터 복을 받고 태어났다거나 선택받은 사람이니 하는 말만 듣고 살아왔는데 내 생의 끝자락에 와서 궂은일을 한꺼번에 몰아주시려는 모양이다.

고통과 시련이 닥칠 때마다 단련이 되고 성숙해진다고 했는데 살아온 동안 그런 고통과 시련을 경험해 보지 못한 나는 이를 이겨낼 지혜와 깨달을 기회를 얻어 터득하지 못해서인지 나도 모르게 자꾸 눈물이 난다.

눈물은 슬픔의 말 없는 언어라 했는가?

회한에서인지 사내답지 못하게 시도 때도 없이 눈물이 절로 난다.

남자는 일생 동안 태어날 때와 나라를 잃었을 때, 그리고 부모를 여의었을 때 등 세 번만 울어야 한다고 하였지만 나의 경우는 한 가지를 더 추가하고 싶어지는 요즘이다.

거친 파도가 강한 어부를 만들어 낸다고 했듯 기왕에 전업주부가 하여야 할 설거지라면 아내의 고통이 사라질 때까지 정성껏 깨끗이 닦아 내려고 한다. 남의 결혼식에서 건성으로 들어만 오던 주례의 혼인 서약 문구가 불현듯 생각이 난다.

정보기술(IT) 강국시대는 갔는가?

나는 1986년도에 한 보름간 유럽 여행을 다녀 온 적이 있다.
떠나기 전에 유레일패스를 미리 사가지고 가 편리하게 기차를
타고 노비자국들인 유럽 몇 개 나라의 국경을 넘어다니며 관광을 할 수
있었다. 기차를 탔을 때마다 옆자리의 외국인들에게 코리아를 아느냐
고 물어보곤 했었는데 누구에게서도 코리아를 잘 알고 있다는 대답을
듣지 못해 속으로 자존심이 좀 상하기는 하였으나 다음으로 질문한 2
년 후 개최하는 서울 올림픽을 알고 있는 사람들은 꽤 있어 홍보와 국
력의 힘이 미치는 영향이 크다는 것을 새삼 다시 느꼈었다.

최근 유럽에 다녀온 모 일간지 기자가 '기자의 눈' 이란 박스기사에
이런 이야기를 쓴 글을 읽었다. 그 기자도 1993년도에 유럽여행을 하면
서 한국은 '낯설다' 는 반응을 느꼈었는데 그가 최근 만난 사람들에게
한국 하면 먼저 떠오르는 것이 뭐냐고 물었더니 '기술 강국' 이라고 했
다고 썼다.

구한말舊韓末 몇 대의 전화기가 있기는 했어도 일반 가정에는 1960년대에 자석식磁石式 교환 전화기로 시작하여 공전식共電式에서 자동식 전화기 시대로 발전하였다. 이때만 하더라도 집에 백색 전화기 한 대가 재산목록 1호라고 했을 만치 전화 한 대 놓기가 힘들었는데 계속 발전한 기술은 전자식電子式이 되면서 언제든지 신청만하면 전화를 달아주는 세상으로 발전했다. 이러한 발전과정에 따라 전화기도 시기에 걸맞게 다양하게 진화했다. 이제 대도시에 살고 있는 웬만한 초등학교 학생들까지도 휴대전화를 들고 다니며 통화를 하는 시대가 됐다.

그뿐이 아니다. 그 전화기 속에 수 백 가지의 새로운 기능을 담는데 하루가 멀다 하고 기술의 발전향상은 나라 사이에 불꽃 튀는 치열한 경쟁을 벌리고 있다. 이런 가운데 한국은 초고속인터넷망 설치까지는 세계 선두권이었다.

이때 늘 20년이나 뒤져간다는 일본을 드디어 따라잡고 앞서간다고들 했다. 그런데 최근 세계 IT분야에서 한국이 차지하는 위상位相은 IT강국이라는 이름이 무색하리만치 낮아져 가고만 있다.

IT 경쟁력 지수가 2007년 3위에서 2008년 8위, 2009년 16위로 추락했다. 이러한 현상의 가장 중요한 원인 중의 하나가 IT 산업 총괄 조정체계의 부재不在로 IT 산업정책이 표류하고 있기 때문이다. 쉽게 표현하자면 IT를 주관하는 주인이 없어졌다는 것이다.

우리나라의 근대행정이 최초로 시작되기는 고종 임금 때인 1884년 4월 22일 우정총국郵征總局이 생겼던 것이 그 효시다. 이어 일제 강점기 시기를 거쳐 광복 후 체신부遞信部로 지속되고 정보통신부情報通信部로 개명改名되어 오기까지 120년의 역사를 쌓으며 IT산업분야 한 부분은 세계 제1위의 자리까지 이끌어 왔었다.

그런데 2008년 2월 이명박 정부가 출범할 때 정부조직 개편을 하면서 정보통신부가 관장해 오던 IT 총괄업무를 방송통신위원회, 지식경제부, 문화체육관광부, 행정자치부, 교육과학기술부 이렇게 5개 부처로 쪼개면서 정보통신부는 그 명칭이 사라졌다.

이미 생활 속으로 들어온 IT를 제조와 서비스와 각종 산업부문에 스며들게 함으로써 IT 융합을 달성하려는 명분이었으나 IT 융합의 효과는 나타나지 못했고 부작용만 불거졌다. 각 부처마다 규제와 자원배분 업무 확보에는 경쟁적이었으나 진흥업무에는 둔한했다.

한 가지 예만 들어보더라도 최근 스마트폰 열풍이 일어나자 5개 부처가 제각기 모바일 진흥정책을 내놓아 혼선을 빚고 있는 사이 다른 나라에서는 한 발 앞선 새로운 기술로 새로운 서비스를 내놓았다.

과점상태의 통신업체들은 좁은 국내시장 나누어 먹기에 급급해 해외의 혁신적인 서비스조차 들어오지 못하고 있다.

특히 최근 IT 산업은 기술간 그리고 산업간 융합이 일어나고 있으며 이에 대한 활용이 증가됨에 따라 지속적인 발전이 이루어지고 있다.

과거 IT제품은 개별기기器機 중심이었으나 현재에는 IT와 유전공학의 융합, IT와 나노기술, IT와 신경공학의 융합, IT산업과 조선·자동차·건설 산업의 융합 등 디지털 컨버전스(digital convergence) 현상이 가속화 되고 있다. 따라서 이러한 환경변화에 적절하게 대응하지 못할 경우 국가의 성장 동력으로서의 IT 산업 기반이 훼손될 수밖에 없는 상황이다. 따라서 정부조직 개편과정에서 분산된 IT관련 기능들을 범정부 차원에서 통합적으로 재조정하는 작업이 시급하다.

전기차도 아이폰이나 아이패드처럼 일종의 융합기술 제품이다. 스크린골프나 원격검진 같은 융합산업을 키워야 한다.

한국 IT업계가 갈팡질팡하는 것은 선진국 기업들이 만들어놓은 시장에 뛰어들어 가격이 싸고 성능이 더 뛰어난 제품으로 승부를 거는 과거의 성공방식에서 벗어나지 못하고 있는 것이다. 그래서 창의적이고 혁신적인 제품으로 새로운 시장을 만들어낼 엄두를 내지 못한다.

지금 IT산업은 격변의 시대를 맞고 있다. 애플과 구글이 휴대전화와 TV 시장에 뛰어들고 PC업체인 휴렛팩커드가 스마트폰 시장을 노린다. 사업영역의 구분이 사라지고 하드웨어와 소프트웨어의 경계도 무너지고 있다. 글로벌 IT 강자들은 기업 인수·합병에 엄청난 돈을 퍼부으며 영역확장에 나서고 있다.

IBM이 2015년까지 200백억 달러를 들여 기업사냥에 나서겠다고 밝힌 게 대표적인 사례다. 지난 5월 11일 삼성에서는 친환경 분야를 비롯한 4개 신사업분야에 10년간 23조 원을 투자해 10년 후의 먹을거리를 개발한다고 하는데 그 산업투자 효과는 50조 원이 넘을 것으로 기대한다. 전자, 조선, 자동차, 의료기기, 항공기 제조 대기업들이 스스로 연구 분야에 과감한 투자를 하는 것이 절실히 요구된다. 질질 끌면 그 사이에 경쟁력은 더 후퇴할 수밖에 없다. 내년에 문화콘텐츠 시장규모는 2천600조 원을 돌파할 것으로 전망된다고 하기 때문에 마음이 더 다급해진다.

우리는 수출을 해야 먹고 사는 나라임을 깊이 인식하리라 생각된다.

40년 가깝게 정보통신부 공무원으로 몸담아왔던 사람이기 때문에 마음이 더욱 안타깝다.

줄과 선線

으로 신기해 보였다.

프랑스 파리 중심가 상제리제 거리, 자동차가 붐비는 러시아워인데 차선車線이라고는 처음부터 그어놓지도 않은 길 위를 겹겹의 승용차들이 신호등 따라 질서 있게 미끄러지듯 잘들 빠져 달린다.

서울에는 신호등에 차선까지 잘 그어져 있건만 꼬리에 꼬리를 물고 이어 달리는 얌체 운전자들 때문에 때때로 여기 저기에서 차들이 엉켜 교통순경이 나와 엉킨 줄을 수신호로 정리하느라 애를 먹는 모습을 이따금 본다.

나는 파리에 사는 지인에게 물어보았다. 차선이 없는데 어떻게 차선車線 위를 달리듯 그리 소통이 잘 될 수 있느냐고?

대답은 간단했다. 한 마디로 무질서 속의 질서란다. 언뜻 이해가 잘 안 가지만 그들은 오랜 세월 동안 보이지 않는 선 위를 자율적으로 달리는 반복된 습관이 뇌리에 각인되고 마음 속에 배어 있어 다 같이 남에게 피해 주지 아니 하는 양보의 가치를 인식하고 이에 익숙해져 있다는 것이다.

오히려 그들은 선이 그어진 위를 달리려면 어색하고 자유를 억압하는 느낌을 받는다는 것이다. 반대로 우리나라 사람들은 오랜 기간 규제된 틀 속에서 선을 벗어나서는 안 되는 선 안의 삶에 익숙해진 것이다.

그런데 놀라운 것은 우리나라에서 한 해에 교통사고로 숨지는 사람이 하루 평균 서른두세 명, 한 해 1만2천 명에 달해 세계에서 교통사고 순위 1,2위를 다툰다니, 이는 분명 선線이 가져다준 부산물임이 틀림없다.

한데 교통법규 위반자가 한 해 수십 만 명이 생겨나다 보니 온통 전과자들의 세상이라, 사전 예방 차원에서 벌칙이 무겁게 강화되어야 하는 것이 상식인데 오히려 한 때 교통법규 위반으로 자동차 운전면허증을 박탈당한 수십 만 명에게 일시에 몽땅 사면복권을 시켜줬으니, 그때 있었던 선거에서 투표에 어느 한 쪽이 이득을 보았는지는 모르겠으나 이리고서야 이들이 법을 우습게 알 뿐만 아니라 심지어 법을 하늘같이 알고 법을 잘 지키는 사람들만 바보라는 말이 나오기까지 했으니 얼마나 많은 선량한 국민이 위화감을 느꼈을까?

나라의 최고 지도자까지도 "그놈의 헌법 때문에"란 표현을 쓰니 국민의 준법정신은 설 땅을 점점 잃어갈 지경이다.

국민의 최고 대표자가 되겠다고 예비후보로 나서는 이들 뒤에 많은 줄들이 길게 꼬리를 물고 구불구불 이어졌다. 심심치 않게 이 줄 저 줄 꼬리를 옮겨 다니는 것을 보면 가관이다.

또 이 줄 저 줄 사람들이 패쌈하듯 이전투구를 벌린다.

이를 지켜보는 국민은 불안스럽기만 하다. 같은 줄에 서 있지는 않지만 최종에 가서는 어느 한 곳에 투표를 해야 하기 때문에 고민을 하고 있는 것이다. 자칫 줄 잘못 선 곳에 한 표를 찍었다가 교통사고 당하듯 또 한 번 잘못을 저지르는 결과가 되지나 아니 할까 걱정들을 한다.

"뜸북뜸북 뜸북새 논에서 울고, 뻐꾹 뻐꾹새 산에서 운다."

내가 어릴 적 즐겨 부르던 동요의 한 구절이다.

뜸북새 소리는 어디로 사라지고, 남의 둥지에서 남의 어린 새 밀쳐내고 자란 뻐꾹새 소리만 온종일 시끄럽게 울어대는 요즘이다.

서구 선진국 사람들은 일상생활에서 일보기 위해 줄서 기다리는 시간을 합치면 자기 평생 중 13년이나 된다는데 우리 줄은 얼마가 걸릴까.

지구의 온난화

매년 4월 5일이면 진해에서 군항제軍港祭가 열린다. 벚꽃이 화사하게 개화되는 시기를 맞춰서다.

이쯤이면 서울 창경궁 벚나무는 꽃봉오리를 막 부풀리기 시작한다. 그리 보면 진해와 서울 사이 벚꽃이 피는 시차는 대략 열흘쯤인 것을 처음 알게 된 때는 내 나이 20대 초반이었으니까 근 50년 전인 듯싶다.

그렇게 꽃은 남쪽에서부터 피어 올라오고 단풍은 북에서 남쪽으로 점차 물들여 갔다. 이렇게 오래고 오랜 세월 수천 년을 큰 변화 없이 반복하기를 거듭해 왔을 것이다. 한데 근년에 와 갑자기 고온高溫 현상이 급속도로 진행되고 있음을 우리 모두는 느끼며 살아가고 있다. 이러한 이상 고온의 기후변화는 지구상의 많은 국가들이 빠른 속도로 산업화되면서 두드러지게 나타난 현상이다.

우선은 인류들이 삶의 질은 높여 왔지만 이에 병행해서 지구의 온난화를 가져다주는 부작용을 불러왔다.

온난화의 이유들을 찾아보면 먼저 땅 위에 살고 있는 인간의 숫자가 늘어나면서 저마다 보다 더 잘 살아 나가기 위해 새로운 에너지를 앞다투어 만들어 사용하고 있는 데에 첫째의 원인을 두고 있다.

1800년대에 6억이던 지구상의 인구가 불과 200백년 만에 65억으로 늘어가면서 전기電氣를 생산해 쓰고 자동차를 타면서 석유를 태워 이산화탄소를 발생시킨다. 지구 온난화의 또 다른 주범은 인도, 중국, 파키스탄 같은 아직 저소득층인 많은 나라들에 60억 명이 먹을 것을 만들기 위해 석탄, 석유, 장작, 소똥을 취사용으로 태우는 화덕 그을음에서 나오는 블랙 카본이 엄청난 이산화탄소를 발생하기 때문이라고 한다.

다음은 각 나라들에서 사육하고 있는 수십억 마리 소의 방귀와 트림이 이산화탄소보다 20배나 많은 열을 내는 메탄가스를 배출해 내고 있어 지구 온난화를 가속화시키는 이유가 되고 있다고 한다. 소 한 마리는 소형자동차 한 대가 품어내는 가스와 맞먹는다는 사실이 놀랍다.

지구 온난화의 또 다른 주범 하나는 해마다 여러 나라들에서 심심치 않게 발생하고 있는 산불도 한 몫을 한다. 근래에도 미국, 오스트레일리아, 캐나다, 스페인에서 대형 산불이 났었다.

그러면 이러한 온난화는 지구에 어떠한 변화와 영향을 가져다주고 있을까?

제일 먼저 쉽게 눈에 띄는 것은 북극의 빙산을 매해 1미터 내지 2미터씩이나 녹이고 있어 해수면을 높여 나가는데 남태평양의 작은 섬나라 투발루는 연간 5.3센티미터나 해수면이 상승해 이미 국토의 상당부분이 물에 잠겼다. 이웃나라에 도움을 요청하였으나 어떤 나라도 받아주겠다는 국가는 하나도 없었다.

2100년이면 지구 전체의 해수면을 1미터 이상 높여 많은 나라들에서 해변의 육지가 바닷물에 잠겨 대수난을 불러올 예상이다. 지금의 네덜란드는 완전히 지구상에서는 찾아볼 수 없는 땅이 될 것이 확실하다.

또한 지구촌 곳곳에 기상 이변을 가져올 것이라고 한다. 사막지대에 눈이 내리고, 계란만한 우박이 쏟아지고, 초국지성 폭우는 순식간에 도시 하나를 휩쓸고 가 버린다. 우리나라는 1901년에 비해 100년간 계절에 따라 섭씨 0.8도 내지 3.1도의 온도가 높아졌다고 한다.

점차 아열대성 기후로 변화되면서 소나무가 고사해 가고 아열대성 식물로 변질되어 가고 있다. 제주도에 가 본 사람은 다 안다. 최근 40년 사이 조류는 18퍼센트가 감소되었고 64종이 사라졌다고 한다.

해마다 봄철이면 곤혹스러운 황사는 줄어들고 머지않아 커피나무도 자랄 수 있어 커피를 수입해 먹지 않아도 될 날이 다가올 것이라고 한다.

열대성 소나기인 스콜현상이 잦을 것이라 하고 겨울철 난방비가 줄어드는 대신 여름철 에어컨 돌리는 기간은 더 늘어날 것이란다.

북극 곰들의 서식처가 사라져 수난을 겪고 멸종 위기에 있어도 대책이 없다.

현재 지구상에 굴러다니는 자동차의 수는 9억 대라는데 그 중 한국에는 2천5백만 대가 좁은 영토 안에서 매일같이 움직이며 가스를 품어 내고 있다.

중국은 1년에 2천5백만 대씩 늘어나 머지않아 선진국 대열에 들어서면 인도와 중국이 보유하게 될 자동차의 숫자만 전 세계가 현재 보유한 9억 대와 맞먹는 9억 대가 더 늘어날 것이라고 예측한다.

미래학자들은 지구의 온도가 섭씨 6도 높아지면 지구의 생물이 90퍼센트가 멸종될 것이라고 경고한다. 석유자원은 고갈되고 물 전쟁시대가 올 것이라고 예견한다.

그래서 세계의 주요국가 정상들이 G8이다 G20이다 하며 회의를 갖고 지구 기온 상승폭을 산업화 이전인 100년 전 기준으로 섭씨 2도 이내로 묶기로 합의는 하였지만 개발도상국가들이 이에 따라 줄지 의문이고 강제수단이 없어 이행이 가능하겠는지는 의심스럽다.

여하간 선진국에서는 이산화탄소 발생을 줄이기 위해서 하이브리드 자동차의 생산 경쟁에 들어갔고 태양열, 풍력, 지열, 쓰레기 소각 신재생 대체 에너지 생산에 모든 힘을 기울여 박차를 가하고 있으니 현재로서는 이와 같은 노력들에 희망을 걸어 보는 수밖에 그 이상의 묘수는 없다 하겠다. 걱정되는 것은 2002년 태풍 루사는 하루 동안 870밀리미터의 비를 쏟아내 강릉지역 산의 바위틈을 후벼 파내 동해 바다로 쓸어 버렸듯 만일 이와 같은 양의 비가 한 시간에 100밀리미터씩 서울 한복판에 8시간만 내리면 모든 지하철은 물에 잠기고 일반주택은 처마 밑까지 물이 차 올라오고 광화문 네거리는 사람의 허리춤에 와닿는 상상을 해 보면 끔찍하다.

게다가 북미주에 매년 발생하여 자동차까지를 하늘 높이 띄우는 토네이도가 아직은 좀 약하지만 이웃 일본에 나타나기 시작했다. 같은 태풍권내에 있는 우리나라도 구경만하고 있을 때는 아닌 것 같다.

나라의 품격을 높이려면

최근 대중목욕탕에서다.

설날 며칠 전이라서인지 사람들이 좀 많았다. 나는 열탕에 앉아 뜨거움을 잠시 잊으려 딴 생각을 하고 있는데, 대학 합격자 발표를 기다리는 듯한 표정의 젊은이가 욕실 문을 열고 들어오자 곧바로 온냉쪽으로 걸어오더니 입수를 한다. 곁에 앉아있던 60세 쯤은 된 이가 그 젊은이를 쳐다보지도 않고 "탕 안에 들어오기 전에 가벼운 샤워를 하고 물속에 들어오는 것이 기본이 아닌가?" 한 소리 하고 언짢은 듯 일어서 나간다.

나는 그가 던진 기본이란 말 한 마디가 마음에 와 닿는다. 요즘 세상에 어른이라도 젊은이들의 잘못에 쉽게 쓴소리를 하려 들지 않는 세태인데, 하며 꼬리를 물고 이어지는 우리 일상생활 속에서 흔히 눈에 띄는 기본이 덜된 양태様態들을 곰곰이 생각해 보았다.

목욕탕 안에서만 해도 그렇다. 수돗물 꼭지를 틀어놓은 채 자리를 뜨거나 다 쓴 일회용 샴푸 비닐봉지나 칫솔, 면도칼을 바닥에 마구 버리고, 애들은 쓰던 수건을 탕 안으로 들고 들어오거나 수영장에서처럼 발장구를 치고 물을 튀기며 주위의 사람들을 전혀 의식하지 않는다.

지하철에서는 또 어떠한가? 차를 탈 때 붐비면 먼저 탄 사람들은 안쪽으로 들어가 주어야 뒤에 타는 사람들이 쉽고 빠르게 차에 오를 수 있을 텐데 문 앞에서 좀처럼 중간으로 옮겨가려는 양보심을 찾기 어렵다. 일본 지하철에서 보았던 독서하는 모습들과는 달리 이어폰을 꼽고 MP3를 듣거나 여기저기에서 큰소리로 통화를 하고 게임이나 문자를 주고 받는다. 요새는 자리에 앉아 화장하는 것은 보통이고 저녁때 술에 취한 여성들을 많이 본다. 연인들끼리 밀착 애정행각은 다반사다.

TV를 켜면 공영방송이라 하기가 무색할 정도로 교양이나 국민정서 함양에 도움이 되는 프로보다는 저속한 오락프로나 불륜이 보편화된 드라마들이 골든아워에 방송사마다 경쟁적으로 방송된다. 틀린 언어 속된 욕설들이 난무한다. 남편을 오빠로 부르는 것은 공용어가 되었듯 막말 비속어들을 예삿말처럼 사용한다.

또 민의의 전당이라고 하는 국회는 서로 다른 의견을 갖고 토론하고 조정합의를 이끌어내는 존경스러운 장소가 아니라 사사건건 반대를 위한 반대를 일삼다가 끝말에는 욕설이 오간 후 몸싸움까지 벌인다. 이런 추태 장면이 외국 신문에 보도되어 나라망신을 시키니 국민들의 마음이 조마조마하다.

대중식당 같은 다수인이 이용하는 공공장소에서 아이들이 이리저리 뛰어다니며 소란을 피워도 자기자식 기죽인다고 말리지도 못하게 하는 세태, 주위 사람 의식 않고 연기를 품어대는 애연가들, 한참 기다리다 모처럼 손을 들고 잡은 택시를 낚아채듯 달려들어 먼저 문을 열고 타버리는 얌체족속, 강태공들이 버린 담배꽁초, 라면봉지, 빈 깡통, 휴지들로 어질러 쓰레기장으로 만들어 놓은 낚시터, 등산 갔다 쓰레기와 함께 바위 틈새에 쑤셔 박은 양심, 해수욕장에 가서 깨진 음료수병 유리 조각을 모래 속에 묻어버린 심보, 교차로에서 정지신호 예고 황색등이 켜지면 약속이라도 한 듯 일제히 가속 페달을 더 밟아대는 운전자들의 상습적인 경쟁 버릇, 문을 열고 가며 닫지 않고 지나쳐 버리는 무감각, 검찰청에 소환되어 들어가다 포토라인에서 잠시 기자 질문에 아무 잘못 없다 하고 들어간 피의자, 뒷날 보면 모조리 구속되는 속칭 거물급, 형 집행이 끝나자마자 총선에 출마하여 당선되어 국회의석에 앉은 모습이 TV에 나올때면 그를 뽑아준 사람들과 같은 나라 국민이라는 것이 창피하다 못해 분노가 치민다.

이 단편적인 모든 모습들이 우리 사회가 아직 성숙되지 못한 이유일 것이다. 사람들이 먹고 살 수 없으면 예의와 염치, 체면이 없어지는 이치를 몰라서가 아니다. 아무리 금융경제가 어려운 시기라 하지만 새해를 맞아 우리 국민에게 물어본 여론조사에서 나타난 새해목표 제1순위가 '살빼기'라고 답변했다. 이 한 가지만을 보아도 지난 50년 전 우리가 각박하게 살아왔던 시기는 뛰어 넘었다는 증거다.

이제 우리가 가야할 길은 선진사회로 가는 것이다. 선진사회로 진입하려면 무엇보다 우선인 것은 부모들의 올바른 가정교육과 학교에서 지식전달교육에 앞서 선생님들의 참된 가르침 속에 적어도 윤리 도덕적인 기본은 가르쳐 기본만은 갖추는 국민이어야 하지 아니 할까 생각해 본다.

DMZ는 영원한 나의 둥지

금 강산 옥발봉에서 비로봉을 맴돌아 금강천과 사동천에 모아진 실개천이 민통선을 건너 소양강을 지나 청평강을 이루어 서쪽으로 오다가 태백 오대산 골지천에서 발원한 물이 홍천강을 끼고 장장 오 백리를 흘러와 또 하나의 물길을 양수리 두물목에서 만나 아리수라 이름 되어 마포강으로 넘쳐들면 물 위에 배가 떠 사람과 봇짐을 실어 나르는 큰 나루터 하나 만들고 지나갔다.

가는 길에 잔잔한 경기평야 가득히 물꼬를 채워 넣고 김포 땅 끝자락 우돌목 앞에서 서해 바다 밀물 힘에 잠시 떠밀려 멈칫하다 북에서 흘러드는 임진강물 도움 받아 주춤했던 그 자리에 삼각주 유도섬 하나 점찍어 놓고 강화섬을 한 바퀴 맴돌아 서해 바다로 날쌔게 빠져든다.

백제도 태봉도, 신라도 조선도, 민족 흥망성쇠의 자취를 남기고 간 한강물이 얼마나 맑았으면 몸을 담그면 금세 살이 파래질 것만 같았다는 마포진麻浦津, 그곳 풍광이 얼마나 수려하였으면 안평대군은 강가에 담담정淡淡亭을 짓고 풍류를 즐겼고, 조선조 초기 문인 성간成侃은 한강을 바라보며 다음과 같은 시를 읊었다.

"검은 구름 한 조각 푸른 하늘 나직한데 때때로 저 멀리 물가에서 들리는 외로운 학의 울음 밤사이 나루터에 남풍이 세차더니 서강의 물결 걷어다 빗발을 날리네 큰 배는 옆으로 기울고 작은 배 떠내려 가려네."

이 마포진에서 상선商船이 소금, 젓갈, 생선을 도성에 공급했던 기록記錄을 남겼고, 겨울이면 꽁꽁 얼은 한강 얼음 잘라내어 석빙고에 재웠다가 한여름에 꺼내어 수라상에 올려놓아 임금님 이마의 땀을 식히기도 했다.

바로 이 맑은 물이 마지막으로 흘러가는 한강변 김포가 나의 고향이지만 내 본관本貫이 '파평坡平'인 것은 나의 시조 태사공 윤신달 할아버지가 신라 때 경기도 파주군 파평면에서 탄생하여 친구 왕건과 함께 자라 고려국高麗國을 세우고 벼슬을 하게 되니 그 후손들은 자연 도읍지 개성開城을 크게 벗어나지 못하고 인근에 퍼져 살게 되었을 것으로 심작이 간다.

귀소본능에서였는지 내가 8.15광복을 맞던 해인 아홉 살 때 돌아가신 조부를, 파주군과 인접한 지금은 DMZ 한복판이 된 장단군 진동면 초리 선산에 모시고 그 이듬해에도 아버지 따라 할아버지 산소에 성묘를 다녀온 기억이 나지만 그 때가 마지막 길이 될 줄이야 미처 생각지 못했다.

8·15광복 전후 얼마동안만 해도 내 고향 김포에서 서울에 다녀오려면 하루에 두 번만 왕복하는 목탄 버스를 타고 다녔다. 막차를 놓치면 친척집에서 하루를 더 묵거나 아니면 마포나루에 가서 똑딱선을 타고

김포 선착장 연사장에서 내리곤 했다. 그 똑딱선을 타려고 자동차 길에 깔아놓은 궤도 위를 달리는 전차를 타고 마포 종점에서 내려 한강 뚝방 쪽으로 걸어 오를 때면 오랜 세월 해묵은 새우젓 냄새가 강바람 타고 넘어와 코끝을 찔렀다. 바로 뚝 넘어 자리한 나루터는 기나긴 세월 서울 장안 사람들의 생필품이 들어오던 곳이다.

마포나루에서 똑딱선을 타고 김포까지 가다 보면 양쪽에 나지막한 산과 산에는 나무들이 꽉 차게 우거져 경관이 무척 아름다웠을 뿐만 아니라 통통통 발동기 소리에 놀란 꿩들이 푸르르 날아가고 행주산성 앞을 지날 때에는 여우도 놀라 캥캥거리며 달음질쳐 도망가는 것도 보였다. 이 말이 요즘 세대 사람들이야 상상이나 될지? 불과 60년 전에 있었던 모습인데. 그 아름답던 강변의 산천초목이 8·15광복이 되자마자 나라 치안이 혼란한 틈을 타 먼저 가져가는 사람이 임자인 듯 다투어 나무를 베어다 땔감으로 태워 없애, 일이 년도 못가 온 천지가 민둥산이 되었고, 공장과 아파트를 지으려고 민둥산마저 깎아 뭉개고 지은 공장과 아파트들에서 쏟아내는 오폐수가 몽땅 한강으로 흘러들어 강물은 거대한 하수천으로 변해 식수食水로도 쓰지 못하게 되었다.

6·25전쟁은 서부전선의 38선을 남쪽으로 끌어당겨 한강하류에 비무장지대 DMZ로 선을 그어 놓으니 서해에서 한강으로 들어오는 뱃길이 막혀 버렸다. 그래 마포나루는 흔적조차 없이 사라지고 초록색 김포평야도 아파트단지가 들어서고 반 토막 남은 논에는 농약과 제초제를 뿌려 그 많던 메뚜기도, 물 반 고기 반이던 농수로의 민물고기도 씨가 말랐다. 흔하디 흔했던 뱀과 개구리, 거머리, 지렁이도 다 사라졌다.

벌레와 민물고기를 잡아먹고 살던 조류들도 자취를 감추었다.

자연의 먹이 사슬 고리가 산산 조각이 나버렸다. 자연을 파괴한 것이다.

북한 땅에서도 식량 증산을 위해 사람이 오를 수 있는 산이면 산마다 나무를 베어다 취사와 난방용으로 사용하고, 그 자리에 다락밭을 일구어 옥수수를 심게 해 식량부족의 허기를 채우고 나니, 비만 오면 산사태로 온통 물난리를 치르고, 가물면 먹을 물도 부족할 만치 생태계가 파괴됐다. 뒤늦게 조림정책을 펴고 있으나 복구되기는 요원하다. 장마철이면 북에서 임진강 하류로 진흙물이 넘쳐 흘러들어 문산 시가지가 침수되는 물난리를 겪은 것이 한두 번이 아니다.

전화위복이라 할지 불행 중 다행이라 할까 한 가닥 희망이 엿보이는 것은 남 북방 각 2킬로 비무장지대 안에 50여 년 넘게 사람의 발길이 닿지 않은 데에 다른 곳에서는 찾아볼 수 없는 동식물이 자라는 '태고의 신비'가 보이고 있다는 것이다.

갯방울, 왜솜다리 같은 500여 종의 희귀식물이 서식하고 산양, 얼룩동사리 같은 동물 60여 종의 국제보호 동물들이 발견되고 있으며, 특히 멸종위기에 있는 전 세계적인 보호 조류 두루미, 저어새 같은 천연 기념물의 조류 10여 종의 둥지가 발견되고 그 개체가 늘어나고 있다는 것이 조사 보고되고 있다. 통일을 이루지 못한 지구상의 유일한 분단국가 한국 땅에 장차 세계의 이목이 집중될 보고寶庫가 잉태하고 있는 것이다.

민족의 염원인 통일이 이루어지더라도 DMZ만은 현재 상태로 보존保存되어야 한다. DMZ를 유네스코에 세계문화유산 보호지구로 등록하는 것은 당연한 일이고 6·25전쟁 중 우리나라를 돕다 행방불명 실종된 UN군 15만의 유해를 찾으려고 파헤쳐지지 않았으면 한다.

그들은 자랑스럽고 거대한 무덤, 바로 그곳에 안장된 것이다.

세계에서 가장 큰 무덤 앞에 세계에서 가장 큰 위령탑 하나 세워 그들의 이름 새겨 훈장으로 남겨두는 것으로 보답했으면 한다.

비무장지대 안에 땅을 소유한 사람들이 재산권을 되찾겠다면 나라에서 보상해 주고 지금 그대로 보전保全했으면 좋겠다.

세계에서 유일한 자유평화공원을 만드는 것이다.

작고하시기 전 나의 선친이 해마다 음력 설날이면 임진각 망배단에 가시어 실향민에 섞여 DMZ 철조망 안에 있는 할아버지 산소를 향해 절을 올린 것처럼 나는 우리 아버지보다 조금 가까이 도라산역에 가 할아버지 묘소를 바라보며 후손의 도리를 지키더라도 결코 나의 선산에 대한 재산권을 찾으려 들지 않겠다.

DMZ를 지키는 것이 통일의 가치보다 더 클지도 모를 일이다. 오늘의 우리는 다 떠나가더라도 우리들의 후손들은 더 이상 오염되지 아니한 금수강산 아름다운 자연과 더불어 길이길이 살아가야 할 땅이기 때문이다. 나의 영혼도 저어새 날개 타고 그 곳에 가 영원한 둥지를 틀고 싶다.

한 번 가볼 만합니다

얼마 전 연휴에 2박 3일 가족여행을 다녀왔다.

아주 오래 전 중앙선 열차를 타고 몇 번 지나치기만 했던 단양역 丹陽驛, 기차가 잠시 정거장에 섰을 때 저 멀리 맞은편 높은 산 정상에서 석회암을 폭파할 때 연기처럼 희뿌연 돌가루 먼지와 식회석 백회를 생산하는 공장을 보았던 인상만을 지닌 곳 이곳 단양군을 목적지로 정하고 관광길을 나섰다.

며느리가 사전에 조사하여 짜놓은 계획에 따라 서울에서 아침 식사후 일찍 출발 영동고속도로를 타고 문막에 오니 벌써 점심시간이 넘었다. 연휴기간이라 자동차들이 쏟아져 나와 때론 걸어가는 편이 더 빠를 것 같은 정도다.

조금은 짜증이 나려 했으나 오랜만의 가족여행이라 즐거움이 더 앞섰다. 문막 휴게소에서 점심 식권을 사는 데도 긴 줄을 섰다. 가장 빨리 나올 것 같은 황태라면을 먹는데 자리가 없어 가족 일부는 서서 점심을 때웠다. 차는 중앙고속도로를 들어서면서 차츰 제 속도를 낼 수 있었다.

설악산에는 지금 막 단풍이 한창이라 했는데 단양의 산천은 이제 겨우 붉은색이 물들기 시작한 것이 한 일주일 뒤이면 절정이 올 듯싶어 좀 아쉽다는 생각을 했다.

단양 읍내를 휘돌아 감싸고 흐르는 남한강 줄기는 마치 안동의 하회마을과 흡사 닮았다는 느낌을 주었다. 남한강 물의 발원지가 여기에서 아주 가까운 곳에 있는데도 수량水量이 이렇게 풍부한 것은 머지않은 하류에 거대한 충주댐이 있어 강물을 가로막고 있어서다.

구 단양의 오래된 옛 마을은 모두 물에 잠겨 버렸고 보다 높은 안전지대로 올라와 새로 길도 뚫고 새로 낸 길 양 옆으로 다시 지은 집들이 언덕길 따라 신시가지를 이루었다.

조선시대 수도인 한성을 중심으로 100리 안에 왕릉들이 즐비한 것들을 제외하고 내가 아는 범위에서 전국의 시·군 중에서 관광지를 골라 보라면 경기도 개성, 인천시의 강화군, 전북의 고창 부안, 경북의 안동과 경주를 생각했었는데 여기에 충북의 단양을 추가하고 싶다. 일개 군 내에서 볼거리가 단양만치 많은 곳도 그리 쉽게 찾아보기 어려울 듯하다.

단양 8경에서 제일 먼저 손꼽는 도담삼봉은 물속에 반 이상이 잠겨 버렸지만 바라보는 방향에 따라 그 경관이 다른 느낌의 맛을 본다.

석문, 구담봉, 옥순봉, 상선암, 중선암, 하선암, 사인암 이들 단양8경을 둘러 보려면 기동력이 있어도 마음이 바빠진다. 이들 8경보다 단양에서 볼거리는 국내 동굴 중에서 가장 긴 길이 1,700미터의 고수동굴

은 단양에 와서 보지 않고 돌아가면 두고두고 후회가 오래 남을 곳이
다. 또 파이버를 쓰지 않고 들어가면 머리가 위험한 온달동굴도 인상적
이고 이밖에도 노동, 천동동굴도 또 있다.

초등학교 다닐 때 국사시간에 삼국시대를 공부하면서 고구려의 바
보 온달 장군과 평강공주 이야기를 들었는데 아직까지도 고구려하면
그 영토영역이 주로 평양 위쪽의 만주지역을 머릿속에 그려왔는데 이
번 단양 여행에서 온달에 관한 유적지들이 그 곳에 있는 것을 보고 나
의 역사 지식이 많이 짧았음을 깨달았다. 더욱 단양이 삼국시대에 고구
려 영토로서 고구려와 신라의 치열한 영토전쟁이 벌어졌던 곳이어서
온달산성을 비롯하여 다양한 삼국시대 국경문화유적이 남아 있는 곳
인 것을 새삼 알게 되었다.

온달 오픈세트장에는 수 · 당시대의 황궁을 비롯하여 55동의 귀족들
의 저택을 만들어 놓고 영화촬영장으로 이용하고 있었다. 태왕사신기,
연개소문, 일지매, 바람의 나라, 천추태후 드라마들도 다 이 세트장에
서 촬영한 것을 알았다.

이 외에 국보 · 보물로 남아 있는 신라 적성비는 우리나라 순수비 중
에는 가장 오래된 것으로 알려져 있고 향산리 삼층석탑, 온달산성, 수
양개선사 유적지들이 남아 있다. 유형문화재로 우화교기사비, 탁오대
암각자, 북도별업 암각자의 글씨는 조선조 명종 때 단양군수로 재임한
퇴계 이황 선생의 친필로 각자한 것이 남아 있어 유명하다.

읍내 한복판에 놀랍게도 설치 당시에는 국내 최대의 아쿠아리움에
서 130여 종 1만5천여 마리의 희귀한 물고기를 볼 수 있었다는 것은 의
외의 소득이었다.

선착장 장희 나루터에는 많은 유람선들이 원근遠近 행선지 거리에 따라 요금을 달리 받고 관광객을 태웠다. 운행도중 선장은 주위 경관 기암괴석의 모양이나 전설이 있는 것들을 유창하고 친절하게 안내방송을 했다.

단양은 동서남북이 산으로 에워싸인 산간지역으로 주위에 유명한 산들이 많다. 구담龜潭·옥순봉玉筍峰은 단양 8경중 2경으로 구담봉은 기암절벽의 바위가 거북과 닮았으며 물속에 비친 바위 그림자가 거북 무늬를 닮았다 하여 구담봉이라 하고, 도락산은 월악산 국립공원 끝머리에 있어 한반도의 중심산 소백산 국립공원과 인접한 큰 산이다. 제비봉은 장희 나루터에서 유람선을 타고 충주호 쪽으로 부챗살처럼 드리워진 바위능선이 마치 제비날개를 활짝 펴고 하늘을 나는 모습처럼 보이기에 붙여진 이름이란다.

수리봉守理峰은 백두대간 능선상의 한 봉우리다.

황정산黃庭山은 산 전체가 기암괴석으로 둘러싸인 험준한 산으로 웅장함을 뽐낼 만한 산이다. 태화산太華山은 영월군과의 경계인 숨은 명산이다. 삼태산三台山은 일광굴이 산허리에 뚫려 있는 산이다. 금수산錦繡山은 그 산이 너무 아름다워 본래 백악산을 퇴계 이황이 너무 산이 아름다워 산 이름을 금수산으로 개명했다고 전해진다.

우리나라 불교의 세 종파의 하나인 천태종의 본산인 구인사는 깊은 산골에서 마천루를 보는 듯했다. 미리 예약하면 과거 임금님 수랏상에나 오르는 희귀한 산채 반찬을 맛볼 수 있는 따스한 가정집 식사도 추억으로 간직할 만하다.

옛날 관동별곡을 쓴 송강 정철이 이곳 단양8경을 보았더라면 얼마나 좋은 글을 남겼을까 하는 의구심을 가져 본다.

국내에서는 가장 이름난 콘도 사업자가 일찍이 이곳 단양읍내에서는 제일 좋은 위치, 사방 경관이 탁 트인 명당자리에 자리 잡은 것을 보면 단양에 볼거리가 많다는 것을 입증해 준다.

가을철 한 번 꼭 가볼 만합니다.

하늘이 내린 아들

'하늘이 내린 아들.' 이 말은 내 아내가 아들을 자랑할 때 늘 쓰는 말의 서두다. 하지만 이 말은 며느리에게는 그리 좋은 뜻으로만 들리지 아니 할 듯싶다. 그런 생각이 드는 것은 이 세상천지에 아들 가진 엄마가 어디 자기뿐인가. 이미 오래 전에 성인이 되어 이제는 며느리의 남편인데 아직도 어릴 적 품안에 있을 때의 생각에서 그리 크게 벗어나지 못한 것 같다.

1남3녀 중 맏이에다 아들 선호도가 지극해 아래 세 딸들은 어릴 적에 엄마가 오빠만 편애한다는 불만을 마음 속으로 느끼며 컸을지 모르겠다. 내가 보기에도 이따금 그런 생각을 했었으니까. 그러하더라도 어미가 아들을 늘 자랑스럽게 칭찬하러 드는 데에는 나름대로 그럴만한 여러 가지 이유들이 있어서다.

가정 사정이 그리 넉넉지 못해 사교육私教育을 시키지도 못했는데 스스로의 의지로 열심히 노력해서 뜻한 대로 의대醫大에 들어갔다.

의대에 합격한 뒤 전문의가 되기까지의 기간에도 제대로 뒷바라지를 해 주지 못했다는 부족감이 늘 마음 속에 남아 있어서이고 의대에 합격했다고 해서 시간만 때우면 쉽게 의사가 되는 것이 아니고 공휴일 없이 매일 밤늦도록 공부하기를 예과·본과 6년을 마치고 의사 자격시험에 합격한 후 종합병원에서 인턴 1년 전공수련 4년을 거친 후에도 전문의시험에 합격해야 전문의 자격증을 취득한다.

이어 국방의 의무를 다하기 위해 군의관으로 입대해 꼬박 3년을 복무해야 한다. 초등학교에 입학해 사회생활을 시작하기까지 26년의 기간을 거치고 대학에 남아 교수가 되려면 석·박사 학위과정 4년을 더해 30년은 오직 공부에 전념하는 기간이다.

그리 보면 한 인생 절반을 그렇게 지워 보내야 한다. 이렇게 긴 세월 모든 것을 투자해 왔음에도 불구하고 어떤 전공과목을 선택하느냐에 따라 나머지 인생길의 명암이 엇갈려 장래의 운명이 좌우된다.

세태변화에 따른 저低 출산은 산부인과 개업의開業醫 수數를 줄여 매년 80곳의 산부인과 의원이 문을 닫게 했다. 더불어 아이들의 수가 적어져 동네 소아과의원은 거의 가정의학과의원으로 간판 이름이 바뀌었다. 각 시·도의 국립병원들에는 외과 전문의를 구할 수 없어 병원 내內 외과진료 표지판을 뗀 병원이 한둘이 아니다.

대도시에서도 일반외과의원 간판은 흔치 않다. 힘들고 돈 못 버는 3D 전공의는 지망생이 거의 없다. 그래 대학병원에서도 수술할 외과 의사들이 없어 초비상이 걸렸다고 한다. 많은 의사 가운데 외과 전문의는 현재 전국에 86명만이 남아있다고 한다. 소말리아 해적들에게 납치되었던 삼호 주얼리호의 석선장이 총상을 입고 수원 아주대병원을 찾아가 총상치료전문의에게 치료를 받고 구사일생으로 생명을 되찾은 예를 우리가 익히 보아 알고 있는 사실이다. 무엇보다도 우리 군軍에는 총상과 같은 외상外傷 외과치료 전문군의관이 단 한 명도 없다는 사실이 더 놀랍다.

이런 실정인데도 아들은 일반외과를 전공했다.

외과 전문의 자격증을 취득하기 위한 수련과정 기간은 늘 수술실에서 일했는데 어떤 때는 수술실에서 꼬박 43시간을 계속 먹지도 잠을 자지도 못하고 집도하는 선배의사들의 보조역을 하면서 기술을 익혔다고 했다.

외과 의사의 손은 사람의 생명을 살리는 손이다. 함부로 쓰지 마라. 외과 의사가 되기 위해서는 독수리의 눈처럼 멀리 내어다볼 줄 아는 혜안이 있어야 하고, 사자의 심장처럼 강한 힘을 지녀야 하지만 한편 부드럽고 섬세한 여자의 손을 가져야 한다는 가르침을 받았다고 했다.

아들이 이렇게 힘든 외과전문의가 되는 과정을 지켜본 엄마의 마음은 늘 안쓰럽기만 했다. 드디어 배운 의술을 펼치고 수입을 얻기 위해 한적한 지방에서 개업을 했다. 초창기에야 환자가 많지 않을 것으로 예상했다. 1년이나 버틸까 걱정했다. 그러나 농촌에서 농사일을 하다가 다치는 사람들이 의외로 많았고 요즘은 시골에도 한여름 땡볕에서 일하며 그을려 얼굴에 생긴 검버섯을 벗기려고 아줌마들이 농한기에는 병원을 찾는 세상이 되었다. 방학을 이용해 남자 고등학생들이 단체로 포경수술을 하러 온다고 한다. 알면서도 짐짓 "너 어디가 아파 왔어?" 물으면 "꼬추 까려고요"라고 대답해 같이 웃는다고 그랬다. 또 큰 고개 넘어 유명관광지를 오가다 종종 발생하는 교통사고 응급환자들이 들른다. 이렇게 환자들이 늘어나기 시작하고 소문이 나서 인접한 시·군 환자들까지 찾아온다고 한다. 그만치 환자들이 입소문 듣고 찾는 데에는 의술이 뛰어나서가 아니고 아들의 타고난 성품이 남달리 성실해 모든 환자들을 내 가족처럼 정성을 다해 살갑게 대해 주기 때문이라는 것이다. 그래서 '하늘이 내린 아들' 이라는 꼬리표를 달아준 것이다. 그러면서도 아들에 대한 엄마의 걱정은 이어진다.

환자가 많아지면 수입이 늘어나야 하는데 그렇지가 못하다. 환자수가 많아지면 많아질수록 의료보험공단에서 의료수가를 깎고 준다는 것이다. 왜냐하면 의료보험공단의 재원이 적자라서 '의원급 차등수가제' 라는 보건복지가족부령을 만들어 하루 환자 75건까지는 100%를, 75건 이상 100건까지는 90%를, 100건 이상 150건까지는 75%를, 150건 이상이면 50%를 깎고 수가를 준다고 한다. 대명천지 이런 법이 어디에 있나! 정당히 받아야 할 노역의 대가를 깎다니, 환자를 치료할 때 쓰이는 재료의 대금은 손실을 보아야 한다고 한다.

미국의 오바마 대통령도 부러워하는 대한민국의 의료보험제도인데 구석구석에는 일반 사람들에게는 보이지 않는 주름진 허점들이 숨겨져 있다.

제약사들에게서 특허기간이 종료되어 로얄티를 주지 않아도 되는 복제약의 5% 약값만 내려도 전체 의료보험공단의 적자를 메울 수 있다는데.

사회주의 국가도 아니고 자유경쟁 자본주의 나라에서 이치에 닿지 않는 편법으로 실시하고 있는 이러한 차등수가제에 억울하게 불이익을 당하고 있는 아들의 처지를 바라만 볼 수밖에 없는 엄마의 심정은 아프기만 하다. 마음이 아픈 이유는 그럴 만한 또 다른 사연이 있다.

집값이 비교적 싼 강북에서 강남 요지, 아들네가 사는 집 근처로 이사를 하게 해 주었고 매달 부모 생활비를 날짜도 어김없이 어미 통장에 입금시켜 준다. 1년 365일 단 하루도 빼지 않고 밤 9시면 안부전화가 걸려온다. 잠시만 늦어도 무슨 일이 있지나 않나 하고 걱정을 하며 엄마가 전화를 걸기 때문이다. 매 주말이면 특별한 일이 없으면 손자들을 데리고 문안을 온다.

한 달에 한 번쯤은 형제들의 가족 생일을 겸사해서 직계 18명의 회식 자리를 마련해 사촌 아이들이 만나 우애를 기르게 한다. 넉넉지 못한 조카에게는 학원비를 내준다. 친인척의 애경사에 남다른 도움을 준다. 형제처럼 지내는 어려운 친구 자녀의 대학등록금도 도와준다. 라이온스 활동에 동참하여 불우이웃도 살핀다. 이와 같은 모든 일들은 며느리의 내조도 있어 가능할 게다.

늘 엄마의 생각은 아들이 자기 몸은 돌보지 않고 남 좋은 일만 하고 있다고 성화다. 어느 사이 머리숱은 줄고 희끗희끗 새치는 늘어 가는데 신문에 의사의 업무가 스트레스를 많이 받는 직업이라 일반인보다 암에 걸릴 확률이 3배가 높다는 기사에 걱정을 보탠다. 90 노인이 70 된 자식에게 차 조심하라는 말이 남의 말이 아니다.

아내는 친구들 모임에서도 친구 자식들의 행동거지를 모두 들어보면 이구동성으로 자식 키워봐야 말짱 헛일이라는 이야기만 하니 내 아들만한 효자는 없다는 사실을 재삼 느끼며 정말 내 아들은 틀림없이 하늘이 내린 아들이라 믿고 싶은 것이다.

평양아리랑

아리랑은 우리나라의 대표적인 민요다.

아리랑이란 단어가 언제 생겨났는지는 확실하지 않지만 아리랑, 아이롱, 아랑, 알영 같은 그 어원이 어디에서 왔고 어떤 것이든 아리랑 속에는 이별이나 괴로움, 억울함, 애도, 친미의 아리송한 의미를 한국인의 마음에 담고 살아왔다. 한 많은 지난 세월 속에 개인적인 넋두리나 생활 속의 애환, 그리고 저항의식이 우리 민족의 원초적 정서와 맥을 같이 해 왔다고 할 수 있다.

아리랑은 정선, 진도, 밀양, 경기, 강원 아리랑의 이름으로 파급되었으나 이중 정선아리랑이 가장 구성지고 애절한 느낌을 우리에게 안겨 준다. 이 아리랑이 우리나라 남북 정상이 만난 금년 10월 북한에 의해 기네스북에 올랐다.

"기자 선생 박수가 너무 인색한 것 아니오?"

평양아리랑 관람 중 북한 안내원이 우리 측 수행원인 기자들에게 던진 볼멘소리다. 우리 노무현 대통령도 관람 중 두 번이나 기립박수를 치게 했다. 나는 집에서 인터넷을 통해 능라도 5·1 광장에서 공연하는 아리랑을 보았다. 내용의 줄거리는 이러했다.

남한 사람에게도 귀에 익은 노래 "반갑습니다. 반갑습니다. 동포 여러분"하는 배경 음악과 해가 떠오르는 밝은 빛이 축포와 함께 터지며 서막이 올랐다. 일사불란한 10만의 출연자가 운동장과 귀빈석 맞은편 관중석에서 기계처럼 움직였다. 집단체조와 예술 공연이다.

노래와 무용, 체조, 서커스, 마스게임, 태권도 등에 맞춰 사이사이 조직적인 카드섹션이 일품이었다. 어린 유치원생부터 초·중·고 학생들이 주류를 이루고 있었고, 좌·우 관람석에 동원된 관중도 이미 조연이 아닌 주역이 돼 있었다.

귀를 때리는 출연진의 제창 함성이 뼛속까지 울려 퍼져 소름 끼치는 전율을 느꼈다고 도올 김용옥 씨는 신문에 기사를 썼다.

경기 장면마다에 맞추어 각색한 카드섹션의 동작은 보는 이로 하여금 탄성이 저절로 나오게 했다. 이것이야말로 살아 움직이는 동영상이다. 푸른 하늘에 둥실 둥실 떠가는 흰 구름은 마치 실체인 듯한 착각에 빠져 들게 한다. 인간 자막字幕은 평양거리에서 늘 본 것이나 비슷한 "통일의 문을 우리 손으로" "우리끼리" "21세기의 태양은 우리를 밝힌다" "자주·평화·친선" "땅도 하나, 핏줄도 하나" "언어도 하나" 하는 것들인데 문구가 놀라운 것이 아니고 움직이는 동작이 한 치의 오차도 없이 정확하고 정교하게 이루어지고 있음이다. 그렇게 되기까지 얼마나 많은 훈련을 거듭하였을까? 클린턴 미 대통령 때 국무장관 메를린 울브라이트는 평양아리랑을 관람한 후 귀국하여 지독한 독재국가가 아니고서는 해낼 수 없는 장면을 보았다고 했다.

어느 새터민의 말을 들으면 훈련도중 화장실을 안 보내려고 물을 주지 않는다고 한다. 그들 부모들은 눈물을 가슴으로 삭힌다고 했다. 그러나 정작 본인들은 단원에 선발된 것이 영광이며 커서도 긍지를 갖게 하는 주입식 교육을 받아 길들여지고 있는 것이다.

북한과 비슷한 독재국가 미얀마 국민은 독재에 항거하는 시민정신이라도 있건만 어찌하다 북쪽은 그리도 꽁꽁 얼어붙었을까? 이웃 중국은 사회주의 체제를 유지하면서도 지도자 마오쩌뚱, 덩샤오핑, 장쩌민, 후진타오에 이르기까지 해구만보海口晚報에 여시구진與時俱進, 사상해방思想解放을 부르짖으며 사회주의에 시장경제를 얹어, 자본가를 공산당원으로 받아들이는 개방정책을 펴 매년 10% 이상의 경제성장을 이루고 세계 경제대국으로의 꿈을 실현해 가고 있는데 북한 지도자는 아리랑과 같은 고착된 집단사상 결집을 지속, 고립정책을 벗어나지 못하고 있으니 북한 동포들이 불쌍하기 그지없다. 언제까지 한 많은 아리랑만 부르려는 것일까?

우리 노무현 대통령, 김정일 국방위원장 제의 따라 허리띠 풀어놓고 하루 더 묵고 올 걸 그랬나?

콩깍지가 씌운 사람들

내가 어릴 적 시골에 살고 있을 때다.

우리 집에서 한 식구로 살아온 작은 외삼촌 따라 교회라는 곳을 처음 갔었다. 동네 작은 동산 위에 높게 자리잡은 예배당은 읍내 전체를 마주 바라보고 있어 어디에서나 한눈에 잘 띄었다. 교회 안에는 의자가 없어서 들어온 순서대로 마루바닥에 나란히 앉아 예배를 보았다. 그때 나는 목사님 말씀이 무슨 내용인지 잘은 이해하지 못했어도 중간중간 부르는 찬송가는 외삼촌이 펴놓은 찬송가를 몇 번 부르고 목사님의 마지막 기도가 끝나면 마음이 숙연했던 기억이 있다. 무척 인자해 보이던 백발의 목사님은 어느새 현관문 앞에 나와 신자들과 일일이 인사를 나누다 나에게도 "삼촌 따라 왔구나" 하고 웃으며 "매주 나오너라" 하시던 인상이 60년이 지난 지금도 뇌리에 남아 있다.

훗날 알게 되었지만 외삼촌이 그리 열심히 교회에 나간 것은 일찍 양친을 잃은 외삼촌을 돌보아 키워줄 사람이 없어 어릴 적부터 우리 어머니인 누님 집에 맡겨져 부모 없이 자라며 외로움을 달래기 위해 교회를 다니게 된 것으로 여겨진다.

사람들이 신을 믿는 데에는 이성이나 습관이 아니면 영감으로 믿는 다고는 하지만 그 당시 겨우 중학생이었던 외삼촌이 신을 믿었다기보다는 참기 어려운 부모 사랑의 그리움을 어디에 의지하고 싶었던 일념이었을 것이다.

조선조 말에 목숨을 내어놓고 숨어서 천주를 믿고 이를 전파하려 한 데에도 신앙이라는 믿음보다 당시 소수의 양반들이나 벼슬아치들의 권세와 속박에서 벗어나려 했거나 옷장 속 굴레에서 벗어나 문 밖으로 뛰쳐나와 자유를 찾으려는 욕구가 더 컸지 아니 했겠나 싶다. 남·여가 격의 없이 같이 앉아 저 높은 곳에 별천지라도 따로 있을 것 같은 아련한 새 세상을 머릿속으로 그려보며 조용히 찬송가를 부를 때에는 오랜 구속에서 풀려난 해방감과 일체성에 자아도취되었던 것이 아니었을까?

그 옛날 우리나라에서 천주를 믿었던 사람들 중에서 몇 사람이나, 우주 인류의 탄생이 진화론이나 창조론을 따져가며 이해하고 천주를 믿었다고는 생각되어지지 않는다.

1950년대 말경, 박태선 장로교회가 한참 전성기를 맞아 전국을 떠들썩하게 열병처럼 번져가던 때 박태선 장로교회 총무가 여수에서 서울로 이사온 곳이 우연히 우리 집에 세를 살게 되었는데 그 까닭은 원효로 4가에 박태선 장로교회 본당이 우리 집과 거리가 멀지 않은 곳에 있었기 때문이다. 그들 가족이 이사를 와 나와 한 집에서 살기 시작한 지 얼마 되지 않아 총무장로 부인인 권사님이 저녁마다 내 방을 심방해 끈

질기게 교회에 같이 나가자고 지극 정성으로 전도하는 권유에 못 이겨 딱 두 주일을 따라가 본 적이 있다.

가서 살펴보니 몇 명의 교회 간부들이 가난과 온갖 세파에 시달려 시름에 젖어 있는 수많은 사람들을 끌어 모아놓고 박태선 장로 한 사람을 신격화 시키고 있었다. 성경구절에 나오는 동방의 별인 제2의 예수가 한국에 재림하신 것이 바로 박태선 장로님이라고 했고, 그를 믿으면 죽은 후에도 영생한다고 그랬다. 직접 교회에서 작사 작곡한 찬송가를 부르는데 장단 맞추어 힘차게 손뼉을 쳐가며 마치 인민군 군가 부르듯 "천년 성 거룩한 땅 들어가려고 오늘도 모여왔네 우리 성도들……"이라고 했는데 이는 찬송가라고 하기보다는 절규하는 몸부림에 가까웠다. 혼이 나갔거나 최면에 빠진 사람들 같아 보였다.

흡사, 북한에서 경축일 날 김일성 광장 사열대 앞을 수많은 군중이 통과하면서 김일성을 향해 목청 높여 미친 듯 외치는 광경이 연상되어 온몸에 소름이 끼칠 정도였다. 콩나물시루에 물을 부으면 물은 빠져 나가도 콩나물은 그 속에서 자라나고 있듯이 그렇게 시간이 거듭되면서 눈에 콩깍지를 씌우고 있는 것이었다.

눈에 콩깍지가 씌웠다는 말은 흔히 사랑에 빠진 사람의 비합리성이나 맹목성을 표현하는 말로 사용하는 것과 같이 종교도 지나친 믿음이 광신을 불러오듯 우리나라에는 어느 특정 종교의 전파가 빠른 시간 내에 너무 많이 늘어나는 것 같은 생각이 든다.

라디오나 TV방송 채널을 돌리다 같은 종교방송 채널이 여러 곳에서 나온다. 밤에 서울 변두리 조금 높은 곳에서 사방을 둘러보면 멀고 가까운 곳에서 수많은 십자가를 볼 수 있다.

한 번은 집 옥상에서 십자가를 대충 50여 개나 세어 보다 그만둔 적이 생각이 나 인터넷에 한 번 들어가 찾아보니 우리나라에 개신교만 하더라도 90개 종단에 120개 종파로 나누어진 6천5백 개나 되는 교회의 신자가 천이백만 명에 2만 명이 넘는 목사의 연봉은 2천5백만 원부터 3억 원까지 받는다고 나와 있다.

천주교 신자도 4백5십만 명, 이에 더 보태 나와같이 한 번쯤 교회를 거쳐 간 사람들이 8백만 명이나 된다 하니 우리나라 인구의 과반수는 기독교 신자라고 하여도 될 만하다. 또 불교의 불자수도 이에 뒤지지 않는다고 하니 여타 종교를 다 합치면 우리나라는 다분히 종교 국가라고 하여도 과언은 아니겠다.

그래서인지 우리나라 헌법 제20조에는 "모든 국민은 종교의 자유를 갖는다"라고 서구 선진 문명국가와 같이 구색을 갖추어 정해 놓았다.

그러나 기독교의 발상지에서도 종교는 실사회 생활 속에서 구현되고 있는데 빈해 한국에서의 기독교는 교회라는 울타리 안에서만 유지되고 있는 것이다. 우리나라 기독교가 여러 종단 종파로 나뉘어져 있기 다행이지 한두 개 종파로 결집되었더라면 그 세력은 나라의 운명도 좌지우지할 만한 위력적이 될 수 있을 가능성도 예상해 본다.

종교는 세력이 커질수록 타락한다고 말을 한 지도자도 있고, 종교에 대하여 논쟁하는 사람은 머리가 중간 밖에 안 된다고 하지만, 보통 사람이라면 맹신적인 종교란 북한의 집단체제를 보아서도 어떠하리라는 것쯤은 머리가 나쁜 사람이라도 미루어 짐작이 갈 만하다.

종교에 관해서 얕은 상식도 갖지 못한 내가 종교를 비판하고 비난하려는 생각은 추호도 없다. 우리나라 역사상 외국의 침략이 있을 때에는

의병을 일으켜 선봉에도 섰고 한때는 빼앗긴 나라를 되찾으려 봉기 ·
애국했고, 군사 독재시절 이에 항거하다 옥고도 치렀다.

이렇게 나라가 위기에 처할 때마다 나라를 구하고 올바른 길로 가도
록 기여한 공로는 높이 평가할 만하지만 우리나라에 기독교가 전래된
지 일세기가 넘도록 그 많은 신자들이 그동안 자신과 이웃과 나라의 안
녕을 위해 애절하게 죄를 사하여 주도록 간절한 기도를 드렸을 터인데
어느 시대 누가 지은 죄가 그토록 많이 남아있기에 오늘날 우리 사회상
은 어떠한가? 결과적으로 보아 종교라는 것이 사회발전에 이바지한 것
에 비해 정신적으로 보아서도 비생산적이지 아니 한가?

사실인지는 몰라도 매일 새벽기도에 나오는 신자만도 5만 명이나 된
다는 유명교회, 한 교회에 수십만 명의 신도가 상상을 초월하는 액수의
헌금을 내어 천문학적인 재산을 갖고 비과세 특수목적교를 경영하고
병원, 양로원 몇 곳 운영과 연말의 이웃돕기 봉사활동 이외에는 교회
건물과 신도수 늘리기에 힘쓰고 있는 그들 교회 사람들에게 스스로는
만족하며 보람되고 행복한 삶을 살고 있다고 생각하는지를 한 번 묻고
싶다.

콩트 같은 이야기

나는 비교적 그와 친하게 지냈다.

이따금 나와 만나면 그는 나에게 자기 속내를 숨김없이 털어 놓았다. 한 직장에서 40여 년간 있다 보니 알고 지낸 사람들은 줄잡아 수천 명은 좋이 되고도 남을 것이다. 그 중에서도 친소관계를 떠나 여러 사람들의 입에 오르내리는 화제의 인물들이 꽤나 많이 있다. 그중 소문난 많은 사람 가운데 나이는 나보다 한참 연배이지만 나와 잘 알고 지내던 K라는 성씨를 가진 사람이 바로 그 중 한 사람이다.

그는 서울에서 동쪽으로 100여 리 춘천 쪽으로 가다 보면 아직 시市로 승격되지 못한 조그마한 군청 소재지 변두리에 가난한 농사꾼의 아들로 태어나 근근이 소학교를 마치고 누구의 도움으로 우체국 견습見習으로 들어가 열심히 일을 배우고 익혀 오래 근무를 하다 보니 우체국에서 하는 일을 다 터득하고 정식 직원이 되었다.

그때는 공개 채용 시험제도라는 것이 없었던 시절이니까 줄만 잘 서면 얼마든지 공무원으로도 채용이 가능했다. 본래 성품도 좋은 데다가 똑똑해서 일 잘하기로 소문도 났지만 타고난 사교술에는 당해낼 사람이 없었다. 서기에서 주사로 승진이 되어 우체국장까지 되었다.

그렇게 십수 년간을 우체국장으로 지방기관장에 토박이 유지로 행세를 잘 해 왔는데 5·16직후 군수는 사무관에서 서기관으로 군청 소재지 주사 우체국장은 사무관으로 직급이 한 급씩 승격되었다.

큰일이 난 것이다. K 씨는 주사에서 사무관이 되어야 그 자리를 유지할 수 있는데 총무처에서 시행하는 사무관 시험에 합격하지 못하면 면 소재지 우체국장으로 내려 앉아야 한다. 그렇게 되면 체면이 영 말이 아닌 것이 이제까지 그 지역에서 군수, 서장과 같이 기관장 행세를 해 왔으니 말이다.

사무관 시험에 응시하려면 일정한 응시 자격을 갖추고서도 상위 순번으로서 결위缺位의 3배수를 총무처(현, 안전행정부)로 올려 경쟁시험에 합격을 해야만 사무관이 될 수 있다. 쉽게 말해 10자리가 비었으면 1000명 중에서 위로부터 30명을 뽑아 시험을 보게 해서 그 중 10명을 사무관으로 임용하는 것이다. K씨로서는 하늘의 별 따기다. 정해진 규정의 순번으로서는 두 번 죽었다 깨어나도 불가능하다는 것은 너무나 잘 알고 있었다.

우선 기발한 작전계획을 세웠다. 당분간 주사국장으로서 사무관국장 자리에 직무대리로 연장해 앉아있는 것이다. 그리고 대외적으로 활동은 더욱더 활성화하여 주사나 사무관이나 서기관이나 똑같이 동격으로 처세 2,3년이면 교체되는 다른 기관장들, 새로 오는 기관장들의 첫 번째 부임인사는 의당 고참 기관장인 우체국장에게 먼저 오는 것이

관례로 되어버렸다.

주위에 주둔한 부대의 군단장이나 사단장들도 예외가 아니었다. 그 시절에는 지금처럼 차車가 많지 아니 할 때였으니까 K씨가 서울 출장 나들이 때에는 늘 다른 기관장 차를 빌려 타고 다녔다. 어떤 때는 군용 지프차나 별이 달린 차도 타고 내가 근무했던 체신청에도 왔었다. 물론 주사우체국장에게 관용차가 배정될 리 없었다.

체신청에 올 때마다 가까운 다방에 주문해 체신청 전 직원에게 차 한 잔씩을 배달시켰다. 그래서 사람보다 차茶가 먼저 배달되어 오면 벌써 또 K국장이 온 것을 알았다. 여직원들에게는 별도로 껌 한 통씩이 보너스로 주어져 인상을 남겼다.

그 무렵 군軍 출신인 신임 체신부장관 P씨가 각 도청 소재지 국을 순시한다는 정보를 입수한 K국장은 시간을 맞추어 전 기관장들과 지방 유지, 군단장·사단장들을 우체국장실로 불러 대기시켜 놓고 군악대까지 동원 우체국직원들과 함께 큰 길 앞에 도열해 있다가 P장관이 지나치려 할 무렵 받들어총과 동시에 군악대의 팡파르 주악이 울려 퍼졌고, 어이없이 멈추어 내린 P장관에게 커다란 화환이 목에 걸렸다.

"저의 우체국은 순시 대상 우체국은 아니오나 행차하시는 관문에서 잠시 멈추시어 저의 국에 들러주시어 차라도 한 잔 대접할 수 있는 영광을 베풀어 주실 수 있으시겠습니까?"

이 말을 들은 어느 장관인들 그냥 지나칠 수 있었겠는가?

국장실 입구에 들어서며 처음 눈에 뜨인 것이 솔방울로 크게 만든 멋진 독수리 "그것 참 잘 만들었군" 하며 들어서자 기관장들의 환호 박수 소리와 동시에 얼마 전까지 군에서 같이 근무한 휘하 군단장 사단장들을 만났으니 어이 아니 반갑고 인상적이지 아니 하였겠는가? 예정에 없던 우체국장실에서 차 한 잔을 마시고 떠나가는 P장관의 차 트렁크 속에는 술방울 독수리와 그 고장 특산물 잣 한 말이 벌써 실려 있었다. 차떼기 정치자금이 오가는 요즘 세상에 비해 그 옛날 고무신 막걸리 선거를 할 때 이야기야 이 시대 사람들은 이해가 잘 안 가는 말이지만 옛날이었으니까, 인상에 짙게 남았던 P장관은 집에 돌아오자마자 K국장에게 전화를 걸어 "당신 소원이 무어야" 하고 물으니 "네. 저요, 그냥 여기에 오래 있는 것입니다" 그리 대답하니 "그것이 무슨 소원이야, 정말로 소원을 이야기해 보라니까" 아무리 반복하여도 소원이 아무튼 그 자리에 그냥 있는 것이라 하니 "알겠소" 하고 전화를 끊었다.

그 이튿날 출근하자마자 간부회의에서 무조건 "아무데 K국장은 본인이 원할 때까지 그 자리에 그냥 두도록 지시하시오" 하니 어느 부하가 "그런 것이 아닙니다" 하고 이의를 제기할 수 있었겠는가. 더욱이나 5·16직후 군사정권하에서.

그래서 K국장은 주사가 사무관 직급 우체국장 자리에 그냥 직무대리로 머물면서 군소재지 기관장을 한참 지속했다. 지방 최고참 유지여서 여당 국회의원 당선에도 크게 영향력을 발휘했다. 그의 입지는 더욱 공고해져만 갔다. 그러나 숙제는 남아 있었다. 빨리 사무관이 되는 것이었다. P장관이 언제까지 장관으로 머물러 있을지는 미지수니까.

사무관이 될 가망이 있는 길을 찾아낸 것이다. 총무처 사무관 시험에 단독 추천되어 혼자 시험을 볼 수 있는 특별규정을 찾아내어 그 길을 열어냈다. 혼자 추천을 받아 시험을 쳤다. 아무리 혼자 보는 시험이라 할지라도 답안지에 글자라도 몇 자 쓰여 있어야지 백지 위에 어찌 점수를 줄 수 있었겠나. 맨 땅에다 헤딩을 한다고나 할까, 낙방은 당연지사였다.

시험과목이 헌법, 행정법, 행정학, 경제학이었다. 언제 한 번도 그 내용을 들어 본 적도 없었던 것들이었다. 대학 4년 간 전공한 사람들도 간혹 떨어지는 판국인데.

돈과 빽만으로는 안 된다는 것을 알았다. 한 번 낙방한 자는 1년 간 응시 자격이 제한된다. 서울의 고시학원 유명강사를 과목별로 골라 불러 내렸다. 과목별 단독 과외공부를 시작한 것이다. 본인 말로는 엉덩이가 짓무르도록 죽을 똥을 쌌다고 했다.

1년이 지났다. 족집게 강사가 예상문제를 찍어 준 것이 출제되었는지 합격을 했다. 가문의 큰 영광이 찾아왔다. 옛날 고을의 원님 급이고 5 · 16 전까지만 해도 군수급인 사무관이 된 것이다. 떠들썩한 동네잔치에 수많은 소와 돼지가 희생됐다. K국장은 이렇게 해서 그 자리를 계속 지켰고 아들 딸 사위도 우체국에 들어와 그의 후광을 입었으나 K국장은 몇 년 뒤 정년을 얼마 안 남기고 유감스럽게 백혈병으로 파란만장한 일화들만 남긴 채 흙으로 돌아갔다.

청매실의 향취香臭

매화나무의 열매가 매실이다.

매화梅花는 잎이 돋기 전 눈 속에서 꽃잎을 틔우기 시작한다.

엄동설한을 두려워하지 않고 발화한다 하여 일명 설매雪梅라고도 한다. 매화꽃은 청순한 소녀를 연상하게 하고 그 마음까지도 아름다움을 생각하게 한다.

이 매화 열매인 매실이 건강에 좋다고 알려지기 시작하면서 사람들의 관심이 한층 높아졌다. 매실이 여러모로 쓸모가 많은 중에서도 매실주를 대량 생산하는 양조장에서는 원료인 매실 전량을 외국에서 수입해 써 왔다.

이를 일찍 알아차린 아래 지방 어느 농촌에서는 미리 먼 장래를 내어다보고 매실나무 심기를 시작했다. 그러기를 십수 년 어느 해인가부터 3월이면 전라도와 경상도를 가로지르는 섬진강변 따라 눈처럼 흰 매화가 흐드러지게 피어나면 전국에서 꽃구경 오는 관광객들을 불러 모아 장관을 이룬다.

5, 6월이 되면 벌써 매화나무의 열매인 매실을 수확한다.

솜털이 잔잔하게 나 있는 것이 청매실靑梅實이다. 이 청매실로 담근 매실주를 나는 어느 술보다도 가장 좋아하고 즐겨 마신다.

매년 매실이 나오기 시작하면 때를 놓치지 않고 4,5킬로그램 쯤 사다가 매실주를 담가놓고 일 년 내내 저녁밥 먹기 전에 반주로 한두 잔씩 마신다. 술 담그기 첫해는 조금 노란 색깔이 나는 익은 것으로 담갔더니 술맛이 좀 신맛이 나는 것을 알고 난 이후부터는 꼭 청매실로만 술을 담근다.

술 담글 때 설탕을 조금 넣는 것이 좋다고들 하지만 나는 매향의 순수한 진미를 느끼려고 설탕을 전혀 쓰지 않는다. 술을 담근 100여 일이 지나면 술에 매실 진액이 우러난 진 빠진 매실은 건져 버린다. 너무 일찍 건져내거나 해를 넘기면 매실만의 독특한 향기와 감산미甘酸味가 떨어진다.

매실이 쓸모가 많은 열매인 것은 분명하다.

내가 한 40여 년 전 일본에 처음 갔을 때 기차를 타고 여행하면서 도시락(벤도)을 차 안에서 사 먹었는데 도시락 밥 한가운데에 매실 장아찌 한 개를 박아놓아 이상하다 여기며 일본 국기 히노마루인 해를 상징한 것인가? 아니면 반찬이 모자라면 먹으라는 것인가 의아하게 생각했는데 후일 알고 보니 매실에는 항균작용을 하는 '피크린산' 과 해독작용을 하는 '카테킨산' 이 들어있어 밥이 쉽게 쉬지 말라고 멀리 가는 여행객들의 도시락밥에다 매실 장아찌를 넣는 전통이 오래 전부터 있어왔다고 들었다.

우리나라에서도 근래 각 가정에서는 매실을 설탕에 재워 매실 청(엑기스)을 만들어 놓고 여름철 시원하게 음료수로 마시면 피로 회복에 좋다 하고, 나물 무칠 때 초 대신 넣어 음식에 감칠맛이 나게 한다.

뿐만 아니라 매실을 고추장에 버무려 매실 장아찌를 담그고 잘 익은 매실로는 식초를 만든다. 또한 우리 전통 약재료로도 널리 쓰임이 알려져 온다. 말린 매실의 씨를 뜨거운 물에 부었다 마시면 소화가 잘 되고, 기침 멈춤이나 기관지염에 좋다고 전해 온다. 특히 임산부가 입덧이 심할 때 말린 매실 가루를 쓰면 구토증에 효과가 뛰어나다고 한다.

어찌 되었던 간에 누가 무어라 해도 나는 연둣빛의 단단한 과육果肉 겉에 하얀 솜털이 송송한 청매실로 담근 술에서 매향이 그윽하게 풍겨 나는 술을 살가운 친구들과 함께 술잔을 주거니 받거니 하며 공자孔子나 두보斗甫처럼 만취의 흉내나 한 번 내보고 싶어진다.

빨리 고쳐져야 할 것 중 하나

얼마 전 후배들과 멀리 가서 며칠 골프를 치고 돌아왔다. 골프 친 것이 뭐 그리 대단하다고 자랑이나 하려는 것이 아니다.

실컷 즐기고 왔는데도 마음 한 구석 죄를 진 듯 기분이 개운치 못해서다. 한동안 심하게 아프고 난 아내와 동행하지 못해서만도 아니다. 우리나라 사람 127만 명이 나라 밖에 나가서 골프를 치며 외화를 쓰고 온 돈이 작년 한 해 1조원이 넘었다는 신문기사를 읽고 나서다.

우리나라에서는 골프가 아직 대중 스포츠화 되지 못하고 있어 골프장 운영 수입의 40%를 특별소비세로 거둬들이고 있기 때문에 자연히 그린피가 비싸질 수 밖에 없도록 되어 있다.

그린피가 비싼 것과는 상관없이 골프 치는 인구는 날로 늘어만 가다 보니 주말에 골프 한 번 치려면 회원권이 없는 사람은 부킹이 불가능한 실정이다. 그러다 보니 골프 회원권 한 장에 수억부터 수십억에 웃돈이 붙어 있는 것도 있다. 상황이 이런 데도 각종 규제로 골프장 하나 늘리기는 좀처럼 쉬운 일이 아니다. 이런 문제가 한두 해 안에 해결될 것 같지는 않다.

지구가 온난화되어 간다고 해도 아직 우리나라에서는 한겨울 2~3개월은 땅이 얼어 골프를 치기 어렵다. 많은 여행사들은 이 기회를 포착해 골프 해외관광회원 모집에 열을 올린다.

수지타산이 맞는 것은 동남아 쪽은 골프 치기에 알맞은 기후에 그린피는 아주 싸다. 게다라 정기 비행노선이 없는 데가 많아 저가 항공사와 싸구려 전세계약으로 운행한다.

골프관광객은 싼 요금으로 고급호텔에서 VIP 대우를 받으며 미리 여행사가 예약해 놓은 골프장을 매일 돌아가며 즐기기만 하면 된다.

내가 갔다 온 곳은 중국 남쪽 홍콩과 접해 있는 복건성의 수도 복주에 다녀왔다. 인천국제공항에서는 2시간 30분 거리다. 지금 서울은 한강물이 몇 년 만에 얼었다는데 내가 그 곳에 갔을 때에는 섭씨 영상 17도 안팎으로 운동하기에는 아주 적합한 기후다.

골프장은 내가 묵은 호텔에서 2,30분의 거리다. 네 곳의 골프장을 매일 옮겨가며 하루 18홀 내지 27홀을 여유 있게 라운딩했다.

어느 골프장에서는 캐디가 원 백이라 한 조에 네 명의 캐디가 붙는다. 인구가 많다 보니 일할 사람이 남아돌아서일 거다. 한국에서는 상상도 못할 일이다.

아주 적은 캐디피를 받으면서도 열심히 일하는 모습이 자못 측은해 보이기까지 했으나 얼마 안 되는 돈이지만 저의 나라에서는 큰 수입이라니 다행이라 느껴졌다. 서울에서 출발할 때 비행기에 탄 사람들이 몽땅 우리나라 골퍼들이었으니 당연 그 곳에서 골프 치며 만나는 앞뒤 사람들도 모두 한국 사람뿐이다.

대개 4,50대 중년 남녀들이었는데 나처럼 70대는 별로 없었다.

나 혼자 속으로 내 나이에 이만치라도 건강하고 경제적으로 큰 부담 느끼지 않고 외국에까지 와서 골프를 치며 즐길 수 있다니 참으로 복 많이 받은 늙은이구나, 하는 상념에 잠시 젖어보기도 했다.

사회도덕 수준도 한 단계 높여 나가야

누구나 다 마찬가지이겠지만 나는 늘 마음이 즐겁지만은 않다. 요즘 젊은이들이 말하는 세대차인가, 나이가 많아져 둔감해져서 일까.

완벽주의에 가까운 내 못된 성격 탓일까. 도처에 마뜩찮은 것들이 수도 없이 널려 있다. 흔히들 쓰는 말 가운데에서나 눈에 늘 띄는 행동들, 유행하는 헤어스타일, 입고 다니는 의상들, 수도 없이 많은 제도의 변화와 운영에서 나타나는 거슬림들, 다양한 직업들 사이에 엄청난 소득의 격차, 이러한 것들에서 나타나는 못마땅한 상황들을 이루 필설로 모두를 열거하고 다루기에는 한계를 느끼지만 아무리 개성시대를 살고 있다지만 균형감각均衡感覺을 잊고 살아가는 젊은 층이 너무 많아 보인다.

'역전 앞이다' '미술을 그린다' '이발을 깎고 축구를 찬다' 하는 잘못 쓰고 있는 말 따위야 흔히 들어 귀에 익지만, 젊은 세대들이 휴대폰으로 주고받는 문자나 네티즌끼리 인터넷으로 오가는 메일 속 약자들을 보면 어느 나라 말인지 이해하기가 어렵다. 더구나 길거리에 나붙은 간판에 외래어 약자는 국적이 의심스럽다. 'SH공사' 라는 약자가 있어 알아보니 서울특별시 토지주택개발부서의 영문 약자다.

꼭 그리 써야 글로벌시대 세계화 대열에 끼워 주리라는 발상인지 내국인이나 외국인도 불필요한 영문약자 표기인 것 같다.

얼굴은 멀쩡한 사람이 일부러 찢어 뚫어진 청바지를 입어 속살이 허옇게 드러난 채 타인을 의식하지 않고 거리를 활보하는 것은 어제 오늘의 모습은 아니지만 며칠 전 TV 가요무대에 국민가수라는 사람이 그런 복장으로 무대에 선 모습은 오히려 보는 내가 민망스러웠다.

바쁘게 사는 직업 여성들이 시간을 절약하려는 습관에서 생긴 버릇인지 셔츠나 블라우스를 입고 여미지 않고 겉옷을 위에 입고 다니는 것은 단정치 못하거니와 그들을 군대에 한 번씩 보내고 싶어진다.

더 웃기는 것은 중부 유럽 쪽에 관광을 갔다 왔으면 보고 배울 것도 많았을 텐데 뉴패션으로 알았는지 흉내를 낸답시고 서울거리에 와 때도 없이 허리에 스웨터를 감고 다니는 모습은 한심스럽기까지 하다.

늦봄 일기가 고르지 못해 일교차가 심한 파리 시내에서는 대다수의 여자들이 아침에 집을 나설 때 스웨터를 입고 나왔다가 낮에 기온이 오르면 스웨터를 벗어 허리에 두르고 다닌다. 그것이 우리나라에 옮겨 와 유행이 되어 버렸다.

또 요즘 남자 중·고등학생들의 두발을 보면 머리카락을 몇 년쯤 기른 것같아 뒤에서 보면 남녀를 구별하기 어렵다. 박정희 대통령 시절 같았으면 어림도 없었을 것이다. 손자놈에게 좀더 머리를 짧게 깎으라고 했더니 "할아버지 더 이상 짧게 자르면 저 학교에서 왕따당해요" 그러니 더는 강요를 못한다.

집 근처 신문사 지국 직원은 상품권을 손에 들고 지나가는 사람들에게 8개월 간 무료구독을 해달라고 구걸하는 것은 노점상 호객행위나 다를 바 없다.

기독교 신자가 직장에서 월급받을 때 세금을 공제한 돈으로 교회에 헌금하기 때문에 목사의 월급에서는 소득세를 안 뗀다. 그렇다면 천주교에서 신부에게 주는 돈에서는 소득세를 떼는데 이는 이치가 맞지 않는다.

대학진학 수능고사에 최상위 성적 취득 학생들의 1순위 지원이 한의과 대학이라고 하는데 이는 한의사가 되면 돈벌이가 잘 된다는 이유인데, 한방병원의 의료수가 거의가 의료보험 적용대상에서 제외되어 수입이 노출되지 않아 탈세가 가능해서라니?

한 나라의 우수 인재들을 나라 전체를 위한 최첨단 과학기술 연구개발 분야에 투입 활용해 조국을 위해 기여하도록 양성하여야 국가 비전이 있지 아니 하겠나 싶다.

문화·체육 즉 예체능계에 뛰어난 천재들은 국가에서 뽑아 지원해 주어 본인은 물론 나라를 위해 기여하도록 키워 나가야 함에도 소수의 인재를 지나치게 상업 쪽으로 이용하려고 상식을 벗어나 상상을 초월하는 몸값을 주어 상대적 소득의 불균형은 국민적 위화감을 조성하는 문제를 야기하고 있다.

야구의 박찬호, 이승엽, 골프의 박세리, 최경주, 축구의 박지성, 이영표, 배우 배용준, 가수 이효리, 서태지, 박진영같이 연간 100억 이상을 벌어들이는 사람들은 예외로 치더라도 국내에서 웬만치 잘 나간다는 탤런트는 연속방송극 1회 출연료가 3천만 원이 넘고, 이름난 MC들이 년 40억 원 이상의 수입을 올린다니, 비록 이들 숫자가 많지는 않지만 우리나라 80%의 중소기업 비정규직 사원이 월 100만 원 내외인 것과 비교해 본다면 너무 차이가 커 소득의 불균형은 국민 단합과 결속에 극히 저해되는 현상이다.

그뿐인가. 입만 열면 국가와 민생을 위한다는 국회의원 자신들의 위법 부당한 행동을 보는 어린이들이 무엇을 보고 배울지 극히 염려하는 대다수 국민들은 차라리 우리나라에는 국회가 없는 것만 못하다고 이구동성으로 한탄들을 한다. 측근 모 의원의 아들이 "아빠, 오늘도 또 싸우러 가?"라고 했다는 신문기사를 보고 실소를 했다.

그런 국회의원을 우리 국민이 선출했는데 무슨 할 말이 있겠는가.

미국 232년 역사상 최초의 금융위기를 맞아 전 세계적으로 파급된 경제대공황 사태는 자본주의마저 붕괴되는 것이 아니냐고 나라마다 이를 극복하기 위해 총력을 쏟아 붓고 있는 현실인데 나라 안에서는 여·야가 당쟁에만 연연하고 있는 사이 많은 중소기업이 도산하고 실직자가 쏟아져 나와도 노동조합은 기업이나 나라가 쓰러지는 것은 아랑곳 없는 듯하다. 이 와중에도 언론노조는 자기 밥그릇 챙기려고 다시 촛불시위를 선동하고 나섰다. 이들에게는 애국심이라곤 눈꼽만치도 없는 파렴치한들 같다.

노인 인구는 늘어나 65세 이상의 전 인구의 10%로 근접하고 있다. 경제수준이 높아져 잘 먹고, 의학발전의 혜택이지만 오늘날만치 잘 살게 된 데에는 지금의 노인들이 젊었던 시절 열심히 땀 흘려 일한 덕분이 아니겠는가.

노인에게 국가가 많은 지원을 하지만 지하철을 타면 노약자석 앞에 우르르 몰려 서 있는 노인들은 중간 객석은 아예 젊은이들 지정좌석으로 알고 안으로 들어갈 생각을 하지 않는다.

이 모든 것이 애당초 교육을 잘못시킨 우리 늙은이들 탓인 것을!

이 모든 것도 인과응보因果應報라 해야 하나.

가르치면 개도 스케이트 보드를 타고, 원숭이는 수상스키를 잘 탄다.

윤범식

허홍구

옛 체신부 국장으로 정년퇴임을 했다.
우리나라 우편번호를 처음 도입해 보급하였고
서울중앙우체국 안에 '우정박물관' 을 세운 분이다.
우표 올림픽이라고 말할 수 있는 세계우표전시회를
1984년에 처음 개최하면서 사무총장으로 일을 했다.

군에서는 애국자라는 별명을
직장 동료 직원으로부터는 틀림없는 사람
단골 술집에서는 보증수표라 불려졌다 하니
공사간公私間에 흐트러짐 없는 모범 걸음걸이다.

국문학을 전공하고 작가가 되겠다는 학창시절의 꿈을
황혼녘에 이루어 아름다운 꽃밭을 일구어가며 산다.
마주 앉아 흠뻑 취하고 나면 아늑한 고향 같은 분.

– 허홍구 시집 《시로 그린 인물화》 〈마음으로 만난 사람들〉 중에서

위대한 분마

•

지은이 / 윤범식
발행인 / 김재엽
펴낸곳 / **한누리미디어**
디자인 / 지선숙

•

121-840, 서울시 마포구 잔다리로 35(서교동 395-13) 서원빌딩 2층
전화 / (02)379-4514, 379-4519
Fax / (02)379-4516
E-mail/hannury2003@hanmail.net

•

신고번호 / 제300-2006-61호
등록일 / 1993. 11. 4

•

초판발행일 / 2013년 8월 2일

•

ⓒ 2013 윤범식 Printed in KOREA

•

값 15,000원

•

※저자와 협의하여 인지는 생략합니다.
※잘못된 책은 바꿔드립니다.

ISBN 978-89-7969-456-7 03810